탄방

박
완
서

빈방

열
림
원

이제야 조금 알 것 같습니다.

주님은 뜨거운 사람만 부르시는 게 아니라

차가운 사람도 부르신다는 것을.

책을 펴내며

이 책은 1996년부터 1998년 말까지 천주교『서울주보』에다 그 주일의 복음을 묵상하고 쓴 '말씀의 이삭'을 모은 것입니다. 지금까지 연재의 형식을 빌려 소설이나 산문을 쓴 적이 한두 번이 아닙니다만 '말씀의 이삭'처럼 시작하기 전엔 덜컥 겁부터 났고, 쓸 때마다 떨리고 송구스러웠던 적은 일찍이 없었습니다. 주보의 지면이 저에겐 그렇게 두려웠고 그곳을 차지한다는 책임감이 어찌나 버거웠던지 연재를 끝마치고 나니 몸과 마음이 붕 뜨는 것처럼 홀가분했습니다. 그런 심정을 털어놓은, 다음과 같은 연재의 마지막 말(1998년 12월 27일『서울주보』, '말씀의 이삭' 전문)로 여기에 머리말을 삼고자 하는건, 신앙에 있어서 발전보다는 초심으로 돌아가고 싶은 제 소망 때문입니다.

형제자매 여러분, 감사합니다.

이 귀하고 어려운 지면을 차지해온 지 어언 3년이 지났습니다. 그러나 3년을 쓰겠다는 당초의 약속을 제대로 지킨 것은 아니었습니다. 1년 남짓 쓰고 나서 '말씀의 이삭'을 쓰는 어려움과 두려움을 감당하기가 저에게 얼마나 버거운지를 선교국 신부님과 수녀님에게 호소하기 시작했습니다. 그게 받아들여져 처음엔 조양희 씨하고, 다음엔 최인호 씨하고 한 달씩 번갈아 씀으로써 겨우 3년을 채울 수가 있었습니다.

'말씀의 이삭'을 쓰기 시작할 때 교만한 마음으로 쓰기 시작했다는 게 저의 가장 큰 잘못이었고 착오였습니다. 저는 세례받은 지 15년이나 되는데 그동안 봉사라는 걸 한 적이 없었습니다. 그래서 '말씀의 이삭'을 써보지 않겠느냐는 제안을 받았을 때 여지껏 봉사한 것도 없는데 약간의 글재주로 나도 봉사라는 거 한번 해볼까, 하는 지극히 건방지고 콧대 높은 마음으로 그 일을 승낙한 거였습니다.

그러나 봉사가 그렇게 쉬운 게 아니었습니다. 봉사란 자기 이익을 돌보지 않고 국가나 사회 또는 남을 위해 일하고 섬기는 일입니다. 자기주장을 펴고 싶고, 자기 글이 돋보이고 자기 이름을 빛내고 싶은 글쟁이한테는 가장 하기 어려운 일입니다. 또한 이 난은 얕은 글재주로 쉽게 쉽게 채울 수 있는 자리가 아니라는 것이 점점 분명해지는 것도 두려운 일이었습니다. 그 주일의 복음을 읽고 또 읽어 가슴에 새기고 깊이 묵상하지 않고는 좋은 글이 나오지 않는 것은 당연한 일인데, 저는 너무 늦게 깨달은 거였습니다. 가짜 글로 남은 속일 수 있어도 자신은 속일 수 없다는 게 가장 겁나고 뼈아팠습니다. 결국은 겉핥기로 읽고 다 알아버린 것처럼 여기고 있던 성서를 곰곰이 마음에 새겨가며 읽고 또 읽을 수밖에 없었습니다. 3년 동안 그러고 나니, 전에는 도무지 확신이 안 서던, 자신이 크리스천이라는 사실을 비로소 기쁘고 떳떳하게 인정하게 되었습니다. 그건 굉장한 소득입니다. 그러고 보니 제가 봉사를 한 게 아니라 이 난이 저에게 봉사를 해준 거였습니다. 제가 봉사를 할 수 있으리라고 여긴 것조차 저의 교만이었음을 이제야 알겠습니다.

이 난을 통해서 저를 알게 되고 저에게 따뜻한 인사를 걸어준 교우들에게도 깊은 감사를 드립니다. 그 밖에 많은 교우들과 소통할 수 있었음을 분에 넘치는 복으로 생각하고 길이 기억하겠습니다.

가끔은 '말씀의 이삭'을 읽는 맛에 성당에 간다고 농을 걸어준 분도 있었습니다. 아마 저를 격려해주고 싶어서 그런 농담을 건넨 거였으련만, 그 말이 귀에 달콤해 잠시 우쭐한 적도 있었다는 걸 주님 앞에, 그리고 여러 교우들 앞에 고백하며 용서를 빕니다. 이 또한 마음의 교만에서 우러난 미혹이었음을 그때는 미처 깨닫지 못했습니다.

성서를 여러 번 읽고 묵상한 것처럼 은근히 자랑을 한 게 방금 전인데 성서의 가장 큰 가르침인 겸손을 몸에 붙이기는 아직 아직 멀었음을 부끄럽게 여기며 저의 교만을 뉘우치오니 주여, 저의 이 회개를 불쌍히 여기소서.

전에 나왔던 이 묵상집을 다시 내게 되었습니다. 책이 새 단장을 하게 된 김에 다시 한 번 읽어보니 매일매일 새롭게 눈뜨는 것처럼 놀랍고 신선하게 성경 말씀이 와 닿던 그때가 문득 그리워집니다. 이 책의 재출간을 계기로 늘 옳고 아름다운 그분에 대한 제 사랑도 다시 한 번 수줍고 새로워졌으면 참 좋겠습니다.

2006년 초겨울

박완서

일러두기

- 이 책은 저자가 1996년부터 1998년까지 『서울주보』에 연재한 글을 모은 『님이여, 그 숲을 떠나지 마오』(여백 1999), 『옳고도 아름다운 당신』(시냇가에심은나무 2006, 열림원 2008)의 개정증보판입니다.

- 「고고한 은둔에의 유혹」, 「우리 모두 돌아가야 할 곳」, 「또 하나의 기회」, 「염량세태」, 「요한의 의심」 총 다섯 편의 미수록 원고를 새로 넣었습니다.

차례

이 고해에서 익사하지 않은 까닭

순명의 아름다움

세상에서 가장 아름다운 유언

들어가지 않고는 나올 수도 없는 문

당신 안에 흐르는 마르지 않는 샘물을

아끼실 주님이 아니심을 저는 알고 있습니다.

우리 안에 공존하는 동방박사와 헤로데

유대인의 왕으로 나신 분이 어디 계십니까?

마태 2장 1-12절

아기들은 어쩌면 그렇게 하나같이 아기 예수를 닮았는지요. 인종이나 피부 빛깔, 성별까지도 초월해서 말입니다.

물론 저는 아기 예수를 직접 본 적이 없습니다. 성화를 통해 본 것이 전부이고 그 그림을 그린 화가 또한 아기 예수를 만나본 적이 있어서 그렇게 그린 것은 아닐 터이나, 아기 예수가 그러했으리라는 걸 의심치 않는 것은 제 상상 속의 아기 예수와 똑같기 때문이고, 이 세상에 태어나는 모든 아기들과 닮았기 때문입니다.

아기들의 그 연약하면서도 굳셈은 흙을 뚫고 갓 돋아난 새싹과 같고, 그 새롭고 눈부심은 새해 아침 불끈 솟는 태양과 같아서 아무리 메마르고 굳어진 어른의 마음도 감동시키며 새로운 희망을 품게 만듭니다.

아무도 병원을 좋아하는 사람은 없을 것입니다. 질병과 고통의 어두운 그림자와 약 냄새는 건강한 사람도 이 세상에 왜 태어났을까, 하는 염세적인 회의에 사로잡히게 합니다.

그러나 신생아실 근처만은 다릅니다. 아기마다 광배光背를 타고난 것처럼 빛이 충만해 그 근처만 가도 사람들 얼굴은 환해지고 가슴은 울렁거립니다. 그리고 그 티 없는 생명을 맞이하기엔 이 세상이 너무 누추한 것 같아 슬며시 걱정이 되기도 합니다. 아기에게만은 좀 더 나은 세상을 주고 싶어 자기가 못 누린 것, 못 가진 것도 아낌없이 주고 싶습니다. 그래서 덕담이 저절로 나옵니다.

책임질 필요가 없는 남의 아기에 대해서는 그 덕담이 더욱 풍성하고 후해집니다. 대통령감, 장군감, 재벌감, 박사감, 법관감 아닌 아기는 아마 없을 것입니다. 그러나 아무도, 예수님을 믿는 이조차도, 아기가 장차 예수님을 닮기를 원치 않습니다. 만일 남의 아기를 보고 너 앞으로 예수님처럼 살아라, 하면 덕담이 아니라 악담이 될지도 모르겠습니다.

우리는 어쩌면 남의 아기는 몰라도 내 아기만은 예수님처럼 살까 봐 두려워하고 있는지도 모르겠습니다. 그래서 타고난 아기 예수의 천진성이 꽃피기 전에 잘라버리려고 작심을 합니다. 얻어맞는 아이가 될까 봐 먼저 때리길 부추기고, 행여 말석에 앉는 아이가 될까 봐 양보보다는 쟁취를 가르치고, 박해받는 이들 편에 설까 봐 남을 박해하는 걸 용기라고 말해주고, 옳은 일을 위해 고뇌하게 될까 봐 이익을 위해 한눈팔지 않고 돌진하기를 응원합니다.

모든 아기들은 태어날 때 아기 예수를 닮게 태어났건만 예수님을 닮은 어른은 참으로 드뭅니다. 있을 리가 없지요. 우리가 용의 주도하게 죽였으니까요.

그래도 가끔 풍문으로지만 예수님을 닮은 이를 만났다는 소리가 들립니다. 어떤 사람은 일생을 흙 파는 것밖에 모르면서도 행복하게 산 농부의 모습에서 예수님을 보았다고 하고, 또 어떤 사람은 아주 아름답고 장엄한 화음을 내는 오케스트라의 무명 단원으로 평생 만족하고 산 백발의 바이올리니스트한테서 문득 예수님을 보았노라고도 말하더군요.

저는 아직 그런 복된 경험을 못 해봤습니다만 그 사람들의 말을 믿을 수밖에 없습니다. 왜냐하면 겉보기엔 위아래 없이 골고루 다 썩은 우리 사회가 그래도 안 망하고 유지되고 있을 뿐 아니라 아직도 정의에 대한 희망이 시퍼렇게 살아 있다는 것은 보이지 않는 곳에서 우리를 받쳐주고 있는 어떤 힘 없이는 불가능한 일이기 때문입니다.

복된 첫사랑의 추억

이 세상의 죄를 없애시는 하느님의 어린 양이 저기 오신다.

요한 1장 29-34절

　　사랑을 해본 사람은 아마 알 것입니다. 특히 청순한 나이에 첫사랑의 열병을 경험한 사람은 자신의 영혼을 사로잡은 상대방의 아름다운 점이 실은 그의 모든 것이 아니었다는 환멸의 쓰디쓴 맛을 말입니다.

　　상대방의 아름다운 눈빛에 한눈에 반하고 나면 그 아름다움이 그의 모든 것처럼 보이다가 어느 날 문득 그의 코는 납작코에다가 입술은 두둑한 밉상이라는 게 눈에 보이게 됩니다. 그때 속은 것처럼 느낀다면 그 사랑은 끝장이 난 것이고, 남는 것은 환멸의 비애밖에 없을 것입니다.

또는 상대방의 용기에 반해서 울렁이던 가슴이라도 중요한 고비에 그가 실은 형편없는 겁쟁이라는 걸 알고 나면 배신감으로 소태 삼킨 가슴이 되겠지요. 그러나 아름다운 눈빛, 출중한 용기를 그의 모든 것으로 확산시킬 수만 있다면, 그 사랑이 이루어지고 못 이루어지고에 상관없이 그가 살아나가는 데 있어서 힘이 될 테고, 그 만남은 아름다운 발견으로 영원히 기억될 것입니다.

제가 신약성서를 처음 통독한 것은 거의 사십을 바라볼 나이였는데 종교적인 갈망에서라기보다는 기독교에 대한 무식을 면해보려는 일종의 지적 욕구에 가까운 것이었습니다. 통독이 처음이지 띄엄띄엄 읽은 적은 여러 번 있었기 때문에 다 아는 소리구나, 거의 감동 없이 읽어가다가 문득 발목을 잡힌 것처럼 이상한 느낌에 사로잡히게 되었습니다. 그건 예수께서 굳이 사양하는 요한으로부터 보통 사람들과 마찬가지로 요르단 강에서 세례를 받으시는 대목이었습니다.

이상하지 않습니까. 요한이 "그분은 나보다 훌륭한 분이어서 나는 그분의 신발을 들고 다닐 자격조차 없는 사람이다."라고 말할 정도의 예수라면 요한이 세례를 주는 것을 보고, 내가 있는데 네가 무슨 자격으로 감히 세례를 베푸느냐고 크게 꾸짖든지, 죄 없는 내가 여기 이렇게 시퍼렇게 살아 있는데 제까짓 게 감히 회개하라고 뭇사람을 꾀어서 죄를 고백하도록 하다니 저런 건방지고 고약한 자는 내가 세례를 주어 콧대를 꺾어놔야겠다고 자신을 드러내지 않는 게 참으로 이상했습니다.

이상할밖에요. 우리는 동네 유지만 돼도 벌써 동사무소에 가면 줄 서서 기다리는 대신 누군가가 굽실대며 남보다 일을 먼저 처리해주기를 바라며, 텔레비전 화면에 비친 일이 있는 인기인이라면 교통법규를 어겨도 순경이 웃으면서 봐주기를 바라고, 국회의원 정도만 되면 공항에서 출입국 절차나 세관검사를 누군가 알아서 보통 사람보다 신속하게 대행해주기를 바랍니다. 우리는 누구나 티를 내기 위해, 남이 알아주는 것을 즐기기 위해 성공을 꿈꾼다 해도 과언이 아닙니다. 하느님의 아들쯤 되는데도 티를 안 낸다는 건 말도 안 됩니다.

제가 예수에게 사로잡힌 건 바로 그 말도 안 되는 대목에서였습니다. 사로잡혔다고는 하나 곧이곧대로 믿은 건 아니었습니다. 이건 분명히 위선일 것이다, 하고 생각했습니다. 예수의 위선을 까발리기 위해서 성서를 통독했다고 해도 과언이 아닙니다. 그러나 저는 그분이 위선을 부렸다는 증거를 끝내 잡아낼 수가 없었습니다. 그분은 처음부터 끝까지 보통 사람, 병든 사람, 미천한 사람, 천대받는 사람과 진정으로 더불어 계셨습니다.

이제야 알겠습니다. 어떤 계층의 사람과도 입장을 바꿀 수 있는 능력이야말로 하느님의 아들만이 할 수 있는 일이라는 것을. 하느님이 그를 보내심은 보통 사람을 하느님의 자녀로 편입시키기 위한 큰 역사였음을.

부르는 소리 있어…

나를 따라오너라. 내가 너희를 사람 낚는 어부로 만들겠다.

마태 4장 12-23절

유신 말기 크리스마스 무렵이었다고 생각됩니다. 통행금지가 있을 때였으니까요. 세상은 한 치 앞도 내다볼 수 없어 암담하건만 환락가의 불빛과 광란만은 대단했습니다. 성탄절과 연말연시만 반짝 통금이 해제되기 때문이기도 했지만, 희망 없음이 오직 먹고 마시고 취하고 악을 쓰는 데서나 돌파구를 찾도록 하지 않았나 싶습니다.

텔레비전은 가수들의 선정적인 가무와 명동 거리에서 가면을 쓰고 피리를 불면서 마치 지구 마지막 날처럼 길길이 날뛰는 인파를 번갈아가며 비춰주고 있었습니다.

우리 집에서도 하룻밤 자유를 만끽하러 나가는 아이들을 붙잡지
못하고 중년 고비를 넘긴 우리 부부만이 쓸쓸히 남아 있었습니다. 우
리한테도 몇 군데 모임의 초대가 있었는데 점잔을 빼고 집에서 조용
히 보내기로 한 게 슬그머니 후회가 되기도 했습니다. 한바탕 사람
구경이라도 하고 들어와야 잠이 올 것 같은 이상한 밤이었습니다.

드디어 부부가 팔짱을 끼고 집을 나왔습니다. 그러나 여기저기
기웃대보아도 우리를 받아주는 데는 없었습니다. 모두 끼리끼리만
놀고 우리는 거들떠도 안 본다는 소외감이 우리를 집에 있을 때보
다 더욱 쓸쓸하게 했습니다.

우리가 마지막으로 찾아간 데가 성당이었습니다. 말이 성당이지 상가 4층에 자리 잡은 초라하기 짝이 없는 성당이었습니다. 생전 처음 경험해보는 자정미사는 거의 세 시간이나 걸렸고, 앉았다 일어났다 하는 의식을 따라 하기도 벅찼습니다. 아마 이 사람 저 사람 눈치 보기에 바빴을 겁니다. 초라한 성당답게 소박하게 꾸며놓은 구유에 누운 아기 예수를 경배하는 예식도 남이 하는 대로 따라 했습니다. 자정이 지나고 배에는 시장기가 느껴졌지만 남들이 다 받아먹는 과자 같은 것도 우리에겐 차례가 오지 않았습니다.

미사가 끝나고 밖으로 나오니 지독한 추위였습니다. 날을 세운 얼음이 살갗을 난도질하는 것처럼 독하고 매서운 추위였습니다. 그러나 참 이상한 일이었습니다. 안에서 폭발하는 기쁨 때문에 추위조차 쾌적하게 느껴졌습니다. 누가 시키지도 않았건만 순전히 자유의사로 이 세상에서 가장 낮은 곳에서 태어난 아기 예수를 마중하러 갔다는 게 그렇게 기뻤습니다. 생전 처음 착한 일을 한 것처럼 소리 내어 뽐내고 싶게 자랑스럽기도 했습니다.

그 후 교리 공부를 하고 영세를 받기까지는 다시 몇 년이 걸렸고 열심히 이끌어준 교우의 덕도 있었건만, 제가 순전히 내 자유의사로 영세를 받았다고 생각하고 싶어 하는 건 그때의 기쁨을 잊지 못하기 때문입니다. 그러나 차츰 나이 들어가며 알겠습니다. 제가 순전한 자유의사라고 생각한 것이야말로 그분의 부르심이었다는 것을.

예수께서 갈릴래아 호숫가를 걸어가시다가 그물을 던지고 있는 어부들에게 "나를 따라오너라. 내가 너희를 사람 낚는 어부로 만들겠다."고 하셨을 때 그 어부들은 무슨 마음으로 당장 그물을 버렸을까요. 사람 낚는 어부가 별것인 줄 알고 그렇게 승복했다면 예수님이야말로 사람 꼬시는 도사요, 그들은 꼭두각시에 지나지 않았을 겁니다. 그때 예수는 그들 안에 깊숙이 숨은 오랜 소망, 고귀한 자유의사를 꿰뚫어 보고 그걸 정통으로 건드린 것이 아니었을까요.

자신 속에 내재한 자유의사가 힘차게 깨어나는 환희로 존재가 흔들리는 경이를 맛보지 않고서는 그렇게 당장 생업을 버리고 고난의 길로 들어설 수는 없었을 것입니다.

이의 없습니다

마음이 가난한 사람은 행복하다.

마태 5장 1-12절

마음이 가난한 자…로부터 시작되는 산상수훈처럼 널리 알려지고, 신자 아닌 일반인들도 즐겨 인용하는 성경 구절도 아마 드물 것입니다. 인간에게 말이 있어온 후, 말하여진 말 가운데 가장 아름다운 말이라고도 하더군요. 처음엔 저도 남들이 좋다고 하니까 덩달아서 좋게 들렸습니다. 좋은 시를 읽을 때 그 뜻을 일일이 따지지 않더라도 마음에 들어오는 몇 구절과 음률만으로도 감동을 느낄 수 있듯이 말입니다. 그러나 예수께서 군중들에게 그렇게 설교하신 것은 새겨듣고 그대로 실행하라는 뜻이지 입술로 읊어대기만 하라고 하신 것은 아닐 것입니다.

막상 뜻을 알고 읽기로 마음먹으니까 저는 첫 구절부터 걸리고 맙니다. 예수님이 가난하고 보잘것없는 이들의 옹호자로 오신 것은 알겠지만 마음까지 가난하라니요? 저는 빈한한 농촌, 어려운 가정에서 태어났습니다만 어려서부터 집안이나 마을 어른들로부터 가장 자주 들어온 말이 아무리 없이 살아도 마음만은 넉넉해야 한다는 소리였습니다. 말로만 그렇게 한 게 아니라 실제 생활에 있어서도 자신을 위해서는 허리띠를 졸라맬지언정 남에게는 후하게 나누는 것을 사람 노릇의 으뜸으로 쳤고, 그런 전통적인 미덕에 의해 아무리 혹독한 흉년이나 전쟁 중에도 마을 공동체가 와해되지 않고 더불어 살아남을 수 있었다고 생각합니다. 그런 마음 씀씀이야말로 마음의 부자 노릇이라고 믿어왔는데 예수님은 어찌하여 마음이 가난한 이에게 최고의 상을 준다고 하는지. 그건 당신이 일관되게 설하신 사랑이나 나눔의 정신과도 앞뒤가 안 맞아 더욱 혼란스럽습니다.

그리하여 저는 마음을 우리가 물질적인 걸 쟁여놓은 창고와 비유해서 생각해보기로 했습니다. 부자들의 창고일수록 보물로 가득 차 있을 테니 보나 마나 문을 꼭꼭 걸어 잠가야 할 것입니다. 반대로 별로 대수로울 것이 있을 리 없는 빈자의 창고는 문단속이 허술할밖에요. 아예 활짝 열어젖혀 놓고 산다 한들 불안할 것도, 누굴 의심할 필요도 없을 것입니다. 가난한 마음이란 혹시 빈자의 창고처럼 열린 마음을 뜻하는 것은 아닐까요. 또한 꽉 찬 창고란 더 이상 물건을 들일 수 없는 창고라는 뜻도 될 테지요. 비록 자기가 지닌 것보다 더 나은 보물이 있다고 해도 그는 차지하지 못할 것입니다. 한번 주입된 고정관념에 사로잡혀 남의 말을 전혀 들을 줄 모르는 사람, 머릿속이 온통 지식으로 꽉 차서 단순한 진리도 받아들일 여지가 없는 사람을 한번 상상해보세요. 얼마나 교만할까요.

마음이 가난하다는 것은 겸손한 마음도 될 것 같군요. 또 보물이 가득 찬 창고를 가진 부자는 한시도 마음이 놓일 날이 없을 것입니다. 튼튼한 자물쇠를 채워도 마음이 놓이지 않아 심복으로 창고지기를 삼고 나니 한시름 놓은 것 같아 생전 처음 여행을 떠납니다. 그러나 창고로부터 몸이 멀어질수록 마음은 창고한테 얽매이게 될 것입니다. 믿기로 한 창고지기가 못 미더워지면서, 내 재산은 내가 지켜야지 이 세상에 누굴 믿나 싶어 다시 집으로 되돌아옵니다. 결국 죽을 때까지 창고로부터 자유로울 수가 없을 것입니다. 그런 뜻으로 마음이 가난한 이는 자유인을 일컫는 것인지도 모르겠네요.

진실로 열린 마음을 가진 겸손한 자유인이라면 하늘나라를 상으로 받을 만하군요. 예수님, 당신 말씀에 이의 없습니다.

차라리 해바라기가 되게 하소서

너희는 세상의 소금이다.

마태 5장 13-16절

주님, 하필 왜 소금이 되라 하십니까. 저는 싫습니다. 저는, 내가
나로 태어난 것에 보람도 느끼고 싶고, 또 나름으로 남의 눈에 띄는
뭔가가 되고 싶습니다. 될 수 있으면 남보다 우뚝 서서 칭찬도 받고
싶고, 남들이 저를 부러워하거나 찬양하면 더욱 좋겠습니다. 저는
나름대로 빛나고 싶고, 사랑받고 싶고, 존경도 받고 싶습니다. 꽃이
고 싶고, 별이고 싶고, 나무이고 싶고, 파도이고도 싶습니다. 세상
만물 하고많은 것 중에 하필 소금이라니요. 아무리 생각해도 소금
이 되려고 이 세상에 태어나지는 않았다고 생각됩니다. 왜 그렇게
싫으냐고요?

우선 소금이 소금 된 보람을 느끼려면 자기 모습을 드러내지 않고 숨어 있어야 하니까요. 모습이 드러나 소금버캐라도 앉아보세요. 다들 그 음식은 먹어보지도 않고 맛없다고 얼굴을 찡그릴 것입니다. 물론 소금이 모든 음식에, 하다못해 단[#] 음식에까지도 알맞게 들어가야 그 맛을 제대로 낼 수 있다는 것은 압니다. 그러나 소금 그 자체로는 볼품도 없거니와 독립되어 혀에 닿는 맛을 즐기는 이는 아무도 없습니다. 그럼에도 불구하고 만약 짠맛을 잃어보세요. 주님 말씀대로 당장 버림받겠지요. 제구실을 해도 인기 없고, 그 단 한 가지 구실 외엔 다른 아무짝에도 쓸모없고, 제 몸을 숨기고 남에게 스며듦으로써 비로소 남을 썩지 않게도 맛나게도 만드는 게 되라니요. 억울해서도 못 하겠습니다. 어떻게 태어난 인생인데 남 좋은 일만 하라 하십니까.

문득 소금에 대한 가장 긍정적인 말이 한 가지 생각나는군요. 음식 가짓수가 지금보다 훨씬 단순하고 맛도 소박했을 무렵 우리 조상들이 음식 맛을 평할 때 쓰는 말 중 최고의 찬사는 '간이 맞는다.'였습니다. 곱씹을수록 마음에 드는, 꾸밈도 과장도 없는 질박한 칭찬입니다. 주님, 저는 주님처럼 소금이 될 자신은 없지만 주님의 언행을 소금 삼아 간이 맞는 인간은 되려고 노력하겠으니 저더러 다시는 소금이 되라고는 마옵소서.

주님의 다음 말씀은 제 허영심에 딱 들어맞습니다. 세상의 빛이라고 하셨죠? 촛불 정도의 빛만 된다고 해도 얼마나 근사한 일일까요. 겸손을 떨면서 숨으려 해도 당장 드러나고 말 테니까요. 인류는 원초적 본능으로 빛이 없이는 목숨의 유지도 불가능하다는 것을 알았기 때문에 빛 앞에 공구하고, 빛한테 아양 떠는 걸로 종교의 시초를 삼았을 겝니다.

빛이 된다는 것은 만인이 우러르고 섬기게 된다는 뜻도 되거니와 만인이 제 앞에서 자신을 비춰보고 부끄러워하게 될 것이라는 뜻도 되지 않을까요. 세상을 환하게, 그리고 샅샅이 비추면서 어둠을 몰아낸다는 것은 생각만 해도 우쭐해지는 일입니다. 그러나 주님, 어떻게 빛이 되죠? 저더러 촛불이나 횃불, 등잔불처럼 제 몸을 태워 빛을 내라고는 마옵소서. 어떻게 태어난 인생인데 제 몸을 태우라 하십니까. 허나 아무리 찾아봐도 몸을 태우지 않고 빛을 발하는 물건은 눈에 띄지 않는군요. 우리가 거저 진정한 빛이 될 수 없는 거라면, 빛이 되라는 말씀은 이웃을 위한 자기희생을 돌려서 그렇게 말씀하신 게 아닌가 싶어집니다.

그렇다면 주님, 빛이 되는 것도 사양하겠습니다. 그 대신 제 언행이 주님의 빛을 기리며, 부지런히 따라 움직이는 해바라기가 되게 하소서. 금력이나 권력을 따라 움직이는 해바라기가 안 되는 것만도 저로서는 얼마나 힘든 일인지 헤아려주소서.

두 번 못 박긴 싫습니다

내가 율법이나 예언서의 말씀을 없애러 온 줄로 생각하지 마라.
없애러 온 것이 아니라 오히려 완성하러 왔다.

마태 5장 17-37절

그리스도를 믿지 않는 사람들이 신자들을 비웃거나 야유할 때 흔히 쓰는 말 중에 이런 게 있지요. 저 사람들은 아무리 나쁜 짓을 해도 주님 주님, 하면서 용서만 청하면 다 용서해줄 줄 아니까 비신자보다 나쁜 짓을 더 잘한다느니, 말솜씨만 휘번드르르 청산유수면 공산당 아니면 예수쟁이더라느니 하는 말 말입니다.

신자들이 이렇게 만만하고 파렴치하게 비쳐졌다면 그건 전적으로 신자들의 책임이지 그리스도교의 본질과는 무관하다는 건 성경을 단 몇 구절만 읽어도 당장 드러나고 맙니다. 특히 "내가 율법이나 예언서의 말씀을 없애러 온 줄로 생각하지 마라. 없애러 온 것이 아니라 오히려 완성하러 왔다."로 시작되는 마태오 복음 5장 17-37절을 읽으면 감히 그리스도를 본받겠다고 약속한 게 잘못 걸려들어도 된통 잘못 걸려든 것처럼 억울해지기까지 할 정도로 엄혹합니다. 율법을 완성하러 오시다니요? 주님은 툭하면 율법학자나 바리사이파 사람을 꾸짖거나 곱지 않은 눈으로 보시는 것 같아 그게 제일 마음에 들었는데 어쩌면 이렇게 앞뒤가 안 맞는 말씀을 하십니까. 그러나 또 한편으로는 그렇게 엄포를 놓으신 예수의 모습을 그려보면 슬그머니 웃음이 나기도 합니다.

왜 있잖습니까? 교실에서 집단적으로 벌 받을 짓을 저지르고 난 개구쟁이들이 어떤 벌이 떨어질까 전전긍긍하고 있는데 선생님이 들어오십니다. 그런데 뜻밖에 하나도 안 무서운 온화하고 부드러운 선생님의 표정을 보고 아이들은 금방 제 잘못을 잊어버리고 희희낙락 마음씨 좋은 선생님한테 기어오를 궁리부터 합니다. 그때 좋은 선생님이라면 마땅히 그런 개구쟁이들을 귀엽게 보시면서도 짐짓 엄한 얼굴로 내가 너희 잘못을 얼렁뚱땅 묵인하러 온 줄 아느냐, 한 치의 어긋남도 없이 샅샅이 집어내러 왔다고 하시지 않겠습니까?

그때 예수님의 말씀을 듣는 군중도 율법의 형식, 겉껍데기에 얽매여 군을 대로 군은 율법학자들과는 어딘지 다른, 사랑과 연민에 넘치는 예수님의 아름다운 얼굴을 보고(사랑과 연민 없이 그 많은 병자를 고치실 수는 없었을 테니까요.), 숨통이 트이는 김에 쉽게 멋대로 살고 싶은 욕망을 은연중 드러냈을 수도 있을 겁니다. 기를 펴는 김에 해이해진 군중을 상상하지 않고는 내가 율법을 없애러 온 줄 아느냐는 예수님의 엄포가 제맛이 안 납니다. 그렇다고 예수님의 말씀이 일시적인 엄포에 지나지 않았다고 말하려는 건 아닙니다. 그분은 정말 사람 나고 율법 난 게 아니라 율법 나고 사람 난 것처럼 인간을 율법에 맞춰 왜곡하고 재단하려는 경직된 율법에다가 숨결을 불어넣으러 오셨습니다. 껍데기에다 알맹이를 채워주러 오셨습니다. 그게 있음으로써 비로소 완성되는 알맹이란 과연 무엇일까요. 아아, 그건 사랑일 거라고 쉽게 정답을 알아맞혀봅니다.

우린 누구나 그리스도교가 사랑의 종교라는 것과 사랑이 없으면 아무리 좋은 것도 아무것도 아니라는 것 정도는 알고 사니까요. 그래 그런지 세상은 온통 사랑 천지고 사랑 타령은 천하도록 범람하고 있습니다. 씹다 버린 껌보다 더 흔하고 천한 게 사랑입니다. 껌은 입안에라도 들어갔다 나오지만 사랑은 입술 끝에 매달려 침도 안 묻히고 별별 요사를 다 부립니다. 만날 때도 사랑, 헤어질 때도 사랑, 배신할 때도 사랑, 사랑의 이름으로 온갖 무책임이 자행되고 있습니다. 이러다간 사랑을 완성하러 예수님이 또 한 번 오실까 봐 두렵습니다. 두 번 오시는 건 좋지만 두 번 못 박긴 싫습니다.

아아, 그렇군요

아이고, 주님. 왜 이랬다저랬다 하십니까? 저는 헷갈려서 도무지 뭐가 뭔지 모르겠습니다. 오른 눈이 죄를 지으면 그 눈을 빼어 던져버려라, 오른손이 죄를 짓거든 그 손을 찍어 던져버려라, 하시길래 저는 당신으로부터 숨고 싶었습니다. 차라리 당신을 모른다 하는 게 낫지, 마음으로 약한 생각을 좀 품었기로서니 어떻게 제 몸의 한 부분을 잃겠습니까? 당신을 만나러 오는 도중에도 아름다운 이성을 향해 한눈파는 재미, 쇼윈도에 진열된 고급스러운 물건에 대한 욕심, 나보다 잘된 친구에 대한 질투로 마음이 산란했지만, 또한 그런 잡념으로 인하여 시간 가는 줄 모르고 여기까지 이

36

를 수 있는 활력이 됐다고 해도 과언이 아닙니다.

당신 말씀대로 하자면 우리가 천수천안千手千眼을 타고났다고 한들 어찌 털끝 하나라도 남아나리까. 이렇게 무섭기만 한 주님이라면 그의 눈에 띄기 전에 얼른 도망쳐버리자, 괜히 어물쩡거리고 있다가 그의 수제자라도 되는 날엔 큰일이다, 싶어 막 꽁무니를 빼려는 차에 원수를 사랑하라니요? 앙갚음도 하지 말라니요? 누가 오른뺨을 치거든 왼뺨까지 내주고 오 리를 같이 가자거든 십 리를 같이 가주라니요? 누구를 바보 천치로 아시나 봐. 아니면 도망치려는 우리를 슬그머니 붙들어보려는 미소 작전이든지.

문득 아아, 그렇군요. 당신으로부터 멀어지려던 발길이 그 자리에 얼어붙고 말았습니다. 당신은 이랬다저랬다 하는 분이 아니셨습니다. 당신이 일관되게 설하신 것은 자신에 대한 엄격함과 이웃에 대한 한없는 너그러움과 사랑이었습니다. 자신 속의 악을 가차없이 무섭게 다루라는 뜻이지, 남에게 그토록 무섭게 굴란 말씀이 아니셨습니다. 당신이 하신 가혹하도록 무서운 말씀은 다 자기 성찰에 해당되는 꾸지람이지 결코 남에 대해서가 아니었습니다. 당신은 조금도 어렵게 말씀하신 게 아니었는데도 저의 간교한 마음이 못 알아들은 척하고 싶었을 뿐입니다. 알아들을 수는 있어도 실행하기는 불가능했으니까요. 우리는 당신 말씀과는 정반대로 살아왔거든요. 내 잘못에 대해서는 한없이 너그럽다가도 남의 잘못을 밝혀내는 데는 얼마나 눈 밝고 가혹한 심판관이었는지는 당신이 누구보다도 잘 아실 겁니다. 오죽해야 원수를 사랑하라고 하셨겠습니까. 마치 가장 가까운 이웃끼리 동포끼리 척을 지고 사는 우리 사정을 꿰뚫어 보신 것처럼 말입니다. 그러나 주님, 북한에서 우리를 원수라고 부르고 예전엔 우리도 북한을 원수로 삼았었지요. 요새도 북한이 어렵다는 말을 들을 때면 속이 상해 "아이고, 이 웬수야." 소리가 저절로 나올 때가 있습니다. 그렇지만 그건 미워서 하는 소리가 아닙니다. 우리가 한창 가난하여 자식들을 배불리 먹일 수도 없을 때 우리 엄마들은 칭얼대는 자식들을 두드려 패면서 "이 웬수야."라고 야단을 쳤지요. 우리는 예전부터 가장 친한 애정을 그렇게 표현해왔습니다.

원수야말로 사랑으로 표현할 수 있는 가장 가까운 사이입니다. 가장 무서운 건 원수지간이 아니라, 사랑도 미움도 없는 무관심입니다. 주여, 바로 벽 하나 사이로 무관심 속에 방치된 이웃을 발견하게 하소서. 그리하여 이 웬수야, 여기서 혼자 뭐하고 있었느냐고 욕하며 따뜻하게 부둥켜안게 하소서. 하루하루 무관심해지려는 북한 동포들하고도 "이 웬수야, 속 좀 작작 썩여라." 서로 욕하며 대화하게 하소서.

주님, 정말 이러시깁니까?

주님이신 너의 하느님을 떠보지 말라.

마태 4장 1–11절

    나이 먹어가면서 자신에 대해 가장 한심하게 여기는 건 뭐니 뭐니 해도 건망증이다. 나의 경우는 글 쓰는 게 본업이라 그런지, 어떤 사건이나 느낌은 비교적 정확하고 오래 기억하는데, 숫자에 대한 기억은 그 퇴화의 속도가 심하여 줄창 거는 자식들의 집 전화번호를 제대로 외지 못한다. 심지어는 밖에 나가 집에다 전화를 걸려고 할 때 집 전화번호가 생각이 안 나 이러다 치매가 되어버리는 게 아닌가, 하는 공포감에 사로잡힐 적이 있다. 생전 이별이 불가능한 자기 자신이 못 미더운 것처럼 불행하고 참담한 일은 없다. 그러나 남들에게만은 나의 이런 약점을 들키지 않기 위해 내가 철저하게 지키고 있는 것은 기록하는 습관이다. 꼭 가야 할 초대나 지켜야 할 원고 마감 날짜는 받는 즉시 달력에다 기록을 해놓고, 가족모임이나 전화로 정한 친구들과 만날 약속도 빠짐없이 달력에다 써넣기 때문에 아무것도 안 들어가 있는 빈칸은 혼자 있을 수 있는 휴일이 되는 셈이다.

글 쓰는 사람에겐 혼자 있을 수 있는 시간처럼 꼭 확보해야 할 좋은 시간은 없기 때문에 될 수 있으면 외부 약속은 한날로 모으게 된다. 얼마 전이었다. 아침에 그렇게 한날로 빡빡하게 모은 시간 약속을 들여다보고 있다가 깜짝 놀라고 말았다. 요새 젊은 애들이 흔히 쓰는 말로 새끼줄이 꼬였다고나 할까. 같은 시간에 두 가지 약속을 하지 않았나, 두 번째 약속과 세 번째 약속은 장소가 도저히 그 시간 안에 갈 수 없는 거리에 떨어져 있지를 않나, 그런 식으로 중첩돼 있는 빡빡한 약속 시간을 들여다보면서 나는 내 정신 상태를 의심하는 것밖에 달리 할 일이 없었다. 겁이 났다.

나는 기도를 잘 할 줄 모르는데 겁이 날 때는 도피하듯이 나도 모르게 기도를 하게 된다. "주님, 제 꼬인 스케줄을 당신께 맡기오니 풀어주소서." 그러고 나니 마음이 좀 가라앉아 첫 번째 약속을 약속 시간보다 반 시간쯤 일찍 나갔다. 그랬더니 상대방도 일찍 나타나서 그 일을 빨리 끝낼 수가 있었고, 두 번째 약속은 조금 늦게 갔지만 상대방에게 지장을 줄 정도는 아니었고, 그는 내가 가야 할 먼 거리를 자기 차로 빨리 데려다주는 친절까지 베풀어주었다.

그런 식으로 일이 잘 풀려 아무에게도 큰 피해를 주지 않고 볼일을 다 볼 수가 있었고, 온종일 조바심을 한지라 돌아오는 길에는 몹시 피곤했다.

시청 앞에서 전철을 타고서야 내가 아침에 기도한 생각이 나면서 마치 주님을 온종일 내 심부름꾼으로 부리고 있었던 것처럼 으쓱해졌다. 그래서 또 한 번 기도를 했다. "주님, 전 지금 몹시 피곤합니다. 저한테 자리 하나만 내주십시오." 전철은 러시아워를 넘기고 한산했기 때문에 그 소망쯤은 쉽게 이루어질 줄 알았다. 그러나 웬걸, 성내역까지 올 동안 어쩌면 내 근처에서 빈자리가 하나도 안 났다.

"주님, 정말 이러시깁니까?" 이렇게 대들려는데 주님이 빙그레 웃으시며 꿀밤을 한 대 먹이시는 것 같은 느낌이 들었다. "넌 왜 나를 떠보려 하느냐?" 그러나 무서운 얼굴은 아니었다. 그래서 나도 혀만 한 번 날름 내밀고 말았다.

나는 악마의 얼굴이 어떻게 생겼을까 별로 궁금하지 않다. 나는 안다. 악마가 나처럼 생겼으리라는 것을. 왜냐하면 나는 주님을 떠보는 데 선수니까.

고고한 은둔에의 유혹

두려워하지 말고 모두 일어나라.

마태 17장 1-9절

    사람마다 예수가 하느님의 아들이라는 걸 믿게 된 동기나 그를 주님, 주님 하면서 따르는 데 기쁨과 긍지를 느끼게 된 까닭은 제각기 다를 줄 안다. 벼락이 친 것처럼 순간적으로, 도망갈 도리 없이 예수를 전적으로 받아들이게 됐다면 대단히 축복받은 경우겠으나 성경 말씀 중 어느 한 구절에 감동하거나, 반대로 뭐 이런 소리가 다 있나 싶은 저항감 때문에 예수의 언동에 흥미를 느끼기 시작한 게 서서히 신앙으로 발전한 경우도 나쁠 것은 없다고 생각한다. 둘 중 어느 것이 더 좋으냐를 따진다는 것은 남보다 빠르게 순식간에 정상에 도달한 사람과 주위의 경관을 즐기느라 한눈도 좀 팔고,

길을 잃고 헤매기도 하면서 천천히 정상에 이른 사람을 놓고 누가 더 나은가를 따지는 것만치나 부질없는 짓이 아닐까. 승패로 따진다면 분명히 정상에 먼저 이른 이가 승자겠지만, 누가 더 산을 잘 알았을까로 친다면 생전 정상에 이르지 못하고 숲만 헤맨 이가 나을지도 모른다. 또 감동을 받은 대목이 사람마다 다른 것도 숲속에서 정상까지는 여러 갈래의 길이 있는 것만치나 자연스러운 일이 아닐까.

나에게는 예수가 광야에서 악마의 유혹을 받은 광경보다는 높은 산에서 베드로의 유혹을 받는 대목이 훨씬 더 감동적이다. 착하고 우직한 베드로가 겁에 질려 엉겁결에 한 말을 유혹이라고 해서 안 됐지만, 그의 말 중에는 악마의 유혹보다 더 교묘하고 달콤한 유혹의 냄새가 스며 있다. 악마의 유혹은 으레 인간의 본능적인 욕망과 권세욕, 명예욕 따위를 미끼로 삼는 게 정석이어서 약한 인간이 솔깃하게 돼 있지만 웬만큼 도를 닦은 이라면 저건 분명 악마의 소리라는 것쯤은 분간하게 돼 있다.

그러나 예수의 얼굴이 해와 같이 빛나고 옷이 빛처럼 눈부신 걸 본 베드로의 말은 어떠한가. 예수를 속세와 떼어놓고 모세와 엘리야와 벗하며 신선놀음을 하게 하고 싶은 것이다. 예로부터 세속의 금력이나 명예를 초개같이 알 만큼 수양을 쌓은 이도 고고한 은둔의 유혹에는 약하게 돼 있었다. 그중에는 속세를 피함으로써 오히려 속세의 관심을 끌며 더 많은 추종자에게 둘러싸이고 싶은 간교한 속셈을 품은 가짜 성자나 도인도 적지 않았다.

물론 우리는 은둔하면 할수록 추앙받고, 말을 아끼고 잘난 체하지 않음으로써 오히려 금쪽같은 말을 남기고 거룩한 행동을 기억하게 한 수많은 진정한 성자나 현인을 기억하고 있다.

예수께서도 얼마든지 그러실 수 있었다. 베드로의 말대로 거기다 초막을 짓고 은둔한다 해도 해와 같고 빛과 같은 인품까지 숨겨지는 건 아니어서 많은 군중이 따라와 초막 근처가 인산인해가 되었으리라.

그러면 더 높은 산이나 더 먼 광야로 숨고 그의 존재는 더욱 신비화되고, 물론 더 많은 금쪽같은 말씀을 남길 수도 있었을 테고, 십자가에 못 박히지 않고 천수를 누리면서도 성인의 반열에 오를 수 있었을 것이다. 그게 예수에게 얼마나 물리치기 어려운 유혹이었으면 아버지께서 몸소 그 유혹을 물리치게 하셨겠는가.

아버지께서 가장 사랑하는 아들에게 시키고 싶은 것은 성인 중의 한 사람 노릇이 아니라 죽임으로써 살리시는 부활이었다. 성인으로부터 우리가 얻는 것은 교훈과 지혜이지만 예수가 우리에게 남긴 것은 나날이 그의 현존을 체험하는 것이다.

놀랍고 황홀한 순간

내가 주는 물을 마시는 사람은 영원히 목마르지 않을 것이다.

요한 4장 5-42절

주님, 저는 복음서 중에서도 요한 복음을 가장 좋아합니다. 그 서술 방법이 특이하고도 힘찰 뿐 아니라, 당신을 보는 시각도 다른 복음과 뚜렷하게 구별될 정도로 특이하기 때문입니다. 요한은 다른 저자나 제자들이 미처 포착 못한 당신의 가장 고결하고 깊은 아름다움뿐만 아니라 진정한 용기가 무엇이라는 게 드러난 부분까지 실로 섬세하게 보여주어 읽을 때마다 가슴을 울렁거리게 만듭니다. 특히 당신의 여성관을 여러 각도로 깊이 있게 보여줬다는 걸로 요한 복음이 당신의 인격과 신격을 비로소 완성시켰다는 느낌마저 듭니다.

당신이 사마리아 여자와 만나는 얘기도 요한 복음에만 나옵니다. 그 여자에게 먼저 말을 건 당신과의 대화가 그 여자에게 얼마나 놀랍고 황홀한 경험이었을까를 상상하는 것은 그 여자와 입장을 바꾸어 생각할 능력 없이는, 즉 그 당시의 사회상에 비춘 그 여자의 신분을 제대로 이해하지 못하고는 충분치 못할지도 모르겠습니다. 그러나 "당신은 유대인이고 저는 사마리아 여자인데 어떻게 저더러 물을 달라 하십니까?"라는 여자의 대답에서 선민의식으로 가득 차 있던 당시의 유대인에게 사마리아인이 얼마나 상종하기 싫은 천민이었나쯤은 쉽게 짐작할 수 있습니다. 설상가상으로 그는 여자가 아닙니까? 구약 도처에서 우리는 여자의 신분이 거의 가축이나 종과 진배없다는 걸 느낄 수 있었습니다. 그런 여자가 감히 유대 남자에게 당돌할 정도로 평등하게 대들 수 있었다면 주님의 태도가 어떠했으리라는 것은 짐작하기 어렵지 않습니다. 주님, 그때 당신은 유구하고도 철옹성처럼 단단한 인종적 편견, 성차별의 관행을 부드럽고도 유연하게 뛰어넘어 하나의 자유인으로 그 여자 앞에 홀연히 나타나신 것입니다. 그 여자에게 당신과의 만남의 경험은 아마 생전 처음 받는 인간 대접이었을 겁니다. 어찌 놀랍고도 황홀하지 않았겠습니까.

그 최초의 경이에 비하면 사마리아 여자 중에서도 다섯 번이나 남자를 갈고 지금 살고 있는 남자도 남편이 아닌, 그 여자의 남달리 거친 팔자를 알아맞히신 것쯤은 그닥 놀랄 일이 못 됩니다. 요새도 남의 과거를 족집게처럼 집어내는 점쟁이를 심심찮게 봅니다. 그들은 특히 행복한 사람보다는 불행한 사람의 과거를 집어내는 데 명수지요. 자기 삶이 찌그러져버린 사람일수록 점쟁이 앞에서 무방비 상태가 되기 때문이기도 하지만, 반듯한 삶은 다 비슷하게 반듯한 반면 찌그러진 삶은 다 제각각으로 찌그러지게 마련이어서 집어내기 편하게 돼 있기 때문이기도 할 겁니다. 점쟁이는 그렇게 팔자 사나운 이들의 마음을 사로잡은 다음 처방을 내립니다. 언제 더 나은 남편감이 나타날 거라는 둥, 언제쯤은 큰돈이 생길 거라는 둥, 점쟁이의 특징은 과거를 알아맞히는 데 있는 게 아니라 인간의 간사한 욕망을 부추겨 더욱 목마르게 하는 데 있습니다. 목마른 자를 골라잡아 소금물로 처방을 하는 식이지요.

그러나 주님께서 천하고 팔자 사나운 사마리아 여자에게서 집어낸 것은 그런 마실수록 목마른 동물적 갈증이 아니라 인간 정신의 오지를 흐르는 영원한 진리, 영적 평화, 정신의 고양, 진정한 사랑에 대한 인간만이 지닐 수 있는 갈증을 보신 것입니다. 그것을 보셨다는 것만으로도 그 여자에게는 최고의 인간 대접이 되었을 테고, 그것을 보신 이상 당신 안에 흐르는 마르지 않는 샘물을 아끼실 주님이 아니심을 저는 알고 있습니다.

그 말씀만은 도저히 못 알아듣겠습니다

저 사람이 소경으로 태어난 것은 누구의 죄입니까?

요한 9장 1-41절

시내에 나가려면 대개 택시로 전철역까지 가서 갈아타곤 합니다. 택시에서 내려 역사까지는 오십 보밖에 안 되는 거리인데도 그동안에 저는 온갖 인생고와 사회문제가 제 한 몸에 들어와 지글대는 듯한 갈등과 통증 때문에 굉장히 길게 느껴질 적이 있습니다. 어떤 때냐 하면, 역 앞에서 노래를 부르며 구걸하는 하반신이 없는 맹인을 만날 때입니다. 무슨 까닭으로 그가 하반신을 절단하게 됐는지는 모르지만 그의 장애 정도는 몸을 바로 하고 앉을 수도 없을 정도로 심해서 그는 엉덩이도 다리도 없는 몸으로 땅을 기어 다닙니다. 따라서 그의 얼굴을 본 적이 없습니다.

그는 어쩌면 맹인이 아닐지도 모르겠습니다. 어디를 바라보기 위해 고개를 든 걸 못 봤으니까요. 머리끝에서 복부까지 그의 전신을 완전하게 땅과 같은 방향으로 하고 기고 있는 것입니다. 그를 보면서 고작 내 사지가 멀쩡한 걸 다행하게 여긴다면 그건 사람도 아닐 것입니다. 그의 장애 정도는 그런 안이한 비교를 불허할 만큼 처참합니다.

제가 제일 먼저 생각하는 것은 저 정도로 심한 장애라면 마땅히 국가에서 수용하여 돌봐야 한다는 것입니다. 그래서 맨날 잘살게 됐다고 으스대면서 그 정도도 못하는 우리 사회에다 비판과 원망의 화살을 돌립니다. 그러다가 문득 수용 기관이 없어서가 아니라, 그가 그런 방법으로라도 일용할 양식을 버는 데 보람을 느끼고, 그런 삶의 방법을 스스로 선택한 것일지도 모른다는 생각을 하게 됩니다. 그렇다면 그가 수용되기를 바라는 것은 그를 바라보는 괴로움 때문이지 그를 위하는 태도는 아닐지도 모릅니다. 저의 괴로움이 더 극에 달할 때는 그가 주님을 찬양하는 노래를 부를 때입니다. 그럴 때 저는 너무 듣기가 싫어서 그만 귀를 막고 싶어집니다.

그리고 나라를 원망하던 마음이 주님한테로 방향을 바꿉니다. 주님, 저 불쌍한 이한테까지 찬양을 받으셔야 하겠습니까? 그렇다면 당신은 너무 잔인하십니다. 그가 그 몸으로라도 자유롭게 식구를 부양하는 데 보람을 느끼는 당당한 정신의 소유자라면 매일 한두 번쯤은 하느님이 있긴 어디 있냐고, 있으면 나와보라고 악을 써야 마땅하지 않을까요.

그러나 그런 바람도 실은 제 속이라도 한번 후련해보려는 대리 만족의 욕구일 뿐, 그에 대해 제가 무엇을 안다고 할 수 있겠습니까? 그는 그의 몫을 하고 있을 뿐이고 저는 제 몫이 있을 뿐입니다. 저 사람이 저리된 것은 누구의 죄입니까? 제 물음은 이천 년 전 당신의 제자의 물음에서 한 걸음도 더 나아가지 못한 채입니다. 물론 당신의 대답도 똑같습니다. 저 사람에게서 하느님의 놀라운 일을 드러내기 위한 것이라고요.

주님, 저는 아무리 생각해도 그 말씀만은 못 알아듣겠습니다. 못 알아들었기 때문에 같은 질문을 할 수밖에 없는 것입니다. 오십 보도 안 되는 거리, 아니지요, 그의 앞을 스치는 눈 깜빡할 사이에 이런 복잡한 생각들을 한꺼번에 하느라 그만 가장 중요한 걸 놓치고 맙니다. 그가 그의 머리보다 더 높이 쳐든 바구니 속에다 택시 값 내고 거슬러 받은 오백 원 미만의 동전을 보탤 기회를 놓친 겁니다. 느닷없이 머리에 가지를 친 괴물이 된 것처럼 너무 많은 생각을 한꺼번에 할 수 있는 천재가 될 수 있다는 게, 실은 몸이 반쪽밖에 안 남은 불구보다 더 혐오스러운 불구라는 걸 비로소 깨닫게 됩니다.

주님도 편애를 하시나요

나는 부활이요 생명이니 나를 믿는 사람은 죽더라도 살겠고
또 살아서 믿는 사람은 영원히 죽지 않을 것이다.

요한 11장 1~45절

제가 아는 분 중에 이런 분이 있습니다. 그는 젊어서 고생 고생 많은 재산을 모아 자식들을 다 훌륭하게 교육시키고, 자신도 탄탄한 기업을 가지고 있고, 사회적으로 존경받을 만한 좋은 일을 많이 하고 있습니다. 그는 자수성가한 사람답게 돈의 중요성을 누구보다도 잘 알고 있지만, 죽을 때 돈을 짊어지고 갈 수 없다는 것도 모르지 않아, 가난하고 불쌍한 이웃들과 나누는 데도 얼마나 적극적인지 모릅니다. 그가 직접 운영하는 장학 재단도 있고, 집중적으로 돕는 사회사업 기관도 몇 개나 됩니다. 그리하여 그는 부유할 뿐 아니라 사회적인 존경도 한 몸에 모으고 있습니다. 그러나 그에 대한 가족

52

이나 친척, 친구 등 주변 인물들의 평가는 그렇지도 않습니다. 그를 피도 눈물도 없는 사람이라고 혹평하는 사람까지 있습니다. 왜냐하면 보이지 않는 이웃을 돕는 데는 그렇게도 솔선수범 적극적인 분이 친구나 친척 중 곤경에 처한 이가 도움을 청할 때는 어쩌면 그렇게 단칼에 거절을 하는지 모른다는 겁니다. 심지어는 자식이 어려움에 처했을 때도 "교육을 시켜줬으니 나는 부모로서의 의무를 다했으니까."라고 냉정하게 모르는 척했다고 합니다. 친구도 어려웠을 때 사귄 친구는 다 떨어져 나갔다고 합니다. 부자는 누구나 다 될 수 있는 건 아니니까, 그의 소싯적 친구들은 거의 아직도 가난하기 때문에 만나면 자연히 아쉬운 소리를 듣게 될 테고 점심값이라도 내야 할 테니까, 죽마고우는 아예 상대를 안 하는 걸 생활신조로 삼고 있다는 겁니다.

그런 신조에 그렇게도 철저할 수 있는 건, 어떻게 번 돈인데 아무도 안 알아주는 사사로운 일에 생색도 안 나게 쓸 수 있겠느냐는 생각 때문이라더군요. 그의 닫힌 박애가 존경스럽다기보다는 측은합니다. 가족도 죽마고우도 사랑할 줄 모르는 박애는 자기도취나 명예욕이지 어찌 사랑이라 할 수가 있겠습니까. 그는 널리 공평하게 사랑하기 위해 더 중요한 것, 누군가를 더 사랑하는 특별한 느낌이 주는 기쁨을 생전 못 느껴볼지도 모르니 얼마나 불쌍합니까?

주님은 이웃을 사랑하고 원수까지도 사랑하라고 설하셨으니까 절대로 편애 같은 건 안 하셨을 줄 알았습니다. 그러나 라자로와 그의 여동생들인 마르타와 마리아를 사랑하는 그 극진함은 편애의 아름다움을 감동적으로 보여줍니다.

　주님, 그건 결코 편애가 아니라고 나무라지는 마옵소서. 저는 주님이 박애 정신의 참원조임을 압니다. 그러나 마리아와 마르타와 라자로를 인간을 고루 사랑하는 정도를 넘은 특별한 우정으로 사랑하시어 마리아와 마르타의 애통을 보시고 더불어 눈물까지 흘리신 주님이 더 좋은 걸 어찌합니까. 제가 편애라 말씀드린 건 편벽한 사랑을 뜻하는 건 아닙니다. 보통 사람에게 박애는 노력을 하고 수양을 쌓아야 되는, 어느 만큼은 거룩한 위선일 수도 있으나 누구를 특별히 사랑한다는 것은 가장 인간적인 기쁨이요, 삶의 꽃이란 뜻입니다.

　당신이 그들 남매를 위해 보이신 눈물만큼 당신을 육신을 갖춘 인간으로 가깝게 느끼게 하는 대목도 드물 것입니다. 그 장면을 상상하면 당신의 어릴 적까지를 미소로써 떠올릴 수가 있습니다. 아주 어릴 때는 보통 어린애처럼 똥오줌을 싸 기저귀도 찼을 테고, 걸음마를 하고부터는 개구쟁이 짓도 어지간히 하셨지요? 인간의 육신을 취한 주여, 찬미받으소서.

최초의 크리스트 세일즈맨

너희 가운데 한 사람이 나를 배반할 것이다.

마태 26장 14~27절

유다라면 천하에 몹쓸 배반자라는 데 아무도 이의가 없을 줄 압니다. 예수께서도 그가 얼마나 괘씸했으면 그런 배반자는 차라리 이 세상에 태어나지 않았으면 좋았을 것을, 하는 심한 말씀으로 개탄을 하셨겠습니까. 그러나 당신이 십자가에 못 박힌 후 이천 년 동안 어마어마하게 번성한 것은 바로 유다의 후손들이 아닐까요. 유다는 당신을 팔아먹을 수도 있다는 당신의 상업적 가치에 눈뜬 최초의 크리스트 세일즈맨이었습니다.

유다가 당신의 육신을 은전 서른 닢에 팔아먹은 후 오늘날까지 장장 이천 년 동안 당신에 관한 온갖 것을 사고파는 기업은 불황을 모르는 기업으로 성장 발달해왔습니다. 성경 말고 세상의 어떤 책이 이천 년 동안이나 변함없이 베스트셀러 자리를 누릴 수가 있었겠습니까. 당신의 모습을 본뜬 온갖 미술품, 당신을 예배하기 위한 건축물들은 당대의 예술가를 먹여 살렸을 뿐 아니라, 오늘날엔 값을 매길 수도 없는 관광자원이 되어 유럽 여러 나라의 주요 수입원이 되고 있습니다.

그들에 비해 당신을 받아들인 역사는 비록 일천하지만 우리도 당신을 사고파는 데는 그 어느 나라에 뒤질세라 적극적이고 그악스럽습니다. 당신의 말씀을 각기 자기 좋은 대로 해석하여 분파를 만들고, 신자를 확보하고 신자의 머릿수에 비례하여 권리금을 받고 넘기는 교회 장사도 당신의 유관 산업 아닙니까. 그 수법에 있어서도 비슷한 내용의 상품을 포장만 바꾸는 상업주의적인 신제품 개발과 다르지 않습니다. 어디 그뿐이겠습니까? 당신이 태어난 거룩한 날을 기한 소란스러운 축제 분위기와 급조한 이웃 사랑은 바겐세일의 소용돌이와 뭐가 다릅니까.

적어도 주일마다 교회에 거르지 않고 나갔으니까 나야 큰 재난을 당하지는 않겠지, 하고 바라거나 수입의 일정액을 꼬박꼬박 헌금했으니 언제고 몇 곱으로 받을 날이 있겠거니, 은근히 기다리는 평범한 사람의 가장 소박한 믿음도 실은 신자의 마음이라기보다는 제품의 쓸모가 소문난 대로인가 아닌가 시험해보려는 소비자의 마음에 더 가까운 게 아닐까요. 그러나 당신은 그렇게 왕성하게 거래되고 흥청망청 소비되었음에도 불구하고 결코 소모되거나 고갈됨이 없으십니다. 그건 유다가 은전 서른 닢에 팔아넘긴 게 인간의 한계인 당신의 육신일 뿐 당신의 정신이나 신성은 아니었다는 것과 마찬가지입니다. 당신은 안 계신 데가 없으니 소비자가 원하면 상품 속에서도 계시리라 믿습니다. 그러나 당신이 영원히 소모되거나 고갈됨이 없으시다는 걸 믿을 수 있는 까닭은 거래되지 않는 곳에서 생생하게 느낄 수 있는 당신의 현존 때문입니다.

선한 사람이 근면한 노동으로 얻은 소박한 식사를 앞에 놓고 마음으로부터 우러나 올리는 감사 기도 속에도 당신은 기꺼이 계시거니와 기름진 음식과 좋은 술을 배가 터지게 먹고 마셨음에도 불구하고 깊은 밤, 정신의 갈증과 절망을 이기지 못해 필사적으로 마음의 두레박질을 하는 이에게도 마르지 않는 샘물이 되어 현존하십니다. 이 세상에서 회개하는 죄인, 애통해하는 에미, 박해받은 의인, 신음하는 병자, 슬퍼하는 선한 이가 아주 없어지지 않는 한 당신은 줄기차게 부활하시어 그들 가운데 계시리라 믿습니다.

주여, 당신을 사고파는 데만 이골이 난 이들도 불쌍히 여기소서.

은행나무보다 큰 봄까치꽃

누군가가 주님을 무덤에서 꺼내갔습니다.

요한 20장 1-9절

　　우리 집은 아파트지만 낮은 층이라 뜰이 잘 보인다. 남향으로는 낙엽이 깃털 같다고 해서 낙우송이라는 아름다운 이름을 가진 키 큰 나무가 떡 버티고 서 있어서 그 뒤에 키 작은 나무들이 잘 보이지 않는다. 북쪽은 차도에 면하고 있어서 창문도 작다. 비록 작은 창문이지만 그쪽은 가로수가 은행나무여서 가을마다 찬란하고도 장엄한 금빛 축제를 연출했었다.

　　그러나 그 두 가지 나무들은 다 같이 봄기운에는 매우 둔감한 편이다. 가장 잘 보이는 낙우송은 겨우내 떨구고도 아직도 다 못 떨군 암갈색의 칙칙한 잎을 누더기처럼 걸치고 있을 뿐이고, 북창 밖

은행나무도 작년 가을의 영화가 한바탕의 꿈이었던 양 쭉쭉 뻗은 가장귀는 철사처럼 완강하기만 하여 뭔가 움틀 생명력이 있을 것 같지가 않았다.

올해는 봄이 늦는구나, 실내가 후텁지근하다고 여기면서도 자신 있게 그런 생각을 할 수 있었던 것은 아직도 겨울나무인 채로 버티고 있는 낙우송과 은행나무 때문만도 아니고, 올해는 예년에 비해 꽃 소식이 적어도 일주일쯤은 더디게 오리라는 신문 방송의 영향이 더 컸을지도 모르겠다. 나는 어느 틈에 봄도 신문 방송이 먼저 호들갑을 떨고 나야 오려니 여기고 있었나 보다.

도타운 햇살 속에서 베란다에 있는 장독 뚜껑 위에 머물렀던 공기가 꼼지락꼼지락 아지랑이가 되어 피어오르는 게 선연하게 보이는 한낮이었다. 불현듯 이불을 내다 널고 싶단 생각이 났다. 오랫동안 장속에 처박힌 채 납작해진 이불도 단박 아지랑이처럼 둥실, 가볍고 부숭부숭하게 부풀어 오르게 할 것 같은, 뭔가 걷잡을 수 없는 햇빛이었다. 이불을 널려고 새시 문을 열다가 비로소 바로 창 밑에 핀 노란 산수유꽃을 보았다. 등잔 밑이 어둡다더니 산수유나무는 너무 가까이 있어서 거실 소파에 편안히 앉아서는 볼 수가 없었던 것이다. 산수유꽃을 시작으로 봄이 일단 보이기 시작하자 발밑에 널린 게 봄의 생명력이었다. 그중에도 잡풀은 어찌나 극성맞은지 손가락도 안 들어갈 보도블록의 좁은 틈 사이로도 열심히 푸른빛을 토해내고 있었다. 오늘은 그런 풀 중의 하나가 작은 꽃을 달고 있는 것을 보았다. 연보랏빛 갓난아기 손톱만 한 꽃이었다. 무심히 밟고 지나갈 것을 그 가련한 꽃 때문에 곤두박질을 칠 뻔하면서까지 피했다. 봄까치꽃이었다. 이름은 그럴듯하지만 실은 꽃이랄 것도 없는 그냥 곧 스러질 듯이 미미한 한 점에 불과했다. 근데도 왜 무심히 짓밟지를 못했을까. 그건 그게 '봄까치꽃'이라는 걸 알아봤기 때문이다. 그 이름에는 그 이름을 알기 전엔 느낄 수 없었던 어떤 느낌이 있었다.

지난 어느 화창한 봄날 나는 내가 좋아하는 어느 아름다운 이와 함께 들판에 핀 자잘한 들꽃들의 이름을 알고 싶어 식물도감을 펴들고 비교해본 적이 있다. 인쇄된 꽃과 실물이 많이 달라서 그런지 많은 이름 모를 꽃 중에서 이름을 건질 수 있었던 단 하나의 꽃이 바로 그 봄까치꽃이었다. 이름을 알면서 비로소 그 꽃은 나에게 특별한 꽃이 되었다. 느끼지 않으면 볼 수 없다는 소리가 이 손톱보다 작은 꽃에도 해당될 줄이야.

주님, 당신의 부활을 입으로는 믿는다 하면서도 아직 부활하신 당신을 뵌 적은 없습니다. 뵙기 전에 당신이 누구인지 온전히 느끼게 하소서. 그러면 당신이 아무리 낮은 곳에 보잘것없는 이들과 더불어 계시더라도 능히 알아뵐 수 있겠나이다.

에미 마음, 여자 마음

나를 보지 않고도 믿는 사람은 행복하다.

요한 20장 19-31절

자식을 앞세운 에미는 밤에 편히 잠들지 못한다. 추운 날은 내 자식이 얼어붙은 딱딱한 땅속에서 추위에 떨 것 같아 따스운 잠자리가 오히려 가시방석처럼 고통스러워 전전반측 잠 못 이루고, 더운 날은 더운 날대로 그 깊은 땅속에서 답답하고 무서워 어찌 견디나 싶어 쾌적한 냉방을 거부하고 홀로 가슴을 쥐어뜯는다.

아침에 개었던 날이 낮부터 흐려져서 오후엔 장대비가 내리자, 그런 날이면 우산 갖고 학교로 마중 가던 버릇대로 나섰다가 그 애가 이젠 학교에 다닐 수 없다는 걸 깨닫고 막막해졌지만 내친 김에 무덤이 있는 산으로 달려가 봉분 위에 우산을 받쳐주면서 흐느끼다가 돌아온 에미의 얘기를 들은 적도 있다. 죽으면 육신은 아무것도 느끼지 못한다는 것을 알면서도 사랑하는 자식이 그렇게 됐다는 걸 차마 인정하지 못하는 게 모성이다.

자식이 하는 짓이면 온갖 것을 포용할 수 있는 게 모성이라지만 죽음만은 한사코 거부하는 게 또한 모성이다. 죽음조차도 부정할 수 있는 에미 마음이고 보면 자식의 부재 또한 순순히 받아들여지지가 않는다.

6·25 때는 거의 대부분의 청년들이 자진해서 전쟁터에 나가거나 끌려가지 않으면 도망 다녀, 자식의 행방을 모르는 에미들이 숱하게 많았다. 그런 에미들은 거의가 다 자식이 집에 있을 때와 마찬가지로 끼니때마다 자식의 밥그릇에 밥을 퍼놓고 기다리는 것을 잊지 않았다. 그건 단지 자식이 집에 없다는 것을 인정하기 싫은 슬프고도 어리석은 모성의 차원을 넘어, 하늘도 감동시킬 신성한 의식이 되었고, 자식들로 하여금 기적처럼 위기를 넘기게 하거나 믿을 수 없을 만큼 용감한 죽음을 맞도록 하는 원동력이 되었다.

예수님이 부활하셨다는 기쁜 소식을 가장 먼저 들은 것도 여인들이었고, 부활하신 예수님을 제일 처음 뵌 것도 여인이었다. 왜 그랬을까. 예수님이야말로 최초의 페미니스트이셨을까? 그렇다고 해도 나쁠 것은 없지만 예수님은 성별에 따라 누굴 더 두둔하거나 층하하실 분이 아니다.

여인들이 먼저 갔으니까 기쁜 소식도 먼저 들은 건 당연하다. 왜 먼저 갔을까. 별로 좋은 데도 아닌 무덤에를 겁도 없이. 제자들도 무서워 문 닫고 모여 있는데.

밤사이에 아무 일이 없었나 걱정이 되어 도저히 집에 가만히 있을 수가 없어서 갔을 것이다. 누가 누구를 걱정한다는 것은 산 사람 사이에나 하는 일이다. 죽은 사람을 위해서는 슬퍼만 하면 됐지 걱정을 할 필요는 없다. 걱정이 되어 도저히 집에 가만히 있을 수가 없었다는 것은 예수님이 아무것도 느낄 수 없는, 아무렇게나 취급해도 그만인, 목석과 다름없는 시신이 되었다는 것을 받아들일 수 없었기 때문이다.

또한 향유로 씻어드리고 싶어 갔을 것이다. 향유를 아낌없이 부어 예수님의 발을 씻어드린 일은 여인이 예수님 생전에도 행한 최고의 공경이요, 사랑의 표현이었다. 살아 계실 때와 똑같이 해드림으로써 살아 계실 때와 다름없이 기뻐하시리라 여인들은 믿었으리라.

아무리 막강한 죽음의 세력도 진리요 정의이자 사랑이신 주님을 아주 죽게 할 수는 없으리라는 여인들의 믿음이 그분의 살아 계심을 가장 먼저 보고 듣고 느끼고 증언할 수 있는 특권이 되었다.

미처 알아보지 못한 만남들

몇 년 전까지만 해도 천 년이나 이천 년이 얼마나 긴 세월인지 잘 상상이 되지 않았다. 그리하여 이천 년 전에 무슨 일이 일어났다는 게, 현재의 우리와 똑같은 사고 체계와 정서를 가진 인간의 일이라는 것도 잘 믿어지지 않았다.

신앙의 문제에 있어서도 구약시대는 물론이고 신약시대까지도 정말 그러했을까, 확신이 안 설 때마다 그 옛날 사람들은 우리보다 훨씬 영적이었을 거라는 걸로 신비화시키거나 상징으로 받아들이려 들었다.

그러나 내 나이가 육십을 훨씬 넘고 보니 황혼길의 나그네처럼 쓸쓸히 지난 세월을 돌이켜볼 적이 많은데, 어쩌면 그리도 산 자취는 없는지, 그 덧없음이 꿈 같기도 하고 불과 며칠의 고달프디고달픈 여정 같기도 하다. 만일 장수가 허락되어 백세를 누린다고 해도 돌이켜본 지난날이 길다 할 것인가. 백 년이 순간이거늘 백 년의 열 곱이면 천 년, 스무 곱이면 이천 년인데 그동안이 길면 얼마나 길 것인가.

열심히 사느라고 살았건만 문득 뒤돌아볼 때, 도무지 산 자취 없음은 생애를 스쳐간 헤아릴 수 없이 많은 오묘한 순간들을 기억하지 못하기 때문이 아닐까. 그 교묘한 순간들을 기억해내기로 하면 한이 없어, 마치 보이지 않는 어떤 힘이 내 뒤를 졸졸 귀찮도록 따라다니면서 환난으로부터 지켜주고, 고통받을 때 위로해주고, 좌절했을 때 용기를 주고, 교만해졌을 때 시련을 주었다는 걸 알 수가 있다. 그걸 일일이 따져보면 그 부피가 실로 엄청나서 내 생애가 결코 아무것도 아니라고 할 수가 없다. 태어남 자체가 그런 신비로부터 비롯된다.

내가 하필 우리 엄마 아빠처럼 자애롭고 푸근하고, 우리 가족처럼 사람을 아낄 줄 아는 집안에 태어났다는 것은 얼마나 큰 복인가. 가난한 집에 태어났다는 것도 아무한테도 양보하고 싶지 않은 지극히 나다운 조건이다. 또한 우리 부모나 가족에게도 난 꼭 있어야 할 자식이었다. 누구나 이 세상 몇억 쌍 부모 중에서 그가 꼭 있어야 할 자리에 아무하고도 바꿔치기할 수 없는 유일한 존재로 태어나는 것이다. 그러면서도 나는 주위에서 돌출되는 특별한 존재가 아니라, 시냇가에 널린 조약돌 중의 하나처럼 남들과 조화를 이루면서 살아왔던 것이다.

이런 만남과 안배의 신비는 내가 기억을 못 하거나 그때그때 알아보지 못하고 넘겨서 그렇지 오늘날까지 하루도 빼놓지 않고 나를 따라다녔던 것이다. 나의 탄생을 위해 몇천 년, 아니 몇억 겁의 만남과 사랑이 있었고, 나의 존재 가치를 위해서는 나만의 역할과 이웃과의 튀지 않는 조화가 있었다.

내가 도대체 뭐관데 이렇게 따라다니면서 보살펴주는 것일까. 내가 특별한 존재인가. 가장 좋은 선생님은 학생 하나하나가 다 '우리 선생님은 나를 알아보고 나를 특별히 사랑해주신다.'라고 믿게 하는 선생님이란 말이 있다. 하느님의 능력이라면 자신의 창조물 모두에게 일일이 그럴 수도 있으리라.

주님, 저의 임종의 자리에도 임하시어 저로 하여금 저 높은 곳으로부터의 안배라고밖에는 생각할 수 없는 많은 아름다운 만남을 기억하게 하소서. 그리하여 마지막으로 이 세상에 태어나길 참 잘했다고 미소 짓게 하소서. 제 생전에 허물이 막중하여 비록 천국을 약속받지 못한다 하더라도 그것으로 족하겠나이다.

들어가지 않고는 나올 수도 없는 문

나는 양이 드나드는 문이다.

요한 10장 1-10절

주님, 고백합니다. 요 며칠 동안 당신에 대한 극심한 분노와 의혹에 시달리고 있음을.

며칠 전, 동창생이 죽었습니다. 동갑내기가 죽었을 때 내 차례도 멀지 않을 것 같아 심란해지는 것은 사실이나 피차 살 만큼 산걸요, 설마 그까짓 일로 당신을 원망이야 하겠습니까? 부르시면 가야 하는 게 인간의 운명이라면 가는 나이가 바로 천수일 테지요.

그러나 그 친구는 정말이지 그 나이에 죽어서는 안 되는 그만의 특수한 팔자가 있었습니다만, 그것마저 접어둔다고 해도, 그가 죽음을 위해서 삼사 년씩이나 참아내야 했던 너무도 힘든 투병 생활에 대해서만은 당신 안에서 해답을 찾고 싶었습니다. 그는 천성적으로 악기나 오기라고는 없이 다만 착하고 너그러웠습니다. 선량한 것이 흔히 우매와 혼동되기도 하지만 그는 학문에 대한 의욕도 대단해 병들기 전까지 대학에서 가르쳤으니 거기에도 해당되지 않습니다. 그럼에도 불구하고 그를 조금이라도 아는 사람이라면 지적인 업적보다는 선하고 애정 깊은 인간성을 못 잊어 마치 한쪽이 무너져 내린 것 같은 상실감을 주체하지 못할 만큼 그는 드물게 좋은 사람, 참사람이었습니다. 그리고 조건이 좋아서 그렇게 산 게 아니라 웬만한 사람이라면 포기했을 악조건 속에서도 그렇게 아름답게 살아낸 것입니다.

주님, 그 정도라면 뭐 하나라도 현세의 보상이 있어야 하는 거 아닙니까. 물론 열심히 일한 착한 사람이 말년에 반드시 부나 영예를 누리는 게 아니란 것쯤은 압니다. 그러나 죽음의 문제는 다르지요. 죽음은 당신이 관장하는 일이고, 당신이 전능하실 뿐 아니라 공평한 분이시라면 그 아름다운 생애에 합당한 평화로운 죽음을 주셔야 옳지 않았을까요. 더군다나 그는 임종의 순간까지 당신 하나만을 믿고 어떤 고통도 참아 받은 신실한 교우였습니다. 믿지 않는 사람들이 하느님이 있긴 뭐가 있냐고 비웃어 쌀 만큼 그의 고통은 억울하기 짝이 없는 것이었습니다.

원망 끝에 문득 뭐가 떠올랐는지 아십니까. 십자가에 못 박혀 죽으신 당신의 시신이었습니다. 십자고상이라는 걸 우러를 때 우리는 당신을 직시하기보다는 늘 환상적으로 미화시켜 왔습니다. 그러다가 막상 당신의 시신을 지상으로 내려서 널 위에 뉘었을 때 피 묻고 찌그러지고 너덜너덜해진 당신의 육신은 차마 눈뜨고 볼 수 없는 비참의 극치군요. 어찌 육신의 고통뿐이겠습니까. 세상의 비웃음, 제자들의 배반, 권력으로부터 받은 굴욕으로 극도로 외로워진 당신의 표정은 또 어떻고요. 그걸 피하지 못했으니 당신은 철두철미 인간이었고, 그걸 피하지 않았으니 당신은 정말로 인간도 아니군요. 당신의 참혹한 죽음에 이르러서야 비로소 하느님이 계신가 안 계신가는 그닥 큰 문제가 되지 않았습니다.

하느님이란 바로 제 자식도 이렇게 죽일 수 있는 아버지, 엄혹 그 자체라는 깨달음이 전율처럼 등줄기를 스쳤습니다. 그러자 당신의 말에 솔깃해서 당신의 자녀가 되겠다고 약속한 걸 당장 파기하고 도망치고 싶었습니다. 그러나 주님, 제가 도망쳐 나갈 문은 어딥니까. 들어온 문이 있으면 나갈 문도 있어야 하는 게 아닙니까. 도대체 문을 어디다 숨겨놓으셨습니까. 뭐라고요? 아직 들어오지도 않았다고요?

오오, 주님. 나가기 위해서라도 일단 들어가게 하소서.

옳고도 아름다운 당신

너희는 내가 어디로 가는지 그 길을 알고 있다.

요한 14장 1~12절

작년 가을부터 올봄에 걸쳐 산골짜기에 있는 작은 오두막에 들러서 머무를 수 있는 기회가 종종 있었다. 지척에 숲이 있다는 것밖에는 그다지 경치가 좋은 데는 아니었다. 숲의 수종도 거의가 다 밤나무여서 가을에도 울긋불긋해질 줄 모르고 그저 칙칙하기만 했다. 단풍이 절정에 달한 행락 철에도 아이들이 밤을 주우러 드나드는 것 외에는 아무도 구경 오지 않는 쓸쓸한 숲이었다. 밤나무는 봄도 다른 나무보다 훨씬 늦다. 골짜기로 들어오는 길가의 수양버들이 촉촉한 풀빛으로 요염하게 살랑이고, 바위가 많은 산봉우리 근처의 진달래가 거의 한물이 갈 무렵까지도 움틀 척을 안 하더니 요새 겨우 어렴풋이 푸른 기가 돌기 시작한다.

밤나무만을 주목해서 본 게 처음이어서 그런지 밤나무가 나무 중 가장 늦게 잎이 돋는다는 것뿐 아니라, 낙엽 질 때도 깨끗이 지지를 못하고 겨우내 메마른 가랑잎을 그냥 매달고 있어서 구질구질하다는 것도 이번에 처음 알았다. 잘생긴 거목들이 겨울에 잎을 완전히 떨구고 그 늠름한 진면목을 낱낱이 드러냈을 때 얼마나 보기 좋은가를 아는 사람이라면 당연히 밤나무는 구질구질하고 실망스러운 나무였다.

안개도 같고 이슬비도 같은 습기로 천지가 눅눅한 어느 봄날이었다. 시내에서 과히 멀지 않은 그 골짜기에는 눈보라가 치고 있었다. 오두막에서 바라다본 밤나무 숲이 장관이었다. 쌓일 정도의 눈은 아니었지만 간간이 세게 휘몰아치는 회오리바람이 밤나무에 츱츱하게 매달려 있던 쭈그러진 이파리들을 공중으로 한바탕 말아 올렸다가는 떨구곤 하는 모습이 장엄하고도 신비스러워 보였다.

만일 눈을 동반하지 않은 바람만이 그 일을 하고 있었다면 메말라 보일 풍경이 눈과의 합동작전으로 그렇게 환상적으로 보였던 것이다. 아아, 하는 탄성이 저절로 나오면서 그 좋은 걸 나 혼자 보았다는 게 미안하고 아까웠다.

봄눈이 흔히 그렇듯이 순식간에 개고 바람도 지나갔다. 좀 전에 보았던 게 꿈이 아니었던가 싶게 하늘은 시침 딱 떼고 푸르렀다. 그리고 비로소 완전히 잎을 떨군 밤나무 숲이 드러났다. 어쩌면 가랑잎을 그냥 매달고 있는 밤나무는 하나도 없었다.

나는 끌리듯이 숲속으로 들어가 보았다. 지천으로 쌓인 가랑잎이 적당한 습기를 머금고 조용히 땅을 향해 침잠하고 있었다. 발목이 빠지는 두터운 깊이 밑바닥에는 재작년, 작년, 금년, 그리고 방금 떨어진 낙엽까지 차례로 쌓여 있을 터였다.

그러나 순서 따져서 무엇하랴. 이제 그들의 운명이 나무에 속하지 않고 땅에 속하기는 마찬가지였다. 기를 쓰고 겨우내 나무에 매달려 있다가 한바탕의 봄바람에 어이없이 무너져 내린 주책없는 잎새들에게 움트는 새싹은 원수 같았을지도 모른다.

사람도 자식 기르는 어려움, 자식 때문에 받는 영광보다는 수모나 고초만 늘어가는 세태 때문에 자식이 웬수라는 한탄까지 하게 된다. 그러나 다시 태어나고 싶으면 원수를 위해서 양분이 될 수밖에 없다는 섭리 앞에 인간이라고 해서 가랑잎보다 나을 것이 없다.

"하느님, 당신은 옳으실 뿐 아니라 아름다우십니다."라는 탄성이 저절로 나오는 봄기운 충만한 숲속이었다.

참으로 좋은 달

나를 사랑하는 사람은 내 아버지에게 사랑을 받을 것이다.

요한 14장 15-21절

주님, 5월은 얼마나 좋은 달인지요. 성모성월이고 어린이날, 어버이날이 낀 달이고 자연이 일 년 중 가장 아름다운 달이기도 합니다. 며칠 전에는 모처럼 친구들과 외식을 하려고 제가 평소에 좋아하는 음식점을 찾아갔습니다. 단골집인데도 자리가 없어서 쫓겨나고 말았습니다. 그렇다고 아무거나 먹기는 싫고 약간은 분위기 있는 데를 찾아다니느라 몇 집을 더 거쳐서야 겨우 구석진 자리나마 얻을 수가 있었습니다. 잘 꾸며놓은 넓은 홀 안에 온통 가족 동반의 손님들로 꽉 차 있더군요. 가족들끼리만, 또는 형제나 자매들끼리의 가정들이 함께 어울려서 아이들에게 맛있는 것도 먹이고 선물을 주기도 하는 모습이 아주 그럴듯해 보였습니다. 허나 하는 짓들이 너무 비슷해서 행복해 보이는 것하고는 달랐습니다. 그러다가 글쎄 문득 그 아이들이 죄다 고아처럼 보이지 뭡니까. 그 그럴 것 없이 넉넉한 아이들이 말입니다. 부모들은 다만 의무를 다하려는 것처럼 피곤해 보였고, 아이들은 감사하는 기색이라고는 없이 그냥 먹고 투정하고 남기고 비비 꼬고 하더군요.

파는 음식과 엄마의 손맛이 든 음식과의 차이를 모르고 자라는 아이들을 고아처럼 여긴 것이 손맛 든 음식밖에 먹일 게 없었던 때를 겪은 저 같은 늙은이의 고약한 심술이라면 주님, 용서하세요. 그렇지만 주님, 나이를 먹고 늙어빠졌다고 해서 자신을 고아처럼 느낄 때가 없는 줄 아십니까. 학교 갔다 온 손자가 어딘지 걱정이 있어 보이길래 무슨 일이냐고 물어봤다가 할머니는 몰라도 된다는 핀잔만 들었을 때, 할미가 손수 딴 햇쑥으로 만든 쑥버무리를 거들떠도 안 보고 피자가 먹고 싶다고 할 때, 나잇값도 못 하고 고아가 된 것처럼 노엽고 서글퍼진답니다. 손맛에 대한 자신감을 잃었다는 게 곧 사랑에 대한 자신감을 잃은 것만치나 자신을 외롭고 초라하게 만듭니다.

주님, 그러나 잠 안 오는 깊은 밤, 고아처럼 오갈 데 없는 마음으로 내려설 뜰도 없는 아파트 마루를 서성이다가 아직도 꺼지지 않은 불빛을 발견했을 때, 뜻하지 않게 충만해지는 자신을 발견하게 되는 것은 무슨 까닭입니까. 그때까지 잠을 못 자고 있다면 그는 틀림없이 수험생일 겁니다. 꾸벅이며 책장을 넘기다 말다 하는 소년이 보이는 듯합니다. 그가 안쓰러워 그의 창가를 떠날 수가 없습니다. 잠깐만이라도 단잠을 잘 수 있도록 이불을 덮어주고 싶기도 하고, 할 공부를 잔뜩 남겨놓은 채 곯아떨어진 거라면 조금만 더 힘내라고 일으키고 싶기도 합니다. 이렇게 스르르 마음이 열리자, 이웃에 대한 관심뿐 아니라 한 집 안의 딴 방에, 또는 멀리 가까이에 흩어져 사는 자식들과 손자들의 숨결까지 잡힐 듯이 가까워집니다. 설사 자식들이 지구 반대편에 있다고 해도, 제가 지구 반대편을 여행 중이라 해도 숨결이 느껴지도록 가깝게 맺어진 느낌은 변함이 없습니다. 그들의 숨결이 건강하다는 게 얼마나 감사한지요. 존재한다는 것만으로도 감사할 수 있는, 사랑하는 이의 수효가 많다는 것은 얼마나 큰 복인지요. 사랑은 그까짓 손맛 같은 것, 또 거리 같은 것 때문에 달라지는 게 아니더군요. 또한 그것이 옛날에는 있었지만 지금은 없어져가는 것 따위도 아닙니다. 예나 지금이나 늘 있어 왔고, 만일 앞으로 그게 없어진다면 우린 사람도 아니게 되는 그런 것입니다.

주님, 제 마음이 그 좋은 것으로 늘 충만할 수 있도록 항상 열려 있게 하소서.

눈물 그렁한 당신의 시선

내가 세상 끝날까지 항상 너희와 함께 있겠다.

마태 28장 16-20절

어떤 책 광고에서 이런 구절을 보았습니다. "나는 어머니라는 말만 들어도 눈물이 납니다."라고 했더군요. 그 소리가 광고 말답지 않게 가슴에 와 닿는 것은 그 작가의 어머니를 알아서가 아니라 늘 마음속에 있는 내 어머니와 세상 모든 어머니의 진수를 건드렸기 때문일 겁니다. 지난 어버이날이었습니다. 아침나절 전철역 앞에서 가슴에 색종이로 만든 꽃을 달고 떡을 파는 아주머니를 보았습니다. 떡장수를 해서가 아니라 바로 그 종이꽃 때문에 그 아주머니가 더 초라해 보였습니다. 웬만큼 사는 사람들은 아무리 비싸도 한두 송이, 또는 한 바구니의 생화도 어머니에게 바치는 게 요즈음 어버이날의 풍속도니까요. 저녁나절 시내에서 일을 보고 들어오다 보니 그 아주머니는 아직도 거기 있었습니다. 떡이 조금밖에 안 남아서 참 다행이었습니다. 가슴의 꽃도 그동안 생명이 깃든 것처럼 자랑스럽고 싱싱했습니다. 나는 조화를 좋아하지 않지만 그 순간만은 너무 좋아서 눈물이 날 것 같았습니다. 그 떡을 떨이한 것은 물론이지요.

나이 들면서 괜히 눈물이 나려고 할 때가 왜 그렇게 많은지요. 남들은 다 희희낙락 즐거워하는 결혼식장 같은 자리에서도 웨딩마치 소리만 들리면 눈시울이 뜨거워지곤 합니다. 요새는 밴드나 무슨 무슨 현악 사중주단, 또는 국악기까지 동원해서 더욱 장엄하고 더욱 아름답게 웨딩마치를 연주하는 예식도 있지만, 그보다는 외지고 조촐한, 하객도 많지 않은 예식장에서 약간은 서툴게 치는 웨딩마치 소리가 더욱 가슴에 와 닿으면서 까닭 모를 눈물을 자아냅니다.

병원 신생아실 근처도 까닭 모르게 눈물이 나는 장소 중에 하나입니다. 내 손자나 친척의 경사를 보기 위해 신생아실을 찾아갔다면 여러 아이 중의 하나와 상면해서 누구를 닮았나 알아보고 장차 잘될 것을 축수해야 하는 긴장과 부담감 때문에 눈물 같은 건 날 새가 없습니다. 나의 누구누구가 거기 있다를 떠나서 다만 신생아들로 바라볼 때 비로소 눈물이 날 것 같은 감동이 엄습합니다. 태어날 때의 완벽한 무소유, 서로 아무하고도 닮지 않은 그 다양성 등 생명에 대한 경외 때문만이 아닙니다. 그들을 맞이하는 이 세상

의 거짓 화려함과 잡스러움을 반성하며 어쩔 수 없이 사로잡히게
되는 깊은 연민 때문입니다.

　대가를 요구하지 않아도 되는 사람에 대해 저절로 우러나는 진
국스러운 사랑에는 그 밑바닥에 이렇듯 연민의 정이 있습니다. 무
엇인가가 되어 나에게로 되돌아오길 바라는 사랑이 곧 피곤해지는
데 반해 연민을 동반한 사랑은 우리를 정화시켜주는 느낌이 드는
것은 무슨 까닭일까요.

　주님, 그럴 때는 비록 잠깐 동안이지만 제 자신 속에서 당신을 느
낄 수 있기 때문일 겁니다. 제가 느끼는 당신의 시선은 늘 그렁한
눈물과 함께 한없이 깊은 연민을 담고 계십니다. 모진 세파에 타고
난 감수성이 거의 닳고 메말랐다 해도 제 안에서 연민까지 닳아 없
어지지 않는 한 삶은 역시 살아낼 만합니다. 당신을 믿지 않는 사람
도 우리 사이에서 점점 연민이 없어지면서 그악스러워만지는 징후
를 보면 겁에 질려 부르짖습니다. "말세야, 말세가 다 됐어."라고 말

입니다. 당신을 모르는 사람에게 자리 잡은 말세의
개념도 결국은 당신이 없는 세상입니다. 세상 끝날 때까지 함
께 있겠다고 약속하신 주여, 찬미받으소서.

당신의 상흔을 알아보게 하소서

내 아버지께서 나를 보내주신 것처럼 나도 너희를 보낸다.

요한 20장 19-23절

예수님의 제자들이나 따르던 여인들은 한결같이 당신의 죽음을 애통해하고 절망했지만, 막상 부활하신 당신을 만났을 때는 반기지도 기뻐 날뛰지도 않았습니다. 두려워 떨기도 하고, 안 믿기도 하고, 심지어는 당신과 더불어 온종일 먼 길을 동행하면서 세상 돌아가는 얘기까지 나누고 나서도 못 알아보는 이까지 있었지요. 어떻게 그런 일이 있을 수 있나? 성경에서 가장 잘 이해가 안 되는 대목이 바로 그 부분입니다. 그러나 당신의 부활을 못 알아보거나 못 믿는 제자들에게 당신의 현존을 드러내 보이신 방법이 어찌나 당신다웠던지 거기 매료되고 나면 여태껏 잘 이해가 안 되던 대목이 그닥 큰 걸

림돌이 되지 않습니다.

　제자들은 당신의 거룩하고 아름다운 용모와 권위와 설득력을 갖춘 웅변과 부드럽고 따뜻한 손길을 몽매에도 잊지 못하였으련만 그것만 가지고 당신을 알아보기엔 충분치가 못했습니다. 그런 면에서 당신과 닮은 사람이 이 세상에 없으란 법이 없을 테니까요. 당신의 가장 당신다움은 결코 자신을 위해서 하느님의 아들에 합당한 능력을 행사하지 않았었다는 데 있습니다. 당신의 가장 당신다움은 폭력에는 죽을 수밖에 없는 인간적인 운명에 순종했다는 것입니다. 그리하여 배고플 때는 겸손하게 빵을 나누며, 사지를 못 박고 옆구리를 찌르면 죽을 수밖에 없는 인간적인 한계를 적나라하게 드러내 보임으로써 제자들로 하여금 주님이 틀림없다는 것을 알아보도록 하셨습니다.

　당신의 숨결(성령)로 인간을 뿌리째 변화시키고 새로 나게 하는, 하느님만이 할 수 있는 권능을 보여주신 것은 오히려 그다음이었습니다. 저에겐 그 신비가 당신의 어떤 신비보다 아름답고 위대하게 느껴집니다. 당신의 상처야말로 어느 누구하고도 헷갈릴 수 없는 당신만의 진리였습니다.

　왜 하필이면 삼십 대의 청청한 나이에 십자가에 못 박혀 인류 역사상 가장 비참하고 억울하게 죽은 당신을 주님이라고 영접하게 됐을까? 잘 이해가 안 되다가도 그건 바로 내 영혼 안의 작은 신비다, 라고 이해력의 한계를 훌쩍 뛰어넘으려 드는 것도 감히 제 작은 신비가 당신의 큰 신비 안에 있다고 믿기 때문입니다.

왜 당신을 믿게 되었는지 설명할 수는 없다고 해도 당신을 믿게 되어 좋은 까닭은 마음이 아플 때 아프다고 비명을 지를 수 있어서입니다. 남들은 당신을 알고 나니 기도할 데가 생겨서 좋다고도 하고, 외롭지 않아서 좋다고도 하고, 든든한 백이 생긴 것처럼 꿀릴 것이 없어서 좋다고도 하더군요. 거기 비하면 저는 밖에 나가 넘어지거나 누구한테 얻어맞았을 때, 질질 짜고 집으로 들어가 엄마한테 생채기를 내보이면서 엄살을 부리고, 누구한테 맞았나 고자질하는 식의 아주 초보적인, 본능의 한계도 못 벗어난 믿음밖에 못 가졌다 할 것입니다.

주여, 제 엄살 섞인 비명을 미워 마시고 제 상처에도 호호 당신의 입김을 불어넣어 주소서. 아니, 그보다 먼저 당신 사지의 못 자국을, 옆구리의 깊은 상처를, 그때 그렇게 당신을 박해하고도 부족하여 그 후 오늘날까지 인류의 역사가 시시때때로 기회만 있으면 당신의 어디든지 함부로 할퀴고 찌르고 모욕을 준 그 수많은 상흔을 제가 직시할 수 있도록 도와주소서. 제 영혼이 곧 나으리이다.

아이고, 하느님. 그것만은 못 하겠습니다

그를 믿는 사람은 누구든지 멸망하지 않고

영원한 생명을 얻게 하여주셨다.

요한 3장 16-18절

운전을 배우고 나서 처음 차를 끌고 나가는 초보에게 몇 년 경험자들이 으레 하는 말이 있다. 접촉 사고가 나거든 잘잘못을 가릴 생각 말고 상대방보다 더 크게 목청을 높이고, 상대방 인상이 험악해 보이면 이쪽에서 먼저 삿대질이라도 하면서 날뛰라는 식의 조언이다. 운전의 경우만이 아닌 우리 사회의 총체적 단면을 보는 것 같아 섬뜩해진다. 목청부터 높이라는 건 전혀 잘못이 없는 것처럼 당당하게 굴라는 소리고, 삿대질이라도 하라는 것은 법보다 힘으로 겁부터 주고 보라는 뜻이 된다. 그건 어떡하면 잘못을 저지르지 않나가 아니라, 잘못을 저지르고도 어떡하면 안 저지른 것처럼 굴 수 있느냐가 된다. 그게 통한다고 생각하는 건 곧 자기가 몸담고 있는 사회에 정의가 부재함을 믿는 것과 다를 것이 없다. 그리고 실제로 그렇게 행동하고 있다는 걸 도처에서 보게 된다. 안 밀릴 시간에 차가 몹시 밀리면 앞의 어디에선가 사고가 났다는 증건데, 가벼운 접촉 사고에도 뒤에 차가 몇 킬로나 밀려 있건 말건 찻길 한가운데서 서로 상대방에게 잘못을 뒤집어씌우려고 열렬하게 싸우거나 삿대질을 하고 있는 걸 보게 된다. 잘못을 인정하고 일정한 대가를 치르는 대신 잘못을 남에게 뒤집어씌움으로써 자기는 무죄가 되려는 행위가 차의 소통을 막고 있는 것은 다만 눈에 띄는 현상일 뿐, 이런 식의 비뚤어진 시민 의식이 도처에 골고루 확산돼 우리 사회가 순리대로 흐르는 걸 막고 있다면 어찌 가공할 일이 아니랴.

뒤집어씌우기 다음으로 우리가 흔하게 쓰는, 자기 잘못에서 빠져나오는 또 하나의 수법은 더 큰 남의 잘못과 비교하는 일이다. 신문에서 몇억 원의 뇌물 수수 기사를 보면 자기가 지위를 이용해 청탁을 들어주고 받은 몇백만 원은 그까짓 거 뇌물이라고 부르기도 자존심이 상한다. 그러나 그에게 그 돈을 바친 하급자에겐 거금이고, 그 거금 때문에 그도 언젠가 받은 일이 있는 몇십만 원의 촌지에 대해선 손톱만큼의 죄의식도 못 느끼게 된다. 그렇다고 정말 왕창 먹은 이 나라 최고의 부정 축재자에겐 죄의식이 있을까. 그는 그 나름으로 억울할 것이다. 왜냐하면 먹어도 안 걸린 사람도 많은데 하필 걸렸기 때문이다. 억울해한다는 것은 자기 죄를 인정하지 않는, 즉 무죄의 주장과 다를 바 없다.

떠넘기고 상쇄시켜 결국 아무도 밝혀내지 못한 죄는 다 어디로 간 것일까. 남을 속일 수는 있어도 자기 자신까지 속일 수는 없는 법이다. 우리는 각자 자기 자신 속에 그 자신의 죄를 숨긴 어두운 감옥을 하나씩 가지고 있는 게 아닐까. 그 어둠이 아무리 거대해도 자기 자신 속에 있으니 죽을 때 떼어놓고 갈 수도 없다.

그러나 죽음조차도 구원이 안 되는 죄의식에 대해 예수님은 말씀하신다. 당신이 이 세상에 온 것은 세상을 단죄하려고가 아니라 구원하려는 것이고, 구원받고 싶으면 하느님의 아들을 믿기만 하면 된다고. 참 마음도 좋으신 하느님이다. 그렇게 쉽게 구원받을 방법이 있는 줄 알았으면 더 많은 죄를 지을 걸 그랬다는 간교한 생각도 든다. 그러나 웬걸, 예수님은 그렇게 호락호락한 분이 아니다. 죄인의 속성을 날카롭게 간파하고 있다. 죄상이 드러날까 봐 빛을 멀리한다고. 그건 결국 용서받기 위한 진정한 회개는 자기가 한 일을 백일하에 낱낱이 드러내는 일이라는 말씀이었다. "아이고, 하느님. 죽으면 죽었지 그것만은 못 하겠습니다."라는 비명을 누가 안 지를 수 있으랴.

축복받은 첫 영성체

나는 하늘에서 내려온 살아 있는 빵이다.

요한 6장 51–58절

십여 년 전 예비자 교리를 받을 때였으니까 아직 성체를 영한 경험이 없을 때였다. 그때 태생 교우라는 나이 지긋하고 신앙이 두터운 자매님한테서 이런 얘기를 들었다. 영세받은 지 얼마 안 되는 교우가 성체로 영한 밀떡이 과연 주님의 몸일까 의심스러워 입에 넣지 않고 슬쩍 주머니에 숨겨가지고 나와서 아무도 안 보는 데서 분질러 보았더니 피가 나오더라는 얘기였다. 초보자가 영성체를 가볍게 여기지 않도록 하려는 의도에서 그런 말이 나왔다는 건 이해가 가나 그런 유의 얘기를 좋아하지는 않는다. 어딘지 공포스럽기 때문이다. 거룩한 것하고 공포스러운 것하고는 다르다. 거룩한 것은 정신을 고양시키지만 공포는 정신을 억압해 황폐하게 만들기 때문이다.

그 후 영세를 받고 영성체를 할 수 있게 되어 좋다고 생각한 것은 그걸 안 하면 큰일 날 것 같아서가 아니라 한번 맛들인 성찬 전례의 감사와 기쁨을 세속의 식사와 나눔 중에서도 느낄 수 있게 되어서이다. 아무리 검소한 식탁도 사랑하는 사람끼리 둘러앉아 일용할 양식을 나누는 기쁨과 감사가 충만할 때 절로 거룩해진다는 걸 일상적으로도 체험할 수 있다는 것은 커다란 축복이다.

손자 중에 요새 첫 영성체 교리를 받은 아이가 있다. 등교 전 새벽에 한 번, 학교 갔다 온 후에 또 한 번, 한 달 동안 하루도 빠짐없이 이렇게 하루 두 번씩이나 교리 공부를 해야 한다고 했다. 그 아이는 아주 건강하고 장난과 컴퓨터게임과 인기 가수를 좋아하는 보통의 초등학생이다. 보통 아이답게 아침잠도 많고 친구도 많고 학교 갔다 오면 가야 할 학원도 몇 군데 된다. 나는 새벽과 저녁 두 차례나 되는 교리 공부는 보통 아이들의 하루 일과를 전혀 고려 안 한 것 같아 불만스러웠다. 보통 아이들이 끝까지 해내려면 식구들까지 심한 스트레스를 받아야 할 가혹한 스케줄은 아무리 교리 공부라 해도 피하는 게 좋을 것 같았다. 그러나 뜻밖에 아이는 개근을 목표로 잘해나갔다. 새벽 다섯 시에도 누가 깨우기 전에 일어나 나간다는 소리를 듣고 나는 아이에게 "애야, 몇 번 빠진다고 첫 영성체 못 받지 않을 테니 정 고단한 날은 빠지기도 하고 그래." 이렇게 아이를 꼬셨다. 나는 워낙 그렇게 헐거운 구석이 많은 할미다.

할미보다 책임이 무거운 에미 노릇을 할 때도 마찬가지였다. 자식들이 숙제가 많다고 밤늦도록 질질 짜고 있으면 그렇게 힘들면 숙제를 안 해 가고 대신 선생님한테 매를 맞으라고 꼬시기 일쑤였다.

그 버릇이 또 나와 그렇게 꼬셔본 건데 아이는 들은 척도 안 하더니 기어코 개근의 목적을 달성했다. 다시 한 번 말해두거니와 그 아이는 학교에서도 일이 등이나 개근상에 집착하는 특별한 아이가 아니라, 병 나면 결석도 하고, 많이 틀린 시험지를 아무렇지도 않게 내놓기도 하는 철저하게 보통 아이다. 그리고 아직 초등학생이다. 그 아이가 영성체를 어떤 것이라고 알고 있기에 그렇게 열심인지, 거기에 관해 충분히 설명할 수 있기엔 아직 어리다고는 하나 성체를 영하기에 합당하기 위해서는 자신이 달라져야 한다고 믿는 것만은 확실하지 않을까. 떳떳하게 성체를 영할 수 있기 위해 험 없이, 완벽하게 순수하고 싶은 그 아이의 열정이 예쁘고 부럽다. 그리고 그런 순결한 열정을 가지고 유년기에서 소년기로 넘어가고 있는 그 애가 자랑스럽다.

돌아오라, 다시 한 번

앓는 사람은 고쳐주고 죽은 사람은 살려주어라.

마태 9장 36절, 10장 8절

며칠 전 티베트를 여행하고 왔다. 산소가 희박한 고원지대라 내 나이로는 좀 무리한 여행이었지만 문명 이전의 원초적 자연은 말로 표현할 수 없는 장관이었다. 내가 뭐관데 내 눈이 이런 사치를 누려도 되는 것일까, 자주 송구스러워질 정도였다. 그러나 언제 어디서나 가장 감동스러운 것은 역시 인간이었다.

처음 티베트의 라사 공항에 내렸을 때만 해도 우리 일행 중 아무도 고산병 증세를 일으키지 않는 것만 다행스러워하며 쉬지도 않고 곧장 초대 사원을 찾아 강을 건넜다. 강도 생각보다 큰 강이었지만 배가 자주 모래톱에 좌초하여 세 시간 동안이나 배 위에서 뙤

약볕에 노출돼 있지 않으면 안 되었다. 아침, 점심을 다 거른 후라 배고픈 것도 견디기 힘들었다. 그때 일행 중 사업을 한다는 젊은 사장님이 마침 버너를 가지고 있다가 강물을 길어 라면을 끓여 한 젓갈씩 나눠주었다. 라면 봉지로 그릇을 만드는 솜씨도 신기했지만 그 라면 맛은 내 생애 최고의 진미였다.

　그러고 나서 며칠 후, 중간에 마땅한 주유소도 없어서 며칠 치의 기름을 버스에 싣고 히말라야의 협곡을 넘을 때였다. 갈 길은 멀고 구원을 청할 곳도 없는, 달나라의 풍경 같은 오천 미터의 고지에서 차가 고장을 일으켰다. 현지인 운전기사는 운전 기술 외에는 차체에 대해 전혀 아는 바가 없는 맹문이었다. 이런 난감한 처지에서 또 그 젊은 사장님이 나서서 기관의 뚜껑을 열고 면밀히 살펴보더니 원인을 발견해 버스를 움직이도록 했다. 그러나 한번 고장을 일으키기 시작한 차는 워낙 길이 험해서 그랬던지 정비 불량이었던지 연달아 문제를 일으켰다. 그럴 때마다 그 사장님은 버스 밑에 들어가 장시간 땅바닥에 누워 차를 고치기도 하고, 기름 찌꺼기로 막혀버린 송유관을 입으로 빨기까지 하는 등 몸을 돌보지 않고 버스와 악전고투를 거듭해 어떡하든지 움직이게 해주었고, 나중에는 운전대까지 잡았다. 그가 운전대에 앉자 우리는 비로소 간간이 낮잠도 즐길 수가 있었고, 길이 끊긴 데가 나타날 때마다 알아서 내려서 차를 미는 등 일사불란한 협조 체제를 이루면서 며칠이나 걸리는 그 험한 길을 극복해나갔다. 그의 진면목은 다재다능보다는 일행을 안심시키고 스스로 협조토록 하는 착한 목자다움에 있었다. 어찌 그가 일행에 섞일 수가 있었을까. 나는 안배의 신비 같은 것에 깊이 감사하며 버스를 밀 힘도 없이 구경만 한 나의 몫은 그를 오래 기억하는 일이라고 다짐했다.

그러나 인간의 기억력이란 얼마나 간사한가. 돌아와서는 나 혼자 모험을 한 것처럼 풍기느라 그를 까맣게 잊고 지냈다. 그런 나를 강타하듯이 70, 80년대 암흑기에 횃불처럼 타오르던 천주교 사제단의 정의 구현 운동을 기록한 『암흑 속의 횃불』이라는 책이 배달되어 왔다. 그 책은 나의 타성화된 신앙과 속 편한 망각을 두드리면서 나를 부끄럽고 또 부끄럽게 했다.

그 기나긴 암흑기에도 역사가 끊기지 않고 어떡하든지 바람직한 방향으로 움직여온 것은 사제단이 위험을 무릅쓰고 높이 켜 든 횃불과 무관하지 않거늘, 마침 그 시기에 영세를 받은 것도, 가톨릭 신자가 된 것을 그렇게도 자랑스러워했던 것도 정의 구현 사제단이 있음으로써였거늘 어쩌면 그렇게 까맣게 잊고 지낸 것일까.

돌아오라, 다시 한 번. 그때의 감동과 긍지여.

일곱 번씩 일흔 번이라도

일곱 번뿐 아니라 일곱 번씩 일흔 번이라도 용서하여라.

마태 18장 19-22절

　　국토가 분단된 지도 어언 반세기가 넘는 동안 분단의 고통이 직접적이고 구체적인 분들이 내 주위에서 하나둘 사라지더니 이젠 거의 다 세상을 뜬 것 같아 그게 새삼 적막하게 느껴지는 요즈음이다. 그중에서도 잊히지 않는 분은 내 어머니도, 친척이나 내가 가깝게 지낸 어느 누구도 아닌 고 장기려 박사이다. 나는 그분에 대해 보통 사람들이 아는 만큼, 이를테면 6·25 난리 통에 부인과 여러 자녀를 북에 남겨둔 채 아드님 하나만 데리고 황급히 피난을 내려온 후, 팔십 평생을 독신으로 지내면서 돈과는 거리가 먼 형편이 어려운 사람들을 위한 무료 진료에 헌신한 착한 의사라는 것 이상은 안다고 할 수 없는, 생전에 일면식도 없는 사이다. 그럼에도 불구하고 그렇게 말할 수 있는 것은 생전에 그분이 남긴 몇 마디 말씀 때문이다.

어떤 인터뷰 기사에서였다고 기억하는데, 그분은 자신의 의술로 재산을 모을 생각은 추호도 없이 오로지 가진 것 없는 소외된 이들을 위해 일생을 바쳤다. 자기가 여기서 어려움에 처한 사람을 능력껏 도우면 북에 남은 가족들도 가장 없이 살아내야 하는 인생의 여러 막막하고 어려운 고비마다 도움을 주는 사람을 만날 수 있지 않겠느냐는 까닭이었다.

그 소리가 어쩌면 그렇게 아름답고 힘 있게 들렸던지 잊을 수가 없었다. 거리상으로는 지척에 두고도 부부 간에, 부모 자식 간에 만날 수도, 소식이나 도움을 주고받을 수도 없는 괴물 같은, 철통 같은 분단의 벽을 거슬러보려는 위험과 위법을 무릅쓴 시도도 그동안 여러 차례 있어 왔고, 거기 비하면 그의 생각은 한낱 약자의 자기 위안으로 들릴 수도 있다. 그러나 그걸 믿었을 뿐 아니라 그걸 실행해왔다. 그분은 결코 허황한 걸 믿은 게 아니었다. 사랑의 신비, 기도의 힘을 믿은 거였고, 그쪽도 사람 사는 세상이라는 걸 믿은 거였다. 미약한 것 같으면서도, 철옹성 같은 분단의 벽에도 스며들어 숨구멍을 틀 수 있는 유일하게 현실적인 방법이었다.

우리 민족성 중 가장 아름다운 '내가 남의 귀인이 돼주지 않고 어떻게 길 떠난 내 자식이 귀인을 만나기 바라랴.'라는 모성적인 정서와는 또 얼마나 잘 맞아떨어지냐 말이다.

그러나 요즈음 곳간에서 인심 난다는 속담이 무색하게 우리 인심은 나눔보다는 겨우 손에 쥔 풍요와 안락을 지키기에만 급급한 것 같다. 꿈에도 소원은 통일은 입술 끝에 붙은 노랫말에 불과할 뿐, 속마음을 털어놓을 수 있는 자리에서는 지금 이대로가 어때서 우리가 그 어렵고 세련되지 못한 사람들을 떠맡으려 드는지 모르겠다는 말을 서슴지 않는다. 실상 그건 일부의 이기적인 생각이 아니라 우리 모두가 가진 마음의 이중성이라는 것은, 일 차 쌀 지원 때 북이 보인 태도를 보고 난 우리의 여론에서 극명하게 드러났다. 우리 마음이 일제히, 우리라고 양식이 썩어나는 것도 아닌데 그 배은망덕한 사람들을 도와주는 게 말이 되느냐는 식으로 나타났기 때문이다. 그들의 태도가 보도된 내용대로라고 해도 그들이 누구인가?

주님, 다시 대북 쌀 지원을 시작할 거라고 합니다. 형제가 잘못을 저질렀을 때 일곱 번씩 일흔 번이라도 용서하라는 당신의 말씀을 명심하게 하소서. 그리하여 생색을 내기보다는 주고도 수모받는 무수한 고비를 슬기롭게 넘기도록 도와주소서.

숨을 곳을 모르겠나이다

냉수 한 그릇이라도 주는 사람은 반드시 그 상을 받을 것이다.

마태 10장 37-42절

가끔 이만하면 도덕적으로 하자 없이 살아왔다고 자부할 때가 있습니다. 제가 마음속으로 저지른 대죄뿐 아니라 행동으로 나타낸 털끝만 한 잘못까지도 낱낱이 알고 계신 주님, 당신도 아마 아실 겝니다. 제가 비록 남에게 크게 베푼 일은 없지만 남의 것을 탐내거나 남의 것을 훔친 일이 없다는 것을요. 그리고 남을 마음으로 미워한 적은 있어도 해치는 짓을 행동으로 한 적은 없다는 것도요. 또한 일생 능력껏 부지런히 일해왔지만 가진 것은 겨우 남에게 아쉬운 소리 안 할 정도지 큰 부자는 못 된다는 것도 제가 주님 앞에서 이렇게 으스댈 수 있는 까닭입니다.

그러나 그 무엇보다도 참으로 잘했다고 생각하는 것은 주님을 알고 주님을 따르기로 약속한 것입니다. 세상에는 본받을 만한 사람, 추종하고 싶은 사람이 오죽이나 많습니까? 명석하고 위대한 과학자, 하늘의 성좌보다 높게 빛나는 예술가, 무소불위의 막강한 권력자, 대중의 환호와 박수갈채가 공기보다 더 흔해빠진 인기인, 자손 대대 몇십만 년을 두고 써도 못다 쓸 돈을 당대에 모은 재벌, 이런 사람 다 제쳐놓고 하필이면 삼십 대 젊으나 젊은 나이에 십자가에 못 박혀 인류사상 가장 억울하고 처참하게 죽은 당신을 믿고 따르고 닮아볼 엄두를 내다니요. 이런 것을 신앙의 신비라고 하는지도 모르겠습니다만, 아무튼 이 세상을 거쳐간 잘난 사람 다 제쳐두고 당신에게 매료된 자신이 저는 기특하고 자랑스럽습니다.

그러나 저는 당신을 놓칠세라 바싹 따라가는 짓 같은 것은 안 합니다. 그건 제 처세술에 어긋나니까요. 저는 제 자식들이 대학에 다닐 때도 아침마다 타일렀습죠. 데모할 때 앞장서지 말아라. 다칠 것 없다. 그렇다고 데모하는 것을 못 본 척 공부만 하지도 말아라. 그건 친구한테뿐 아니라 이 시대에도 부끄러운 일이다. 그때가 마침 70, 80년대였거들랑요. 그래서 저는 아이들에게 데모할 때 앞장도 서지 말고 뒤로 처지지도 말고 가운데쯤에서 안전하게 하라고 열심히 가르쳤지요. 저는 당신을 따라가면서도 저의 그런 겸손한 듯하면서도 실은 비열한 처세술을 느낍니다.

이래서는 안 되는 건데, 싶어 허둥지둥 저만치 앞서가는 당신의 모습을 쫓습니다. 그러나 당신은 어디에도 보이지 않습니다. 당신이 밟고 간 발자취조차 나의 길엔 남아 있지 않습니다. 저는 있는 힘을 다해 당신의 이름을 불러봅니다. "주여, 어디 계시나이까? 지금 어디만큼 가고 계십니까?"라고요. 그러나 돌아보는 얼굴은 다 당신의 얼굴이 아닙니다.

저는 당신을 쫓고 있었던 게 아닙니다. 기득권, 고정관념, 위선, 이기심, 이런 것을 쫓고 있었던 것입니다. 가족 같은, 피붙이 같은 이런 동반자들 때문에 이 길이 이렇게 편했던 거로군요. 그들과의 유대감은 참으로 편안하고 달콤해서 좋았습니다. 그러나 저를 한없이 편안하게 한 그 좋은 것들과의 유대 관계를 끊지 않고서는 주님을 따를 수 없다는 것을 압니다.

주여, 저에게 그 질긴 유대 관계를 끊을 수 있는 칼을 주소서. 기왕에 준 칼은 어쨌느냐고요? 그건 남의 허물을 단죄하는 데 하도 부지런히 써먹어서 무디어지고 말았습니다. 그게 아니라 남을 단죄하는 데는 칼날을, 저를 단죄하는 데는 칼등을 쓰고 있기 때문이라니요?

오오, 주님 어찌 그리 무서운 말씀을…. 너무 무안하여 숨을 곳을 모르겠나이다.

이 고해에서 익사하지 않은 까닭

예수님은 베드로를 믿고 깊이 사랑하셨습니다.

약점까지 포함한 있는 그대로의 베드로를 사랑하셨습니다.

어린이는 어른의 아버지

도시의 대기오염이 극에 달했다는 보도 끝에 한차례 큰비가 오고 나서였다. 외출을 하려는데 그렇게 상쾌할 수가 없었다. 가로수 이파리는 막 목욕을 끝낸 아기 피부처럼 싱그럽게 빛나고 있었고, 먼 산들은 수채화처럼 산뜻하고 선명해 보였고, 인도의 보도블록은 먼지 하나 없이 정결하고, 공기는 심호흡을 하고 싶게 감미로웠다. 이 거대한 도시의 구석구석은 물론, 천만 인구가 쓰고 사는 대기층까지를 이다지도 깨끗이 청소한다는 것은 신의 능력이 아니고서는 불가능한 일이다. 그 후 곧 장마가 졌지만 늘 이맘때 장마가 졌음으로써 이 땅에 벼농사가 발달했다는 걸 생각할 때, 장마 또한 경건하게 받아들여야 할 것이다. 문득 다음과 같은 워즈워스의 시가 생각났다.

하늘의 무지개를 볼 때마다
내 마음 뛰노나니
내가 어렸을 때 그러하였고
어른 된 지금도 그러하거늘
만일 늙어서 그렇지 아니할진대
차라리 나를 죽게 하소서
어린이는 어른의 아버지
원컨대 나의 하루하루를
타고난 경건으로 이어가게 하소서.

자연과의 깊은 교감으로 동양에서도 널리 사랑받고 있는 이 영국의 계관시인은 어린이가 어른의 아버지인 까닭을 자연에 대한 천성의 때묻지 않은 경건함에서 찾고 있다. 천성, 즉 타고났다는 건 뭔가? 그거야말로 신이 인간에게 공평하게 주어서 내보낸 신의 선물이 아니고 무엇이겠는가. 그러나 아무리 타고난 것도 떡잎부터 짓밟아버리고 나서 뿌리가 내리길 바랄 수는 없는 일이다. 동심을 찬양만 할 게 아니라 마땅히 보호해야 하는 까닭은 그 유약성 때문이기도 하리라.

그러나 요새 우리 어린이들의 가슴을 울렁거리게 하는 것들은 하늘의 무지개나 별자리도, 누가 보건 말건 열심히 꽃 피고 열매 맺는 들꽃의 애련함도, 미운 번데기에서 방금 비상한 아름다운 곤충의 첫 날갯짓도 아니다. 남한테 이기고 남보다 앞서가는 아이를 만들어야겠다는 어른들의 욕심과 과학기술에 대한 맹신은 과학도 자연의 이치에서 나왔다는 건 저만치 덮어두고, 오로지 과학이 만들어낸 도구에 길들이도록 교육시키는 데 급급하고 있다.

그 결과 자연은 완전히 어린이들로부터 소외되고, 컴퓨터게임 속의 가상 세계만이 아이들의 전부가 되고 말았다. 제 부모 형제가 무슨 생각을 하는지, 책상을 나란히 한 친구에게 무슨 고민이 있는지에는 아무런 관심도 없는 채 컴퓨터게임 속에서 폭력을 즐김으로써 스트레스를 풀고, 인터넷을 통해 세계의 어린이들과 교류하는 것만을 자랑스러워하고 있다.

살아 숨 쉬는 현실엔 손톱만큼의 애정도 관심도 없이 가상 세계에서의 온갖 유희와 폭력과 국경 없는 교류를 위해 오로지 컴퓨터 명령에만 순종하는 아이들…. 도대체 이 아이들을 어쩔 것인가.

교육이란 뭔가. 교육은 사람다운 사람을 만드는 것이고, 제대로 된 사람은 자연과의 교감, 높은 인격으로부터의 영향, 피가 통하는 이웃과의 부대낌이라는 기초 없이 만들어지지 않는다는 것을 우리는 알고 있다. 우리가 저절로 알고 있는 진정한 인간다움에 대한 그리움이야말로 우리 안에 아직은 동심이 남아 있다는 증거이다.

하늘과 땅의 주인이신 아버지, 저희들을 통해 당신을 나타내 보이실 수 있도록 저희들을 철없고, 순하고, 정직하고, 깨끗하고, 겸손한 본바탕으로 돌아가게 하소서.

서 말의 구슬보다 한 톨의 씨앗으로 족하게 하소서

눈으로 보고 귀로 듣고 마음으로 깨달아 돌아서서

마침내 나한테 온전하게 고침을 받으리라.

마태 13장 1~23절

성경 말씀을 무슨 복음 몇 장 몇 절에 나오는 말씀이라는 것까지 빠삭하게 외고 있는 사람을 보면 여간 부러운 게 아닙니다. 마치 학교 다닐 때 반에서 전 과목에 걸쳐서 막히는 것 없이 공부 잘하는 아이가 무작정 부럽고 존경스럽듯이 말입니다.

그런 사람은 또한 완전히 무장한 무사와도 같아서 은근히 두려움을 자아내기도 합니다. 그런 사람과 말로 맞붙는다는 것은 맨몸으로 칼과 방패를 동시에 지닌 사람과 대결하는 것만치나 승산이 없는 노릇이니까요. 입씨름할 생각이 없다고 해도 그런 사람 앞에서 보통 사람은 초라해지고 기죽기가 십상입니다. 마치 몇 알의 구슬밖에 없는 사람이 온갖 보석을 꿰어서 아름답고 찬란한 장신구를 만든 사람 앞에서 느끼는 선망과 열등감같이 말입니다.

그러나 도대체 어떤 사람이 하늘나라에 들어갈 수 있을까 상상을 해볼 때, 아무리 미련한 머리로도 예수님 말씀과 하신 일을 남김없이 외고 있는 사람일 거란 생각이 들지는 않습니다. 하늘나라 들어가는 관문에도 대학에 들어가는 관문처럼 지능이나 암기 능력을 시험해보는 고사장이 있을 것 같지가 않기 때문입니다.

예수님 말씀 중 제가 가장 좋아하는 구절은 "너희가 여기 있는 형제 중에 가장 보잘것없는 사람 하나에게 해준 것이 바로 나에게 해준 것이다."라는 구절입니다. 그 구절은 저에게 있어서 좋아하는 것 이상일지도 모르겠습니다. 왜냐하면 성경에서 그 구절을 발견하고 매혹되기 시작한 것이 결국은 먼 훗날 예수님을 따르겠다는 약속으로 이어졌으니까요. 그러니까 그 구절은 저에게 있어서 당신과의 첫사랑이자 당신으로 통하는 관문이었던 셈이지요.

그 밖에도 물론 좋아하고 어루만지고 음미하는 구절이야 많지요. 그러나 가장 좋아하는 말조차도 그 말씀대로 행하고자 하지 않았습니다. 우리 집에 오는 손님도 옷 잘 입고 거만한 사람에게는 제가 가진 것 중에서 가장 좋은 것으로 대접하고 싶어서 절절맵니다. 우리 사는 게 혹시 초라해 보일지도 모른다는 열등감으로 꽃까지 사다 꽂아놓고 아양을 떨 적도 있고요. 그러나 가난하고 근심 있어 보이는 친지가 찾아오면 아무거나 있는 대로 대접하고 혹시 아쉬운 소리라도 하면 어쩌나 경계하는 마음까지 생겨 요새 불경기라는 말로 미리 연막을 치기도 합니다. 밖에 나가서도 마찬가집니다. 돈 많고 잘난 사람들과 유쾌하고 고상한 대화를 즐기노라면 이 세상에 못사는 사람, 고통받는 사람이 있다는 것은 생각하기조차 싫어집니다.

발 고린내 나는 사람은 내 집에 들이기 싫고, 버스나 전철 안에서는 땀내 나는 사람 옆에 서는 것도 싫고, 정체 모를 사람에게는 콘크리트처럼 딱하게 굽니다. 그게 제 정직한 마음입니다.

전 예수님의 말씀을 매우 귀하게 여기고 사랑합니다. 보석처럼요. 그러나 생명으로 비긴다면 한 알의 보석이 어찌 한 톨의 밀알만이라도 하오리까? 움트지 않는 신앙을 어찌 참신앙이라 하겠습니까?

　주여, 생명으로 움트라고 뿌리신 넉넉한 씨앗 중 겨우 몇 알을,
그것도 고작 구슬처럼 겉에다 달고 싶어 하는 이 어리석고 딱딱한
마음에 작은 균열이라도 가게 하소서. 저에겐 그것이 곧 기적이 되
겠나이다.

이게 아닌데, 이게 아닌데 싶은 근원적 물음

하늘나라는 밭에 묻혀 있는 보물에 비길 수 있다.

마태 13장 44-52절

시골로 이사해서 텃밭 농사를 하고 있는 친지 얘기를 다시 한 번 해야겠다. 어느 면으로 보나 전형적인 서울내기인 그들이 어느 날 갑자기 서울 살림의 일부를 정리해 시골로 내려가는 걸 본 주위의 반응은 보나 마나 땅 투기가 목적일 거라는, 다분히 냉소적이고 속물스러운 것이었다.

그러나 그게 아니란 것은 곧 드러났다. 그는 학교 때문에 서울에 남겨놓았던 아이들까지 전학을 시켰고, 부부가 함께 갖고 있던 좋은 직장을 그만두고 남편만 시골서 통근할 수 있는 직장으로 옮겼다. 원래의 직장보다 혹사를 덜 당하는 대신 보수도 낮고 끗발도 별로 없는 직장이라고 했다. 일부 남겨놓았던 서울 살림을 이렇게 완전히 정리하기까지 아이들의 동의를 얻는 데도 일 년 가까이 걸렸다니 남이 그들의 처사를 쉽게 이해할 리 만무였다.

그런 결단을 내리게 된 동기를 그들은 너무도 단순하게 말했다. 어느 날 문득 이렇게 살아서는 안 될 것 같더라는 거였다. 누구나 사노라면 이게 아닌데, 이게 아닌데 싶을 적이 한두 번이 아니지만 자기가 정말 원하는 것을 발견하긴 쉽지 않다.

그들이 그걸 발견한 소수에 속한다 할지라도 그 실행 과정은 누가 보아도 여간 황당한 게 아니었다. 그들의 학벌과 능력에 합당한 직장과 우아하고 고상한 사교 생활과 넉넉한 보수와 좋은 학군에 위치한 안락한 아파트와 그리고 도시 생활에 따르는 온갖 편의를 포기한 대가로 얻은 거라곤 고작 맑은 공기 정도였으니까.

사람이 호강에 겨우면 사서 고생한다는 말이 있긴 해도 그들이 고생을 사기 위해 잃은 건 너무도 막대했다. 그들이 그때까지 이룩하고 소유한 거의 모든 것을 희생한 것이다. 그래서 우리는 다들 그들을 미쳤다고도 하고, 곧 후회할 테니 두고 보자고 벼르기도 했다.

어쩌면 나도 그들을 방문할 기회가 있을 때마다 후회하는 소리를 듣고 싶어 했는지도 모르겠다. 물론 힘들다는 소리는 여러 번 들었다. 그러나 후회하는 것하고는 달랐다. 그들에겐 정신적으로 충족된 사람 특유의 근원적인 명랑함이 있었다.

어쩌면 저렇게 밝고 맑을 수가 있을까? 은근히 샘이 나면서도 어느 틈에 그들의 명랑함이 나에게도 어느 만큼은 옮아 붙은 것처럼 느끼곤 한다. 그 집 사는 걸 보고 오면 며칠은 괜히 기쁘고 살맛이 난다. 물론 갈 때마다 무공해 채소를 얻어 오는 재미도 쏠쏠하지만 그건 핑계일 뿐, 진짜 매력은 그 집 특유의 근원적 기쁨의 전염성에 있었다.

내가 자꾸만 그 집에 가고 싶은 까닭이 무공해 채소 때문만이 아니듯이 그들도 단지 맑은 공기만을 위해 그 모든 기득권을 희생할 수는 없었을 것이다. 그러나 그들이 포기한 것 이상의 것을 얻었다고 해서 아무나 흉내 낼 수 있는 일은 아니다.

이 세상엔 농사만 필요한 것도 아니거니와 사람마다 자기가 진정으로 원하는 것은 나는 왜 이 세상에 태어났을까, 하는 창조의 신비 같은 것이어서 생긴 것이 다른 것만치나 제각각일 테니 말이다. 지지리도 고생만 하면서도 행복해 보이는 그들이 왜 그렇게 부러운지 우리는 그까짓 손바닥만 한 밭에 보물이라도 묻혀 있더냐고 농담 반 진담 반으로 비아냥거리는 것으로 질투심을 대신하고 있다.

측은지심

제가 너무 겁이 없는 것인지도 모르겠습니다만, 예수님이 어떤 분일까 생각할 때 전능하신 분, 하느님의 외아들, 마음속으로 은근히 지은 죄는 물론 머리카락 한 오라기의 수효까지 다 알고 계시는 분, 옷자락을 스치기만 해도 고질병을 고칠 수 있는 분 등에 합당한 공구恐懼하는 마음이 별로 들지가 않습니다.

그렇다고 만약 예수님을 만난다면 병을 고쳐 달래야지, 죄를 고백하고 사함을 받아야지, 하는 따위 생각도 하게 되지 않습니다.

만일 그분을 만날 수 있다면 제일 먼저 식사에 초대하고 싶습니다. 그분은 진수성찬보다는 우리가 일상적으로 먹는 소박한 식사

111

라도 정성껏 차렸다면 맛있게 드시고 기뻐하시리라는 걸 의심치 않습니다.

예수님은 바리사이파 사람들로부터 흉을 잡힐 정도로 아무하고나, 세리나 창녀, 죄인들과도 어울려 거리낌 없이 음식 들기를 즐기셨다니까요. 불의와 위선에 추상같이 노하시고, 병들고 불쌍한 사람을 위해 기적을 행하시는 예수님의 장엄한 모습도 물론 우러러 좋아합니다만, 아무도 층하지 않고 고루 식탁에 앉히시고 식사를 즐기시는 소탈한 모습을 상상할 때처럼 예수님이 친근하게 느껴질 적도 없습니다. 너무 친숙해서 지금이라도 우리 주위에서 얼마든지 찾을 수 있는 현존하는 분으로 느끼게 될 뿐 아니라 하느님의 아들이 인간의 육신을 취한 신비가 헤아려질 듯도 합니다.

그러나 하느님의 아들과의 식사이니만치 보통 마음씨 좋은 이웃과의 식사하고는 달리 친교 이상의 의미, 즉 식사를 더불어 함으로써 미천한 이는 높이시고 죄인은 용서하고자 한 높고 깊은 뜻이 포함된 것이 아니었을까요. 돌아온 탕자를 맞아 기쁨에 넘친 아버지의 외침도 너를 용서해주마, 가 아니라 크게 잔치를 베풀자, 였습니다.

잘못한 아들을 아주 잘 먹이고 싶은 아버지의 마음은 용서는 이미 하고 난 뒤입니다. 예수님이 왜 그렇게 누구든지 먹이기를 좋아하셨는지, 식사에 초대받기를 즐기셨는지 알 것 같지 않습니까. 예수님이 우리에게 가르쳐주신 간결하고 아름다운 기도에서도 하느님 아버지께 구해야 할 것 중의 으뜸으로 먹을 것을 치셨을 뿐 아니라, 십자가에 못 박히기 전에 행한 마지막 의식도 제자들과 식사를 나누는 것이었습니다.

최후의 만찬이 가장 슬프고 숙연한 식사라면, 가장 장엄한 대만찬은 빵 다섯 개와 물고기 두 마리로 오천 명을 배불리 먹이고도 남은 기적의 만찬이 될 것입니다. 그건 기적이 아니라 군중들이 각자 몰래 소지하고 있던 먹을 것을 내놓았을 거란 설도 있습니다. 설사 그렇다고 해도 기적에는 틀림이 없지 않을까요. 물질이란 나누면 나눌수록 적어진다는 엄연한 수학적 진리를 뒤엎고, 나누면 나눌수록 많아지는 걸 보여준 실로 감동적인 기적이고말고요. 그런 기적에 앞서 예수님이 행하신 일은, 사람들의 고통 중 가장 큰 배고픈 서러움을 마음속 깊이 측은히 여기시는 마음이었습니다.

주님, 지금 이 땅의 반쪽에서는 흥청망청 과소비가 만연돼 있건만 다른 반쪽에서는 같은 핏줄들이 초근목피로 연명하기도 어렵다고 합니다. 주님, 우리 사이에서도 측은지심이 원한을 이기게 하시어, 나눔의 기적으로 더불어 배부를 수 있도록 도와주소서.

이 고해에서 익사하지 않은 까닭

왜 의심을 품었느냐? 그렇게도 믿음이 약하냐?

마태 14장 22-33절

영세받기 전에는 예수 믿으라고 전도하는 이들 중에서 예수만 잘 믿게 되면 아무것도 걱정할 게 없다, 믿음으로 못 고칠 병도 없거니와 믿고 매달리면 망해가던 사업도 불 일듯 일어나게 할 수 있다, 이런 식으로 말하는 게 제일 듣기 싫었다. 그런 식의 신앙을 혐오스러워했을 뿐 아니라 경멸까지 하지 않았나 싶다.

그러나 영세를 받으면서는 내가 이렇게 경건하게 예수님을 따르겠다고 약속한 이상 큰 복은 못 주시더라도 설마 재난이야 주실라고, 하고 은근히 바라는 마음이 아주 없었다고는 못 하겠다. 그러나 신자가 됐다고 해서 불의의 재난이나 고통이 결코 나를 비켜가

지 않았고, 그럴 때마다 기도도 간절히 해보았지만 기적을 체험해보
진 못했다. 열심히 기도하면 안 들어주시는 게 없더라는 남들의 신
앙 체험이 나에게는 해당되지 않았다. 그럼에도 불구하고 나는 예수
님이 불치의 병을 고치실 때마다 한 번도 당신이 고쳤노라고 뽐내지
않으시고, 네 믿음이 그 병을 고쳤다고 하신 게 그렇게 좋을 수가 없
고, 정말 그랬을 거라고 믿으며, 물 위를 걸으셨다는 것도, 베드로가
잠깐이나마 물 위를 걸었다는 것도 사실이라고 믿고 있다.

　사람이 사는 동안 겪는 고통 중 사랑하는 이와 사별하는 것처럼
안 겪고 싶은, 어떻게든지 피해보고 싶은 모진 고통도 없을 것이다.
나도 그런 불행을 눈앞에 두고 정말이지 열심히 기도했다. 사랑하
는 이가 현대 의학으로는 고칠 수 없는 병에 걸렸다는 진단을 받았
을 때 누가 마음으로부터 간절히 기도하지 않겠는가. 나도 그를 살
려달라고 애걸했고, 살려만 주신다면 무슨 짓이든지 하겠노라고 온
갖 약속을 했고, 내 목숨을 대신 내놓겠다는 흥정 비슷한 제안도 해
보았다. 오로지 주님만 믿고 매달렸고, 이런 내 기도에 손톱만큼의
거짓도 없었지만, 이제 와서 생각해보니 주님이 정말로 그의 병을
고쳐주시리라고 믿은 건 아니었다.

　내 마음속 깊이에는 이미 그의 병이 나을 수 없는 병이라는 의사
의 말이 확고하게 자리 잡고 있었다. 나는 주님의 자녀인 동시에
과학의 신봉자였다. 병자 자신도 마찬가지였다. 기도가 진실되다
고 해서 믿음이 완벽한 것은 아니다. 나는 그때 내 일생에서 가장
진실된 기도를 했지만 마음속 깊이에서는 예수님보다는 현대 의학

을 더 믿고 있었다. 내 기도는 당연히 이루어지지 않았다.

나는 이렇게 답답할 만큼, 어떻게 보면 무지막지할 정도의 과학의 신봉자건만 예수님이 서서 물 위를 걸으셨다는 걸 믿을 뿐 아니라, 나도 베드로만큼은 걸을 수 있지 않을까, 감히 자신하고 있다.

사람이 아무도 서서 물 위를 걸을 수 없다는 것은, 사람은 누구나 안 죽을 수 없다는 것만치나 예외가 없는 진리건만 감히 그렇게 생각할 수 있는 건 체험 때문이다. 그럼 내가 물 위를 걸은 체험을 했다는 소리로 들려 혹시 웬 황당한 교만이냐고 비웃을지도 모르지만, 살면 살수록 인생이 고해 바다라는 것은 단순한 수사가 아니라 실감이다. 바다가 공포스러운 것은 기상을 예측할 수 없기 때문만은 아니다. 허무의 심연, 불운의 암초, 불안의 노도, 절망의 농무, 자포자기의 격랑 또한 무수히 맞닥뜨려야 한다. 아직도 익사하거나 떠내려가지 않고 최소한의 인간다움이나마 유지한 채 거의 피안을 바라보게 되었음은 아슬아슬한 고비마다 손을 내밀어준 분이 있었기 때문이라는 건 나의 가장 값진 신앙 체험이다.

에미의 마음

여인아! 참으로 네 믿음이 장하다. 네 소원대로 이루어질 것이다.

마태 15장 21-28절

귀신 들린 딸을 가진 가난한 여인에 대한 주님의 말씀은 아무리 생각해도 좀 지나친 게 아닌가 싶습니다. 저는 주님이 사랑 그 자체이실 뿐 아니라 빈부귀천은 물론 인종, 피부색, 성별로부터 완전히 자유스러울 수 있었던 최초의 참인간이라고 여기고 있었는데, 그 불쌍한 여인에게 왜 그렇게 편견에 가득 찬 말씀을 하셨습니까.

처음엔 숫제 대꾸도 안 하셨지요. 귀신이 들렸다는 건 의사한테 데리고 가봐도 별로 가망이 없는 아주 고약한 병 아닙니까? 고통에 짓눌려 절망한 그 불행한 에미에게 주님이 도처에서 귀신 들린 병자뿐 아니라 온갖 난치병을 고치셨다는 소문은 마지막 희망이었을 겁니다.

딸을 살릴 수 있는 마지막 희망에 미친 듯이 매달리느라 그 여인은 아마 제정신이 아니었을 테지요. 옷차림은 남루하고 머리는 헝클어지고 목소리는 높고 상스러웠을지도 모릅니다. 그렇지만 주님이 어디 겉모양 보고 사람 판단하실 분입니까? 그러나 이런 기대는 보기 좋게 빗나갑니다.

대답도 안 하시고 상대를 안 하시다가 기껏 하신다는 말씀이, 나는 오직 이스라엘 백성만을 찾아 돌보라고 해서 왔다, 였다니 세상에 이런 데가 어디 있습니까? 그런 모욕을 당하고도 여인은 애원을 계속하는군요. 그러자 그다음에 떨어진 주님의 말씀은 정말 해도 너무하신다 싶어 믿기지가 않습니다.

자식들에게 줄 빵을 강아지에게 던져주는 주인이 어디 있느냐요? 그가 여인일 뿐만 아니라 에미도 된다는 걸 조금이라도 감안하셨다면 차마 개 취급까지는 못 하셨을 겁니다. 제 인내심의 한계점은 거기까지입니다. 제가 만약 그 자리에 있었다면 그 여인한테도 이제 그만 미련을 버리라고 잡아끌었을 겁니다. 그러나 웬걸요. 그 여인은 마치 개가 되어도 좋다는 듯이 개들도 그 주인들의 상에서 떨어지는 부스러기는 먹습니다, 라고 대답을 하는군요.

사람이 필요에 의해서 자존심을 포기하는 데는 어느 정도 한도는 있는 법인데 그 한도를 왕창 벗어나니까 도리어 충격이 됩니다.

주님도 놀라셨나 봅니다. 비로소 여인의 믿음을 칭찬하시고 그의 소원을 들어주십니다. 진작 들어주시지 불쌍한 여인에게 그렇게까지 하실 게 뭐였을까. 저는 미욱하여 아직도 주님의 진리를 잘 모르겠습니다. 다만 비천한 사람을 그렇게도 아끼시고 높이시던 주님이 그 여인에겐 왜 그렇게 야박하게 구셨을까, 그것만이 섭섭할 따름입니다. 그리고 나라면 어떻게 했을까, 그 여인과 입장을 한번 바꿔 생각해봅니다.

나에게 그런 딸이 있다면? 상상만 해도 심장이 오그라붙는 것 같습니다. 어떻게든지 고쳐주고 싶어 무슨 짓이든지 다할 것은 물론입니다. 만일 꼭 고칠 수 있다는 믿음이 가는 의사나 약이 있다면 전 재산이나 목숨도 기꺼이 내놓을 수가 있을 텐데 그까짓 개쯤 못 될 것도 없다는 걸 알 것 같습니다. 개보다 못한 구더기라도 되고말고요. 그러나 꼭 고칠 수 있다는 확신이 가는 의사한테 한해서입니다. 요는 믿음이었습니다. 주님은 늘 그러하셨듯이 여인의 딸도 주님의 권능으로가 아니라 에미의 믿음으로 고치게 하고 싶으셨던 거로군요.

예수님의 사랑법

부모 노릇을 해본 사람이라면 자식을 처음으로 이 세상에 맞아들였을 때의 떨림 중에서 앞으로 그 아이를 어떻게 부를까, 하는 작명의 어려움과 기쁨에 대해서도 한두 가지 정도는 특별한 기억을 갖고 있을 것입니다. 아직도 한자 이름을 많이 쓰는 우리의 관습 때문에 한자 실력이 얕은 젊은 부모들은 무거운 한자 사전과 며칠씩 씨름해가며 좋은 이름 찾기에 고심하기도 하지만, 처음부터 작명의 보람과 권리를 조부모 몫으로 떼어놓은 신세대들도 적지 않습니다. 여러 가지 뜻을 함축시키기에는 한자만 못하나 듣기에 아름답고 뜻도 쉬운 우리말 이름도 늘어가는 추세인 것은 반가운 일이지

만, 작명소 또한 꾸준히 성업 중인 걸 보면 이름에다 포함시킬 수 있는 부모의 욕심 중에서 좋은 운명도 빼놓을 수 없는 것 같습니다.

예전엔 가문에 따라 항렬자라는 것이 따로 정해져 있어 자유롭게 선택할 수 있는 이름자는 한 글자밖에 안 남게 되어 그 한 글자에다 온갖 정성과 기원을 다 기울였지만, 항렬자는커녕 성씨도 없는 노비들의 이름은 순우리말로 된 게 많았습니다. 마당쇠니 돌쇠니 개똥이니 딸그만이니 하는 이름이 그런 것들인데 천민이 아니더라도 이름이 천해야 오래 산다는 속설에 따라 그런 이름을 아명으로 부르는 집안도 드물지 않았습니다. 돌쇠가 튼튼하게만 자라주길 바라는 소망의 직설적 표현이라면 개똥이 같은 이름은 반어적 작명이라 하겠지요.

예수님께서 시몬 베드로를 베드로, 즉 반석이라고 명명하신 장면은 마치 자식의 이름을 지을 때의 어버이 같은 자애와 소망과 함께 예수님다운 날카로운 통찰력까지 고스란히 느낄 수 있는 빛나는 장면입니다.

그때가 마침 베드로가 처음으로 예수님께 '살아 계신 하느님의 아들 그리스도'라는 신앙고백을 한 직후라 모처럼 마음에 든 말을 한 제자가 신통해서 즉흥적으로 지어준 이름 같기도 합니다. 그렇지만 예수님이 어디 아부하는 말을 좋아할 분입니까? 그리고 왜 하필 반석이었겠습니까. 성경의 기록에 의하면 베드로는 우리네 보통 사람과 다름없이 겁이 많고, 상황에 따라 이랬다저랬다 마음이 잘 흔들리는 약점투성이의 인간에 불과합니다. 실로 반석과는 얼토당토않습니다. 베드로가 그런 줄 알면서도 하필 반석이란 이름을 내리신 건 반석처럼 굳건하기를 바라시는 소망과 함께 약하디약한 그의 인간성을 반어적으로 표현하신 것이 아닐까요?

무엇보다도 예수님은 베드로를 믿고 깊이 사랑하셨습니다. 베드로의 어느 면만을 보시거나 어떤 가능성을 내다보시고 그것만을 따로 떼어내서 사랑하신 게 아니라 약점까지를 포함한 있는 그대로의 베드로를 사랑하셨습니다. 있는 그대로의 베드로란 바로 우리네 보통 사람들의 인간성 그 자체와 별로 다르지 않습니다.

결국 예수님은 인간이 얼마나 약하다는 것까지를 포함해서 사랑하신 것입니다. 그러나 사랑하는 대상에 대해 꿈이 없다면 그건 진정한 사랑이 아닐 것입니다. 예수님이 베드로에게, 그리고 우리 인간 모두에게 거는 꿈은 약한 듯하다가도 때에 따라서는 옳은 일을 위해 목숨을 내던질 수 있는 용기, 양심의 자유, 그런 것이 아니었을까요? 예수님의 꿈이 마침내 베드로에게서 이루어졌듯이 저희들에게도 이루어지소서.

헤아릴 길 없는 신비

이런 옛날이야기가 있습니다. 벼슬이 높고 돈도 많은 명문 대가 댁에 아들이 태어났습니다. 손이 늦어, 모든 것을 갖추고 나니 손이라도 귀하게 되는 게 아닐까, 걱정하던 차에 태어난 장손이었습니다. 고추가 달린 것만도 황공할 텐데 금상첨화로 관옥같이 잘생긴 아이였습니다. 이 크나큰 경사에 어찌 화려한 잔치가 없었겠습니까.

삼칠일에 초대된 하객 중에는 일가친척이나 동네 사람은 물론 그 나라에서 이름난 학식과 덕성을 겸비한 당대의 현자_{賢者}들도 다수 포함돼 있었습니다. 태어난 아기의 장래에 대한 현자들의 덕담이 듣고 싶었던 겁니다. 맛 좋은 음식과 향기로운 술로 흥청망청 즐기고 난 후 마침내 아기를 대면하는 시간이 되었습니다. 모두 다 입의 침이 마르게 아기의 장래를 축복했습니다. 마침내 현자들의 차례가 되었습니다.

첫째 현자는 이 아기가 장차 높은 벼슬에 올라 막강한 권력을 휘두를 것을, 둘째 현자는 선대의 몇 배 가는 갑부가 될 것을, 셋째 현자는 백세토록 건강하게 장수할 것을 예언했습니다. 이런 식으로 줄줄이 이어진 현자들의 덕담 역시 보통 사람들의 덕담과 크게 다르지 않았지만 그들이 현자라는 이유만으로 아기의 부모를 크게 만족시켰습니다. 그래서 현자들은 넘치도록 큰 상을 받았습니다. 상을 내리고 나서 보니 아직도 덕담을 안 한 현자가 남아 있었습니다. 주인은 그에게도 상을 주고 싶어 아직도 차례가 안 간 그 마지막 현자를 불러내서 자, 우리 아기를 위해 좋은 말 한마디를 해보라고 권했습니다. 그러나 그 현자는 차례가 안 와서 못 한 게 아니라 안 한 거였습니다.

불행하게도 그 현자는 정직한 사람이었습니다. 그가 아기의 장래에 대해 알고 있는 가장 확실한 진실은 그 아기도 인간으로 태어난 이상 언젠가는 죽을 수밖에 없다는 거였습니다. 그래서 덕담을 강요당한 이 불쌍한 현자는 더듬거리면서 말했습니다. "이 아이는 언젠가 죽을 것입니다." 그 현자는 다만 정직하다는 이유 하나만으로 당장 두들겨 맞고 그 잔칫집에서 쫓겨났습니다.

내 친구 중에 성당에도 열심히 다니고 봉사 활동에도 시간을 아끼지 않는 신심 깊은 교우가 있는데 그의 취미라는 게 좀 특별납니다. 여가에 점을 치러 다니는 거니까요. 그의 말에 의하면 자기는 점쟁이 말을 믿어서 다니는 게 아니라 그냥 재미가 있어서 다니는 거니까 취미 생활과 다를 바가 없다나요. 그러나 믿지 않는다고 하면서도 나쁜 소리를 들으면 속상해하고, 좋은 소리를 들을 때까지 지치지도 않고 계속해서 딴 점쟁이를 찾아다닙니다. 점쟁이 때문에 찝찝해진 기분은 점쟁이한테 풀 수밖에 없다는 게 그의 확실한 지론입니다.

인간은 시간적으로 한 치 앞도 내다볼 수 없다는 불안한 존재이므로 오히려 더 불확실한 예언도 불길한 건 피하고 보는 속성이 있습니다. 그게 인간입니다.

예수님은 당신이 당할 고난을 확실하게 내다보면서도 아버지에 의해 예정된 인류 구원의 길이었기 때문에 피하지 않으셨습니다. 그래서 당신은 사람도 아닙니다. 그러나 베드로한테 부리신 변덕을 보면 또 너무도 인간적이십니다. 하느님의 아들이면서도 인간의 몸을 취한 당신의 신비는 헤아릴 길이 없군요.

내 이름으로 모인 곳

아주 오래전에 본 영화인데 지금까지도 못 잊는 장면이 하나 있다. 잠수를 주제로 한 영화였다고 기억하는데 내용도 주연배우도 생각나지 않으면서 어떤 장면에서 주인공이 한 말을 선명하게 기억하고 있다. 잠수에 대한 생각을 말하는 거였는데, 잠수부에게는 어느 만큼 깊게 잠수하느냐가 문제가 아니라 어떡하면 다시 수면으로 떠오를 수 있는 최대 깊이까지 잠수하느냐가 문제라는 뜻의 말이었다.

옳은 말이다. 아무리 깊이, 이 세상 누구도 도달하지 못한 심해까지 내려가서 설사 용궁을 보았다 해도, 희귀한 산호나 진주를 손에

127

넣었다고 해도 인간 세상으로 떠올라, 체험하고 획득한 걸 기록이나 증거로 남기고, 널리 알리고 자랑하지 않으면 아무런 뜻이 없다. 그냥 익사한 것과 다를 게 없다.

　그러나 다만 그런 뜻으로만 그 말이 자주 생각나는 건 아니다. 그보다는 자기 구원과 인류 구원, 자애와 이웃 사랑, 독선과 공동선의 관계를 비춰볼 수 있는 묘미 때문이다. 세상이야 어찌 돌아가든, 이웃이야 무슨 생각을 하고 어떻게 살든 조금도 개의치 않고 자기 천착에만 편중되어 몰두하는 경우를 볼 때도 그가 고고하다는 생각보다는 앞서 말한 짧은 대사가 더 생각나곤 한다. 나는 뭔가, 또는 신과 나와의 관계는 아무리 깊이 들어가도 해답에 도달하기 어려운 문제지만 인간만이 할 수 있는 탐구고, 그렇게 정신을 고양시킴이 없다면 인간이 짐승과 다를 게 없을지도 모른다. 그러나 자기가 속한 사회라는 수평적인 관계로 돌아올 수 없을 정도로 그 문제에만 몰두한다면 거기서 발견한 진리가 독선에 불과할 수도 있다.

　"너희 중의 두 사람이 이 세상에서 마음을 모아 구하면 하늘에 계신 내 아버지께서는 무슨 일이든 다 들어주실 것이다. 단 두세 사람이라도 내 이름으로 모인 곳에는 나도 함께 있기 때문이다." 이 말씀은 오늘날까지도 교회야말로 예수님이 현존하는 거룩한 장소라는 굳건한 믿음의 근거가 되고 있다. 뿐만 아니라 고립돼 있으므로 빠지기 쉬운 이기심, 독선, 독재에의 욕구를 지양하고 이타심, 공동선, 민주주의에 높은 가치를 두도록 우리를 고무시키는 힘이 있다. 그래서 혼자서도 착하게 살면 되지 교회는 나가서 뭘 하냐고 말하는 사람한테 교회에 나와야 구원받는다고 설득하는 데 자주 인용되는 말씀이기도 하다.

　그렇지만 외따로는 전혀 하느님을 만날 수 없다는 가르침으로 확대해서는 안 될 줄 안다. 예수님은 늘 보잘것없는 군중 사이에 계셨지만 중요한 고비에는 제자들과도 떨어져 고독하게 아버지와 만나곤 하셨다. 우리에게 가르쳐준 아름다운 산상수훈 중 단식에 대한 가르침에서도 단식하는 것을 남에게 드러내지 말라고 하셨다. 남이 알게 풍기면서 하는 것을 위선자라고 하신 것만 봐도 정말 절실한 기도는 외롭게 하라는 뜻이 담겨 있을 것이다. 각자 자기를 단련하지 않는 사람들의 모임이란 공동체라기보다는 오합지중이 되기 쉽다. 공동체가 다수에게 이익이 되는 공동선을 추구하는 데라면, 오합지중은 덮어놓고 목소리 큰 사람이 이기게 돼 있는 무의식 대중의 집합체다.

　예수님이 자기완성과 인류의 구원 문제를 얼마나 절묘하고도 엄혹하게 조화시킨 분인가 하는 것은, 그가 죽음의 길에 지고 간 십자가가 더할 수 없이 상징적으로 보여주고 있다.

우리에게 잘못한 이를 우리가 용서하듯이

제 형제가 저에게 잘못을 저지르면
몇 번이나 용서해주어야 합니까?

마태 18장 21-35절

신자가 아닌 이들이 기독교에 대해 잘못 알고 있는 것 중 가장 흔한 오해는 아마 용서와 회개에 대해서가 아닌가 싶다. 교인이기 때문에 더 착하게 살겠지, 혹은 더 정직하려니 하고 신뢰해주는 경우보다는 저들은 아무리 나쁜 짓을 해도 회개하면 용서받을 수 있을 테니까 옳지 못한 짓을 예사로 할 거라고 여기는 경우가 더 많다. 심지어는 예수쟁이는 용서받을 수 있다는 전제하에 나쁜 짓을 밥 먹듯이 할 수도 있는 사람이라고 비웃는 이까지 있다.

베드로가 예수님한테 가서 제 형제가 저에게 잘못을 저지르면 몇 번이나 용서해야 하느냐고 묻고 나서 일곱 번이면 되겠습니까?

하고 덧붙인다. 그때 베드로는 예수님이 워낙 용서를 좋아하시는 걸 알고 아마도 한껏 후하게 부른 게 일곱 번이었을 것이다. 그러나 예수님께서는 일곱 번뿐 아니라 일곱 번씩 일흔 번이라도 용서하라고 말씀하신다. 일곱 번씩 일흔 번이면 오백 번에 가깝다. 거의 무조건적이고 무진장한 용서를 설하신 것이다. 그 대목만 읽을 때 우리의 잘못에 대해 기독교처럼 후한 종교도 없다, 싶은 건 사실이다.

우리가 잘못을 다반사로 저지르면서 반성보다는 입에 발린 고백으로 용서받은 걸로 치부해버리기에 가장 적절한 말씀이기도 하지만, 비신자들이 신자들을 주님 주님, 하고 용서를 빌 요량으로 나쁜 짓을 비신자보다 훨씬 수월하게 할 수 있는 사람들이라고 빈정거릴 수 있는 근거가 됨직한 말씀이기도 하다.

그러나 그 말씀을 한 번만 더 새겨들으면 우리더러 무진장 용서해주라고 하셨지 우리를 무진장 용서해주겠다는 말씀은 결코 아니라는 걸 알 수 있다. 우리가 과연 이웃을 한 번도 아니고 무진장 용서할 수 있는가? 어림도 없는 소리이다. 용서하는 척 겉으로 위선을 떠는 것도 고작 한두 번인데 어떻게 무진장 용서를 하겠는가. 더군다나 예수님이 요구하시는 용서는 겉으로는 용서한 척하고 속으로는 꽁하니 남의 잘못을 담아두는 위선적인 용서가 아니거늘.

우리한테 좋은 것을 주겠다는 소린 줄 알았는데 알고 보니 우리더러 좋은 것을 남에게 주라는 소리가 아닌가. 좋았다 만 셈이다.

아무리 좋은 책도 어느 한 대목만 끊어서 읽을 때 제각기 자기 편한 대로 아전인수하는 실수를 범하기 쉬운데 성경은 특히 더한 것 같다. 무진장 형제를 용서하라는 말씀에서 이어지는 다음 말씀, 무자비한 종의 비유는 정신이 번쩍 나도록 위엄 있고도 정확하게 우리가 왜 형제나 이웃을 무진장 용서하지 않으면 안 되는가, 하는 문제의 정곡을 찌르고 있다.

우리 중 누가 나는 아니라고, 나는 결코 만 달란트나 되는 거액의 빚을 탕감받은 걸 까맣게 잊고, 내가 친구한테 빚 준 고작 백 데나리온 때문에 그를 가혹하게 대한 적이 없노라고 자신 있게 말할 수 있겠는가. 용서의 어려움은 곧 용서받기의 어려움으로 이어진다. 예수님은 우리가 알아듣기 쉽게 여러 가지 비유를 들어 말씀하셨지만 그 모든 길은 결국은 주기도문을 통하는 길이었다. "우리가 이웃을 용서해야 하는 까닭은 우리가 무진장 용서받았기 때문이다. 따라서 용서받고 싶으면 먼저 용서할 줄 알아야 한다." 이렇게 말하긴 쉬워도 실행하긴 어려움이 곧 우리에게 하늘나라가 멀기만 한 까닭도 되리라.

주님의 잣대

나를 따르려는 사람은 누구든지 자기를 버리고

매일 제 십자가를 지고 따라야 한다.

루카 9장 23-26절

성경을 처음 읽었을 때 너무 이치에 맞지가 않아서 분노마저 느꼈던 구절이 바로 하늘나라를 포도원 일꾼과 품삯에 비유한 마태오 복음 20장 1-16절이었다. 그러나 지금은 가장 좋아하는 말씀 중의 하나가 되었다.

내 안에서도 꼴찌가 첫째가 되었다가도 하겠으나, 그보다는 내 신앙이 신생아 수준에서 엉금엉금 기기 시작하는 단계로나마 성장을 한 것이라고 여기고 싶다.

우리가 이 세상을 살면서 가장 참을 수 없는 부조리는 결코 의롭고 높은 정신, 근면한 이, 착한 이가 잘살고 대접이나 존경을 받는 게 아니라, 오히려 그 반대라는 점이다. 만약 이 세상이 일한 만큼 잘살고 의로울수록 존경받는 공평한 사회라면 하느님에게 호소하여 의를 구하는 사람도 없을 것이다. 바로 여기가 천국일 테니까. 죽은 후에라도 심판이 있고 하늘나라가 있다고 믿고 싶은 건 바로 이 세상의 불공평 때문이었다.

나는 심판의 날에 과연 떳떳할까. 그다지 자신이 없으면서도 나보다 더 나쁜 악인이 더 가혹한 심판으로 고통받는 꼴을 보기 위해서라도 심판은 있어야 된다고 말하는 사람이 있을 정도로 이 세상의 불공평에 대한 우리의 절망은 거의 체질적이다.

이렇게 하느님으로부터 절대적인 공평을 바랄 때, 온종일 일한 일꾼이거나 반나절 일한 일꾼에게나 오후 늦게부터 일한 일꾼에게나 똑같은 임금을 주는 처사는 실망을 넘어 화가 날 지경이다. 우리에게 너무도 익숙한 정실 인사하고도 비슷하거니와 게으른 자의 요행수를 두둔하는 것처럼 들리기도 하기 때문이다. 그런 불공평을 하늘나라에 비유하시다니, 하늘나라에 들 수 있는 조건을 엄혹하게 붙이기로 소문난 예수님께서 어쩜 이렇게 허술한 비유를 하셨는지 도무지 이해가 안 됐었는데, 시간이 갈수록 점점 더 가슴에 와 닿곤 한다.

포도원 일꾼이라면 물론 말발이나 글발로 먹고살 수 있는 지식인은 아니었을 테고, 요즘의 기능직하고도 달라 다만 몸 힘 하나로 식구들을 먹여 살려야 하는 막노동꾼이었을 것이다. 한 데나리온도 새벽부터 일을 나온 근면한 일꾼과 인색하지 않은 주인이 합의

한 액수니까 식구들과 그날의 일용할 양식을 해결할 만한 가치는 되었을 테니 사람답게 살 수 있는 최저임금으로 생각해도 무방할 것 같다.

문제는 그 임금을 온종일 뼈 빠지게 일한 사람이나 나중에 나와서 조금 일한 사람에게나 똑같이 적용한 데 있다. 포도원 주인도 늦게 나온 사람을 처음부터 탐탁하게 여긴 것은 아니다. 왜 하루 종일 빈둥거렸느냐고 물었고 그들은 아무도 우리에게 일을 안 주었다고 말한다. 왜 그들은 온종일 일을 못 얻었을까. 아마 옷차림이 유난히 초라해 보였을 수도 있고 몸이 남보다 작거나 약해 보였을 수도 있으리라. 아무튼 남을 밀치고 앞으로 나서서 주인 눈에 띌 만큼 영악하고 똘방똘방한 사람은 못 되었을 것은 쉽게 짐작이 간다.

그 일꾼의 비실비실하면서도 초조한 모습과 그를 바라보는 예수님의 따뜻하고 부드러운 연민의 시선과의 만남은 슬프고도 아름답다. 예수님은 그 꼴찌 인생들에게도 똑같이 일용할 양식을 주라고 말씀하신다. 마치 자연이 의인에게나 악인에게나 똑같이 햇빛과 비바람을 내리듯이. 그것이 곧 사랑이고 사랑은 공평 이상의 가치인 것이다.

말과 행동

긴 여름 휴가철이 끝나는가 했더니 성묘 철로 접어들었다. 성묘 철이라면 좀 이상하게 들릴지 모르지만, 교통 체증을 고려한 나머지 성묘를 하룻밤에 없는 추석날에 국한하지 않고 명절을 전후한 한 달여에 걸쳐서 각자 자유롭게 하고 있으니 편의상 그렇게 부를 수밖에 없다. 성묘 철이 끝나면 이내 단풍 행락 철로 접어들 것이다. 놀기도 고단한 세상이다.

사람 바쁜 거야 제풀에 지칠 날도 있겠지만 말 못하는 자연이 큰일이다. 그 많던 여름 쓰레기는 다 어떻게 되었는지, 또 들입다 버리고 올 일만 줄줄이 대기하고 있으니, 휴가를 갔다 온 사람이나 집에서 텔레비전 화면으로 남들이 노는 걸 구경만 한 사람이나 이구 동성으로 한탄하는 것은 이래서는 정말 안 되겠다는, 너무도 많은 사람에게 시달리는 우리 자연에 대한 애정 깊은 우려이다. 개인적 으로 얘기를 해보면 우리 중 아무도 자연보호 주의자가 아닌 사람 이 없다. 식자들 사이에서뿐 아니라 보통 사람들끼리도 자연을 함 부로 오염시키는 자들에 대한 성토가 시작됐다 하면 입심이 모자 랄 정도로 한도 끝도 없이 계속될 때가 많다. 그만큼 우리 환경에 대한 위기의식이 팽배해 있다는 증거다.

그럼 도대체 그 많은 쓰레기는 누가 버렸단 말인가.

이제 우리 환경이 죽음 직전에 이르렀다는 걸 모르는 사람은 없 다. 몰라서가 아니라, 막상 그 심각한 오염의 실태에 접하게 되면 도저히 치유될 것 같지 않은 절망감이 도리어 거대한 쓰레기 더미 위에 한 봉지의 쓰레기를 양심의 가책이라곤 없이 아무렇지도 않 게 더하게 되고, 비누 거품이 둥둥 뜬 시냇물에다 다시 합성세제를 풀게 되는 거나 아닌지.

환경오염이 심각하다고 아무리 떠들어도 행동이 뒤따르지 않으 면 무슨 소용이 있나. 떠드는 건 누군가를 깨우쳐주기 위해선데 모 르는 사람은 이제 아무도 없다. 행동을 안 하는 사람이 있을 뿐이 다. 티끌 모아 태산은 재물에만 해당되는 게 아니다. 쓰레기 더미 가 아무리 어마어마해도 하늘에서 떨어진 게 아니라 우리 모두의 한 움큼이 만든 것이다.

떠들어대기로서야 민주주의 하자고 떠든 것처럼 요란하고 지속적이고 민족적인 아우성도 아마 없었을 것이다. 민주주의야말로 장미꽃이나 쓰레기 더미처럼 보고 만질 수 있는 실체가 아니기 때문에 열성적인 아우성을 지속적으로 표출만 하면 오는 줄 알았다. 그래서 민주화를 위해 목숨을 걸고 투쟁한 투사도 무수하게 배출했다.

그 결과 군사정권을 면했다. 현 정권에는 과거의 투사도 적지 않게 참여하고 있다. 그러나 지금 우리가 꿈꾸는 민주주의가 실현됐다고 믿는 사람은 아무도 없다. 과거의 민주 투사가 더 비민주적으로 구는 것을 웃음도 안 나오는 쓰디쓴 마음으로 지켜봐야 할 적도 적지 않다.

좀 늦긴 했지만 이제야말로 그들을 비난하거나 절망하기 전에 우리 개개인의 행동 양식은 과연 민주적인가를 깊이 반성해봐야 할 시점이 아닐까. 민주주의가 개인의 권리나 자유를 존중해줘서 좋은 제도라면, 개개인이 민주화되지 않고는 결코 실현될 수 없는 제도라는 소리이기도 하다.

주여, 이렇게 그럴듯한 말을 한바탕 늘어놓고 난 수다스러운 저로 하여금 말씀이 사람이 되어 나셨다는 신비를 깊이 묵상하며 반성하게 하소서.

내 친구 이야기

집 짓는 사람들이 버린 돌이 모퉁이의 머릿돌이 되었다.

마태 21장 33-43절

내 친구 중에 팔자가 좋기로 소문이 난 이가 있다. 유복한 집에 태어나 고생 모르고 사랑만 받고 자라서 부잣집 남자와 결혼하고 아들, 딸 낳고 성공한 남편의 사랑받는 아내로, 똑똑한 자녀의 존경받는 어머니로 지금까지 고생이라는 걸 모르고 노후를 맞고 있기 때문이다. 그러나 주위에서 팔자까지 들먹여가며 그를 부러워하는 가장 큰 이유는 그가 환갑이 될 때까지 손수 밥 한번 지어본 적이 없을 정도로 노동이라는 걸 모르고 살아왔다는 데 있다. 워낙 잘사는 집이기도 했지만 그에게는 늘 부리는 사람이 따랐다. 가정부를 식모라고 업신여기던 시절에도 그의 집에 가면 웬만한 집 새댁처럼 깔끔하게 차려입은 식모가 입에 혀처럼 바지런하게 시중을 들고, 식모가 한 음식이 예전 대갓집 찬모의 솜씨처럼 맛깔스럽고 고급스러웠다. 우리의 60, 70년대는 식모가 흔할 때였지만 그만큼 살림이 번잡스러울 때여서 내 친구의 경우는 모두가 부러워할 만했다.

식모가 가정부로, 가정부가 가사 도우미로 격상된 후까지도 그 친구는 여전히 사람 부리고 살 수 있는 경제력을 유지하더니 90년대로 들어서기 전 맞이한 맏며느리는 또 어쩌면 그렇게 유능한 살림꾼인지, 그의 팔자는 정말 죽는 날까지 빗자루 한번, 행주 한번 안 들고 말 것 같았다.

그러나 맏아들이 미국 지사장으로 발령이 나자 노부부만 커다란 집에 달랑 남게 되었다. 그 밑의 자녀들은 그 전에 외국에 나가 있었다. 영감님의 수입도 예전 같지 않은지라 시간제 파출부를 쓰기로 했다. 그러나 여지껏 일 잘하는 사람만 부려보던 친구 눈에 드는 파출부란 없었다. 게다가 평생 일이라곤 모르는 몸은 어찌나 허약한지 파출부 없는 시간의 가사 노동만으로도 몸이 안 쑤시는 데가 없었다.

사흘이 멀다 하고 갈아들이는 파출부 중에서도 가장 일 못하는 파출부가 걸린 날이었다. 겨우 시간만 채우고 너도 틀렸다, 싶어 소정의 수고비나 주어 보내려는데 이 파출부가 현관에서 미적미적 가지를 않았다. 뭐 할 말이 있느냐고 물었더니 "언제 또 올까요?"라고 묻는 것이었다. 그 눈빛이 너무도 매달리듯 절박하여 차마 그

만 오란 소리를 못 했다. 두 번, 세 번 오는 날이 거듭돼도 일 못하
긴 마찬가지였다. 그렇게 일을 못하면서 파출부로 나선 게 뻔뻔스
럽다 싶으면서도 그만두란 말을 할 기회를 번번이 놓치고 만 것은
그 파출부 한 사람의 어깨에 병든 남편과 어린 자식들의 밥줄이 걸
려 있다는 걸 알아버렸기 때문이다.

그 후 나의 팔자 좋은 친구는 벌써 몇 년째 그 파출부를 단골로
쓰면서 이제는 칭찬이 자자하다. 그 파출부가 그동안 일을 잘하게
돼서가 아니다. 여전히 일을 못하기 때문에 주인이 해야 할 일을 여
기저기 안 흘려놓은 데가 없다. 그게 그렇게 좋다는 것이다. 내 친구
는 그 일 못하는 파출부에 의해 처음으로 자기가 이 집안에서 꼭 필
요한 사람이라는 걸 발견했다는 것이다.

아아, 나 없으면 안 되겠구나, 하고 자신을 필요로 하는 자리를
발견한 기쁨 때문에 요새 그 친구는 몰라보게 건강해졌다. 그 친구
의 때늦은 자기 발견은 그보다 앞서 일 못하는 파출부한테서 놀라
운 쓸모를 발견했기 때문이고, 그걸 발견할 수 있었던 안목이야말
로 그 친구의 가장 좋은 점, 연민의 정이 아니었을까.

어떤 교만

부르심을 받은 사람은 많지만 뽑히는 사람은 적다.

마태 22장 1-14절

예수님이 자주, 그야말로 귀에 못이 박이도록 설하신 말씀은 하늘나라가 가난하고 굶주리고 억눌린 사람들의 것이라는 보잘것없는 사람들에 대한 애정과 연민이었습니다. 예수님은 아무도 거들떠보지 않는 밑바닥 인생을 깊이 사랑하신 나머지 제일 먼저 그들에게 해방을 선포하셨고, 하늘나라가 그들 가운데 있다는 희망을 불어넣어 주셨습니다.

모든 계명을 충실하게 지켰기 때문에 하늘나라에 들어가는 데 하등 부족한 게 없다고 믿는 젊은이에게도 예수님은 말씀하셨지요. 당신이 소유하고 있는 것을 팔아 가난한 사람에게 나누어주라고, 그러고서야 비로소 하늘나라의 보물을 차지하게 될 것이라고요. 그 말씀에 그만 젊은이는 풀이 죽어 근심하며 물러갑니다. 사실 그 젊은이는 재산이 많았던 것입니다. 포기하기 어려웠겠죠. 예수님도 젊은이가 물러간 후 제자들에게 부자가 하늘나라에 들어가는 것은 낙타가 바늘구멍을 빠져나가는 것보다 더 어렵다고 말씀하십니다.

구태여 그 대목이 아니더라도 하늘나라와 재물을 동시에 섬길 수 없다는 뜻의 말씀은 예수님이 가장 자주 반복해서 하신 말씀입니다. 그렇게 알아왔기 때문에 하늘나라를 임금이 아들의 혼인 잔치를 베푼 것에 비유하신 말씀의 나중 부분은 도무지 낯설기만 합니다.

임금이 베푼 흥겨운 잔치에의 초대에 응하지 않은 사람들 때문에 진노한 것은 이해하겠으나 길 가는 사람 아무나 가리지 않고 불러들인 손님 중에서 잔치 예복을 입지 않은 손님을 보고 화가 나서 내쫓게 하는 장면을 어떻게 이해해야 할지 도무지 모르겠습니다.

예복이 아니었다면 들일이나 막노동을 하던, 아니면 할 일 없이 빈둥거리던 옷차림 그대로였을 테지요. 보나 마나 더럽고 초라했을 것입니다. 언제 어디서나 가난하고 보잘것없는 사람을 그렇게도 높이시던 예수님이 여기서는 어찌하여 단지 옷차림이 초라하다는 이유 하나만으로 그 사람들을 내치십니까. 옷이 날개라는 문화권에서 자랐건만 하늘나라도 옷을 잘 입어야만 들어갈 수 있다는 것은 도무지 납득이 안 됩니다.

문득 제가 아는 어떤 노총각 생각이 나는군요. 그는 인물 좋고,

학벌 좋고, 직장 좋고, 어느 한 군데 나무랄 데 없는 조건을 갖추고 있는데도 아직 결혼을 못 했고 변변한 연애 경험도 물론 없답니다. 하기 싫어 안 하는 거면 괜찮지만 갈망하면서도 안 된다니 불행한 노릇입니다. 대학 때 미팅을 해도 애프터 신청부터 딱지를 맞았다니 딱하군요.

딱지 맞는 이유는 의외로 간단했습니다. 그는 자기가 모든 여성이 원하는 조건을 갖추고 있다는 걸 과신한 나머지, 처음부터 그걸 나타내려고 옷차림에 일부러 신경을 하나도 안 쓰는 척 평소보다 더 데데하게 입고, 시큰둥한 표정으로 나가는 버릇이 있답니다. 그의 신경 안 씀은 소탈함이 아니라 계획된 교만과 허세의 표현이었던 것이지요. 그런 남자를 누가 좋아하겠습니까? 딱지 맞아 싸죠.

예수님이 부자보다 더 꺼리신 것도 아마 교만이 아니었을까요. 여기서 예복이란 초대받은 손님으로서 최소한의 예절, 그러니까 감사하고 겸손하게 초대에 응하고 나서 잔치의 기쁨을 주인과 더불어 나누는 상식적인 태도가 아니었을까요.

빈 무덤

내가 세상 끝날까지 항상 너희와 함께 있겠다.

마태 28장 16-20절

예수님의 부활을 가장 먼저 발견한 건 여인들이었습니다. 여인들이 제일 먼저 무덤에 갔기 때문입니다. 그러나 무덤에서 곧장 예수님의 부활을 본 건 아닙니다. 여인들이 부활보다 먼저 확인한 건 빈 무덤이었습니다. 시신이 없는 빈 무덤은 공허의 극치입니다. 그러나 얼마나 상징적입니까. 예수님은 죽은 자들 가운데 있지 않다는 장엄하고도 충격적인 표시입니다.

예수를 믿고 따르던 이들에게 예수가 십자가에 못 박혀 죽은 사건은 너무나 믿어지지 않는 충격이었을 겁니다. 직접 죽음을 목격한 사람들뿐 아니라 소문으로만 들은 사람이라고 해도, 예수님이 선포한 나라의 도래를 믿고 기다린 사람이라면 누구나 그의 죽음에 의해 빈껍데기처럼 허망하고 절망스러워진 마음을 가누기 어려웠을 것입니다.

예수님이 선포한 나라, 진정으로 해방되고 자유스러운 나라, 꼴찌가 첫째 될 수 있는 나라, 사랑과 소망으로 평등한 나라, 이건 꿈처럼 비현실적인 나라지만 우리 가운데 분명히 있을 수 있다는 확신을 준 그 힘 있는 분이 권력의 횡포에 그렇게 어이없이 무너지다니…. 절망한 사람들은 그만 살맛을 잃고 뿔뿔이 흩어질 수밖에 없었겠지요. 루카 복음에서 엠마오로 가는 두 사람 이야기를 읽을 때, 거기 언급돼 있지 않은 쓸쓸하고 침통한 분위기까지 땅거미가 지는 황량한 시골 풍경과 함께 떠올릴 수 있는 것도 그런 까닭입니다.

제자들뿐만 아니라 예수님을 따르던 많은 군중들이 이런 메울 수 없는 상실감에 사로잡혀 있을 때 만약 예수님의 무덤이 비어 있지 않고 육신이나 육신에 관한 흔적을 남겨놓았다면 어떻게 되었을까? 부질없는 상상을 해봅니다.

예수님이 죽으시고 나서 몇백 년 후에 비롯된 일이긴 합니다만 생전에 공경하던 성인이나 순교자의 유해를 나눠 갖고 숭배함으로써 그 성인의 특별한 가호나 축복이 있기를 바라는 서구의 극성스러운 성인 유해 숭배로 미루어 짐작컨대 예수님의 무덤도 만일 비어 있지 않았더라면 뭔가를 서로 차지하려고 어떤 다툼도 불사했으리라는 생각이 듭니다. 유해의 작은 부분이라도 모시고 싶어 하는 안타까운 마음도 아름답긴 하지만 마치 하나의 아름다운 열매가 땅으로 떨어진 게 서운한 나머지 그 흔적이라도 땅에서 찾고자 하는 일은 어리석고 부질없는 짓이 아닐까요. 아름다운 열매가 진정 생명 있는 열매였다면 스스로의 흔적을 남기기보다는 수많은 열매를 맺을 수 있는 나무로 변신하길 바랄 테니까요.

예수님은 흔적도 없이 무덤을 비우셨습니다. 인종을 초월해 모든 민족 가운데 살아 계시기 위해, 시간을 초월해 세상 종말까지 계시기 위해선 그럴 수밖에 없으셨습니다. "내가 세상 끝날까지 항상 너희와 함께 있겠다."가 그분이 제자들을 통해 우리에게 하신 약속입니다.

그분은 약속을 지키셨습니다. 그분은 지금도 우리 가운데 살아 계십니다. 그분의 현존을 느끼는 건 우리가 사는 보람이기도 하고 목적이기도 합니다. 그러나 이 타락한 세상에서 그분의 현존을 느낀다는 건 고통이기도 합니다. 그래서 종종 그분을 부정하고 싶은 유혹을 느끼지만 그분을 부정하고 나면 이 세상의 무의미성과 사람이 버러지처럼 비천해지는 데 그만 소스라치고 맙니다. 왜 그 악명 높은 아우슈비츠에서조차 예수님의 현존을 증명한 사람이 있었는지 조금은 알 것 같습니다.

예수님이라면 어떻게 하셨을까?

네 이웃을 네 몸같이 사랑하여라.

마태 22장 34-40절

휴전 후 얼마 안 돼서니까 우리나라가 경제적으로 지금과는 비교도 안 되게 어려울 때였다. 생활비에서 쌀값이 가장 큰 비중을 차지했고, 밥걱정 안 하면 그게 부자였다. 내가 시집간 동네는 열서너 평 정도의 고만고만한 기와집이 처마를 맞대고 늘어선 전형적인 서울 서민층 동네였다. 골목이 좁아서 한 골목 안에서는 서로 사는 형편이 빤했다. 어쩌다가 불고기거리를 사도 나누어 먹기에는 넉넉지 못하고 혼자 먹자니 냄새가 남의 집으로 넘어갈 것이 송구스러워 숯불에 굽지 못하고 냄비에 볶아 먹던 일이 지금도 가슴 따뜻한 옛날얘기처럼 회상된다.

워낙 빈곤할 때라 비록 쇠고기를 나누어 먹지 못했지만 그래도 일 년에 몇 번은 음식을 나눌 기회를 서로 마련하곤 했었다. 그중에 도 음력 시월에 날을 받아 고사 지내고 나누는 고사떡이 가장 풍성 했다. 길고긴 초겨울 밤 출출할 무렵 뜨끈뜨끈한 고사떡은 어린이 뿐 아니라 어른도 은근히 기다려지는 맛있고 든든한 먹거리였다. 떡 줄 사람은 생각도 안 하는데 김칫국부터 마신다는 건 단지 속담 이나 비유만이 아닌 것이, 누구네 집에서 고사를 지낸다는 것만 알 면 아닌 게 아니라 동치미 국물을 떠다 놓고 기다렸다. 고사떡 할 형편이 안 되는 집도, 또는 그런 것을 해본 적이 없는 젊은 새댁도 남에게 얻어먹은 것을 갚기 위해서라도 고사라는 걸 지내야 마음 이 편해지곤 했다. 그러니까 그 시절의 고사는 미신적인 기복의 의 미보다는 이웃과의 나눔과 친교의 의미가 더 깊은 것이었다.

나는 시어머님이 계셔서 그분이 주관해서 떡도 하고 빌기도 하니 까 심부름이나 했지 그게 좋다든가 나쁘다든가 하는 비판 의식 같 은 건 품을 엄두도 못 냈다. 그래도 떡시루 앞에서 뭘 그렇게 정성 스럽게 비실까 궁금해서 한번은 그걸 여쭤본 적이 있다. 그분의 대 답인즉 "신령님, 제 마음 다 아시지요? 제 마음 다 아시지요?" 한다 는 것이었다. 나는 너무도 뜻밖의 대답에 웃고 말았지만 그 말씀은 지금도 나에게 가장 간결하고 아름다운 기도문이 되어 남아 있다. 그분은 돌아가실 때까지 종교를 갖진 않았지만 그 간단한 말 속에 함축된 초월적인 존재에 대한 일치와 친교에의 갈망과 어린애 같 은 신뢰야말로 바로 종교적인 심성이 아니었을까.

149

그런 사람들이 모여 사는 동네에도 어느 날 사건이 생겼다. 새로 이사 온 집에 고사떡을 드렸는데 다음 날 아침에 보니 떡이 쓰레기통에 버려져 있었던 것이다. 집집마다 문 앞에 사과 궤짝 같은 것을 내놓고 쓰레기통으로 쓸 때였다. 먹을 거라고는 콩나물 대가리 하나 안 버릴 때, 떡을 여봐란 듯이 버렸으니 동네 사람들이 놀랄 수밖에. 누구의 입에서 나왔는지 "저 집은 지독한 예수쟁이래. 아이들이 모르고 받아놓은 떡을 어른들이 귀신 들린 떡이라고 저렇게 내다 버렸대." 하는 소리가 떠돌았다. 그날부터 그 집은 이웃으로부터 소외됐고, 예수쟁이라는 말은 혐오감을 불러일으켰다.

살림집이 아파트로 바뀌면서 고사 풍속은 거의 사라졌다. 그래도 가끔 그 집 생각이 난다. 설사 그 떡이 귀신한테 빈 떡이라 해도 예수 그리스도를 이 세상 모든 가치 기준의 최고로 삼기만 했다면 그 떡을 다만 귀한 음식으로 받아들일 수도 있었으련만 하는 아쉬움 때문이다. 예수님이라면 어떻게 하셨을까. 한 번쯤 의논하는 마음만 있었어도 그렇게 하진 못했으리라.

최초의 경이

항상 깨어 있어라.

마태 25장 1-13절

이미 가을이 깊었습니다. 엊그저께는 친구하고 전화하다가 단풍 얘기가 나왔습니다. 지리산 청학동의 어느 골짜긴가에 기막히게 아름다운 단풍길이 있답니다. 그 길이 어찌나 황홀하던지 천국으로 통하는 길이 저러하다면 지금 죽어도 한이 없다는 생각이 들더랍니다. 전화를 끊고 보니 우리 집 부엌 창문 밖으로 노랗게 물든 은행나무가 보였습니다. 그날 갑자기 물든 게 아니련만 내 눈에 띈 건 그날이 처음이었습니다. 아! 하는 탄성이 절로 나왔습니다. 며칠 있으면 으스스 몸을 떨며 그 고운 잎을 아낌없이 떨구겠지요. 은행나무가 헐벗고 나면 그 밑의 보도가 얼마나 아름답고 푹신한 황금빛 융단을 깔게 되는지 우리는 압니다.

가을은 이렇게 우리가 마중을 가도 오고, 안 가도 옵니다. 기다려도 오고, 안 기다려도 옵니다. 그러나 아무나 누릴 수 있는 것은 아닙니다. 느낄 수 있는 사람만이 누릴 수가 있습니다. 지리산이나 설악산까지 안 가도, 부엌문 밖에 은행나무가 늘어서 있지 않아도 느낄 수 있는 이에게 가을은 어디선가 신호를 보내며 아! 하는 경탄을 자아냅니다. 때로는 골붉은 감잎 하나로도 천하의 가을을 느낄 수가 있습니다. 김영랑 시인도 이렇게 읊었습니다.

"오―매, 단풍 들것네."
장광에 골불은 감닙 날러오아
누이는 놀란 듯이 치어다보며
"오―매, 단풍 들것네."

자연의 신비와 우리의 느낌이 만나 '아!' 또는 '오메' 하는 순간이 신의 축복이고 삶의 절정이고 우리가 이 세상에 태어나길 참 잘했다 싶은 감사의 시간입니다.

어렸을 때 생각이 납니다. 우리 시골집 뒤란에는 꽃나무가 많았는데 백일홍이나 맨드라미처럼 줄창 피어 있는 꽃이 있는가 하면 나팔꽃이나 분꽃처럼 아침에만, 또는 저녁에만 피는 꽃도 있었습니다. 나팔꽃은 아침에 아무리 일찍 일어나도 벌써 피어 있으니까 할 수 없지만, 저녁에 피는 분꽃은 그 피는 모습을 내 눈으로 한번 똑똑히 봐두고 싶었습니다. 조금 전까지도 오므리고 있던 꽃봉오리가 한눈파는 사이에 일제히 피어난 걸 보며 신기하기도 하고, 꽃들이 저희끼리 짜고 일부러 나 몰래 핀 것 같아서 얄밉기도 했습니다.

어른들한테 분꽃은 언제 어떻게 피냐고 물어보면 그 대답은 늘 같았습니다. "보리방아 찧을 때 핀단다." 분꽃은 여름에 피고 시골에서는 여름 내내 보리밥을 먹지요. 들일에서 남자들보다 한 걸음 먼저 집에 돌아온 엄마나 누이들은 부랴부랴 절구에다 겉보리를 찧어야 합니다. 그동안에 핀다는 소린데 그럼 보리방아를 안 찧으면 분꽃이 안 필까? 그럴 것 같지는 않았습니다.

나는 내 눈으로 한번 똑똑히 분꽃이 피는 모습을 지켜보고 싶었습니다. 갑자기 봉오리가 활짝 벌어질 줄 알았는데 지키고 앉았으니까 왜 그렇게 안 벌어지는지요. 나는 기다리다 기다리다 지쳐서 약간 느슨해진 꽃봉오리를 손으로 펴려고 했습니다. 잘 안 되더군요. 인내심이 부족한 나는 기다리다 지쳐서 잠깐 자리를 떴다 와보니 분꽃은 용용 죽겠지, 하는 얼굴로 활짝 피어 있었습니다. 그런데 글쎄 내가 억지로 펴려 했던 꽃봉오리만이 피지 못하고 축 늘어져 있지 뭡니까. 어른들한테 일렀더니 손독이 올랐다고 하더군요. 내 어린 손도 독이 되는데 어떤 인자한 힘이 꽃을 피웠을까?

그건 보이지 않는 힘에 대한 내 최초의 경이였습니다.

다양해서 아름다운 세상

있는 사람은 더 받아 넉넉해지고

없는 사람은 있는 것마저 빼앗길 것이다.

마태 25장 14-30절

우리나라 속담에 "저 먹을 건 타고난다."는 말이 있지요. 그건 먹을 것이 넉넉지 못한 집에 자식 복만 많을 때, 태어난 이상 굶어 죽는 일이야 있을라구, 하면서 스스로를 위로하고 싶을 때 흔히 쓰던 말이지요. 그러나 자식을 낳아 사람 노릇 시키기까지 먹이는 것이 다가 아닌 세상이 되고, 또 지구의 자원은 유한한데 인구만 무진장 늘어난다는 것은 인류의 자멸을 재촉할 게 뻔하다는 걸 인식하게 된 후부터는 그 말은 마치 우리가 못사는 원인이라도 되는 것처럼 웃기는 말이 되고 말았습니다. 그 말 대신 "둘만 낳아 잘 기르자."를 실행함으로써 최소한 자식을 어떻게 먹여 살리나 하는 걱정으로부터는 놓여날 수가 있었고 지금은 바야흐로 국민소득 만 불의 시대입니다.

생활이 윤택해지면서 늦둥이를 두는 게 유행이 돼 간다는 소식도 들리지만 다시 육칠 남매씩 두는 세상이 올 것 같지는 않습니다. 지구가 만원이라는 걸 더불어 느낄 수밖에 없는 위기의식 때문이기도 하지만, 내 가족 위주로만 생각해도 자식 기르기는 점점 더 어려워져서 하나도 많다는 비명을 지르는 부모들도 드물지 않습니다. 먹이고 입히는 걱정 때문이 아니라 내 자식을 어떡하든 일등, 일류, 상류, 최고급으로 밀어 넣는 일이 그렇게 어렵다는군요. 어려울 수밖에요. 먹이고 입히는 건 서로 나눌 수가 있지만 오직 하나밖에 없는 최고 자리는 싸우고 빼앗아야 되니까요. 나눔을 통해서 우리는 화해에 도달할 수 있지만 싸워서 이기는 일은 모든 또래들을 적으로 돌리지 않으면 안 되는 가혹하고도 고독한 일입니다.

먹을 게 넉넉하면 싸울 필요가 없을 줄 알았는데 도리어 경쟁은 더욱 치열해집니다. 의식이 풍족해지니까 명예나 권력을 얻고 싶고, 이미 자신이 그걸 얻기엔 늦은 부모가 자식으로 인해서 빛나고 싶고 으스대고 싶은 욕망이 자식을 어려서부터 무한 경쟁의 싸움터로 밀어 넣고 있습니다.

옛날 속담이라고 무시할 게 아니라 다시 한 번 "저 먹을 건 타고 난다."로 돌아갈 수는 없을까요. 먹을 게 저절로 생긴다는 소리가 아니라 누구나 자립할 수 있는 능력 하나씩은 타고난다는 뜻으로 말입니다. 그렇습니다. 누구나 잘할 수 있는 것, 하고 싶은 것을 한

두 가지씩은 가지고 태어났고, 그걸 잘할 때 비로소 이 세상에 태어나길 참 잘했다는 삶의 희열을 느낄 수가 있습니다. 자식은 부모를 장식하기 위해 태어났다는 생각을 버리고 스스로 사는 맛과 뜻과 보람을 느끼도록 해야 합니다. 지금은 음식 솜씨만 있어도, 옷하고 구두하고 스카프하고 잘 맞춰 입을 줄 아는 센스만 있어도, 방을 예쁘게 꾸미는 눈썰미만 있어도, 아무 재주 없이 몸만 건강해도 먹고사는 데는 지장이 없는 세상입니다.

또한 발견한 소질에 긍지를 가지고 열심히 갈고닦으면 얼마든지 남한테 존경도 받을 수 있습니다. 사람이 생긴 것이 각각인 것처럼 타고난 능력이 다르다는 것은 결코 불공평이 아닙니다. 똑같은 것끼리는 조화를 이룰 수 없기 때문에 다양한 것뿐입니다. 조화를 이룰 때 다른 것끼리는 비로소 평등해집니다.

이 놀라운 삼라만상의 창조자의 시선으로 볼 때 제비꽃이 장미꽃보다 못할 리가 없지요. 그러나 장미꽃이 되고 싶어 열심히 장미꽃 흉내나 내고 있는 제비꽃이 있다면 얼마나 한심하고 미워 보일까요.

가장 부끄러운 고백

가장 보잘것없는 사람 하나에게 해준 것이
바로 나에게 해준 것이다.

마태 25장 31-46절

주님, 저는 이달에 한 번도 주일미사를 거르지 않았습니다. 속이 상할 때나 무슨 일이 뜻대로 안 될 때는 주님 주님, 하면서 오로지 주님하고만 의논을 했습니다. 친척이나 친구 중 병든 이나 힘든 일을 당한 이, 수능 시험을 치는 아이들을 위해 생각날 때마다 화살기도도 열심히 바쳤습니다. 이만하면 주님, 착한 일 한 초등학생이 학교에서 타 오는 상장감이 아닌가요? 주님은 상장을 주시지는 않지만 별의별 쑥스러운 비밀을 다 털어놓아도 남한테 전하실 리 없으니 참으로 좋으신 분입니다.

좋으신 주님을 믿고 한 가지 고백을 더 하겠습니다. 어제는 가서

157

축하해줘야 할 결혼식이 두 건이 있었습니다. 둘 다 잘 아는 집인데, 한 집은 사회적 지위가 있는 부잣집이고, 한 집은 근근이 착하게만 사는 보잘것없는 집안입니다. 부잣집엔 하객도 많을 테니 저 같은 사람은 참석을 해도 그만 안 해도 그만일 겁니다. 어려운 집엔 손님도 많지 않을 테고 저 같은 사람도 그 자리를 빛내줄 수 있을 것 같았습니다. 그러나 제가 어쨌는 줄 아십니까? 제일 좋은 옷으로 멋을 부리고 축의금도 제 형편으로는 과하게 준비했습니다. 부잣집 결혼식에 갈 작정을 한 거죠. 물론 그보다 얄팍한 봉투도 하나 더 마련을 했습니다. 그리고 그 약소한 봉투는 마침 인편이 생겨 그쪽에다 부탁을 했지요. 요즈음 같은 교통난에 비슷한 시간대를 두 탕씩 뛰는 것이 불가능한 바에야 어쩔 수 없는 일이라고 자신에게 변명을 했지요. 부잣집 결혼식에서 줄 서서 기다렸다가 한구석에서 잘 얻어먹고 집에 오면서 제 자신이 문득 모래알처럼 초라하고 왜소하게 느껴졌습니다. 부잣집 잔치에서 옷 잘 입는 사람, 유명한 사람을 하도 많이 봤기 때문만이 아니라, 그제야 제가 일을 거꾸로 처리했다는 데 생각이 미쳤기 때문입니다.

정말 왜 그랬는지 모르겠습니다. 없는 사람한테 한 푼이라도 더 주어야 하는 게 사람 도리인데 왜 번번이 이런 짓을 하는지 모르겠습니다.

주님, 이번만이 아니라 번번이 그런다니까요. 왜 이런 고약한 버릇이 들었는지 모르겠습니다. 입으로는 부익부 빈익빈을 개탄하면서 행동으로는 번번이 부익부 빈익빈을 돕는 짓을 하고 맙니다. 오늘만 해도 그랬습니다. 백화점 슈퍼에서 물건을 살 때는 누구나 그렇겠지만 한 푼 깎을 엄두도 못 내지요. 깎기는커녕 물건값이 얼마인지도 확인해보지 않고 대충 필요한 걸 바구니에 담게 됩니다. 집에 와서 과일이 썩은 걸 발견해도 끽소리도 못 하니, 표기된 무게나 제대로인지 알 게 뭡니까. 그렇게 못나게 굴다가도 전철역 앞 노점에선 별안간 이악해집니다. 할머니가 벌여놓은 푸성귀가 하도 싱싱해서 걸음을 멈추고 흥정을 할 때는 제법 똑똑한 척까지 합니다. 이리저리 뒤척여보고 천 원어치가 애개개…, 요것밖에 안 되느냐고 덤을 달라기도 합니다. 구멍가게도 아니고 기껏 광주리 장사한테 말입니다. 슈퍼에선 꼼짝 못 하던 '고객은 왕' 노릇을 기껏 다 팔아야 일이만 원어치밖에 안 되는 이 세상에서 가장 초라한 할머니 앞에서 하다니요.

주님, 제가 만일 주님께 심판 날 "제가 앉을 자리는 왼편입니까, 오른편입니까?" 하고 묻는다면 저는 죄인 중에도 가장 얼굴 가죽 두꺼운 죄인이 되겠지요. 주여, 저를 불쌍히 여기시고 부끄러움이 뭔지 깨닫게 하소서.

산타 할아버지

늘 깨어 있어라.

마르 13장 33-37절

세상의 기쁜 일 중 누군가 좋은 사람을 기다리는 것처럼 살맛나고 가슴 울렁거리는 일도 없을 것입니다.

벌써 대림절입니다. 주님을 가장 간절히 기다리는 사람들은 아마 장사꾼들인가 봅니다. 백화점은 쇼윈도 장식이 번쩍번쩍 요란해졌고 상가에선 캐럴이 울리고 있군요. 그러나 주님이 제일 먼저 오시는 곳은 아마 아이들의 머리맡이 아닐까요.

저는 시골의 유교적인 가정에서 태어나서 예수님의 이름도 성탄절도 모르고 자랐습니다. 그런 저의 유년기에도 주님은 오셨으리라고 생각합니다. 겨울밤, 우주의 숨결처럼 고요하고 부드러운 눈

오는 소리를 들을 때, 누가 나를 포근히 감싸고 다독거려주는 듯한 평안감, 아늑한 집에서 사랑으로 길러주시는 가족에 대한 감사, 착해져야지, 하는 다짐, 위대한 것에 대한 동경 등도 작은 시골 아이에 대한 주님의 큰 손길, 인자한 눈길이었다고 생각합니다.

제 속으로 아이를 낳아 기를 때도 저는 주님을 마음속에 영접하기 훨씬 전이었습니다. 그러나 아이들에게만은 성탄절을 지키게 했습니다. 성탄절에만 교회에 보냈단 얘기는 아니고요. 평소에 아이들이 갖고 싶어 하는 걸 몰래 마련했다가 머리맡에 놓아주면서 산타 할아버지가 착한 아이에게 가져온 선물이라고 가르친 거죠. 그러니까 저희 아이들은 예수님보다 산타 할아버지를 먼저 알게 됐습니다. 착한 아이, 엄마 말 잘 듣는 아이로 길들이기 위한 한 방편이었죠.

"너 그렇게 말 안 들으면 산타 할아버지가 선물 주나 봐라." 저는 툭하면 이런 말을 채찍처럼 휘둘렀지요. 제가 아이들을 기를 때만 해도 산타 할아버지 복장을 한 코미디언이나 장사꾼이 백주에 어정어정 돌아다니던 때가 아니었으니까 꽤 철이 들 때까지도 아이들은 산타 할아버지가 정말 있다고 믿어주었습니다. 그러다가 아이들이 알고도 속아준다는 것을 느낄 무렵, 굴뚝으로 들어와 선물을 놓고 가는 산타 할아버지 같은 건 없다는 것을 잘라 말해줬지요. 결국 우리 아이들에게 산타 할아버지는 유아기의 통과의례에 불과했고 저는 거기 대해 별로 잘못됐단 생각이 없었습니다.

사람은 죽을 때까지도 배워야 한다더니, 최근에 어떤 책을 읽으면서 제가 그런 식으로 단숨에 산타 할아버지를 까발린 건 결코 잘한 짓이 아니었다는 걸 느끼게 됐습니다. 그 책엔 산타 할아버지의 존재에 대해 의심하는 아이에게 엄마가 어떻게 대답했나가 나옵니다.

"산타 할아버지는 계시고말고, 본 적이 있냐고? 본 적은 없지만 느낀 적은 있지. 너는 엄마 아빠가 너를 얼마나 사랑하는지 어떻게 믿니? 보아서 믿니? 우리끼리 서로 사랑한다는 건 여기 있는 이 책상보다도 확실하고 영원하지만 그 사랑을 눈으로 보거나 만질 수 있는 건 아니지 않니? 산타 할아버지가 눈에 안 보인다고 의심하지 말아라."

저는 제 아이들에게 산타 할아버지는 없다고 야멸차게 까발린 게 부끄러웠습니다. 산타 할아버지는 모든 어른들의 모든 아이들에 대한 사랑과 희망, 칭찬하고 즐겁게 해주고 싶은 마음의 다름 아니라는 걸 느낄 수 있도록 해주어야 했습니다.

외치는 소리

회개하고 세례를 받아라. 그러면 죄를 용서받을 것이다.

마르 1장 1-8절

세상이 어떻게 이렇게 빠른 속도로 좋아지는지 깜짝깜짝 놀랄 때가 있다. 집에 전화를 놓고 좋아서 어쩔 줄 모르던 게 삼십여 년 전이다. 전화 있는 집이 얼마 안 돼 큰 부자에다 특권층까지 된 기분이 들던 게 엊그저께 같은데 요새는 중고등학생까지 삐삐인지 휴대폰인지 차고 다닌다. 셋방살이에도 집집마다 차 한 대씩은 있던 게 요새는 어린이만 빼고 부부 따로 자식 따로 차를 갖는 집도 적지 않다.

움직이는 거나 정보 전달 말고도 밥하고 빨래하는 따위 모든 일손이 믿을 수 없을 만큼 빠르고 편해졌다. 인간은 쏙 빠지고 기계가 신속 정확하게 처리해준다. 잔손 가는 일뿐 아니라 큰 빌딩이나 아파트가 생기는 속도도 꼭 장마 뒤에 버섯 돋아나듯 순식간이다.

힘든 일을 이렇게 기계에 내준 인간은 여유 있게 하고 싶은 일이며 인생을 즐기냐 하면 그렇지도 않다. 내남 없이 사람은 사람대로 바쁘다. 연탄 갈고 빨래할 때도, 책도 읽고 꽃 피면 즐겁고 별 보면 가슴 울렁거린 적도 있었건만, 요새는 어떻게 된 게 좋은 걸 좋다고 느낄 새도 없을 정도로 바쁘다. 다들 바빠서 방방 뛰니까 시간까지도 덩달아서 바쁘게 흐르나 보다.

설 쇠고 나면 꽃놀이, 여름휴가, 추석, 성탄절이 마치 며칠만큼씩 돌아오는 것처럼 빠르게 순환한다. 평균수명이 늘었다지만, 시간에도 이렇게 가속이 붙는다면 오래 사는 것도 아닌 게 된다. 그러나 뭔가 즐거운 일에 몰입했을 때 시간 가는 줄 모른다는 말을 쓰는 걸 보면, 고된 노동에서 해방이 되면서 마음을 즐겁게 하는 일에 보다 많은 시간을 할애하기 때문에 그렇게 시간이 빠르게 느껴질지도 모른다. 지금은 전화로 때워도 그만인, 어른이나 친척에 대한 안부를 손수 찾아가서 해야 했던 때는 어떻게 살았는지, 그때가 마치 먼 옛날처럼 회상될 때도 있다.

나는 차가 없기 때문에 가끔 남의 차를 얻어 타게 된다. 전철이 더 빠르다고 해도 부득부득 권하면 별수 없이 편승하게 되는데 그날따라 체증이 심했다. 동호 터널을 앞두고 꼼짝 안 하기가 이십 분은 계속됐다. 뒤로라도 좋으니 차바퀴가 돌기만 해도 살 것 같았다. 그럴 때 왜 우리는 그렇게 참을성이 없는지, 운전자인 내 친구는 신경질을 내다가 점차 거칠게 욕을 했다. 평소의 그가 아니었다. 아무의 탓도 아닌데 누군가를 끊임없이 저주했다.

　나중에는 휴대폰으로 늦어질 사정을 말하면서 이 세상과 차 탄 사람들에 대한 욕을 또 한바탕했다. 거기엔 앞뒤로 양옆으로 빽빽하게 차밖에 없는데 차창을 내리고 고개를 내민 다른 사람 역시 곧 덤벼들 듯 사나운 얼굴을 하고 있었다.

　그때 문득 이 문명의 이기로 가득 찬 도시가 문명 이전의 광야로 변한 것 같아 섬뜩해졌다. 서울 한복판이 사람은 한 사람도 없이 맹수만 으르렁거리는 불모의 광야나 다름없어 보이다니.

　이럴 때 누구라도 외쳐야 하지 않을까. "조금만 더 느리게, 조금만 더 못살자."라고. 이렇게 급하게 이렇게 잘 먹고 잘살기만 하다가 우린 도대체 어떻게 되는 걸까? 나중엔 인간이 아니게 될지도 모른다는 공포감은 실은 우리 내부의 아직은 희미하지만 다급한 외침이다. 아주 먼 곳에 귀 기울이듯 우리 자신의 정직한 외침에 귀 기울이기 위해서라도 고요한 밤은 있어야겠다.

어느 중년 가장의 고백

나는 이분의 신발 끈을 풀어드릴 만한 자격조차 없는 몸이오.

요한 1장 6-8, 19-28절

한 해를 보내고 새해를 맞으려는 세밑은 일 년 중 가장 소리와 빛으로 충만한 시기입니다. 수많은 모임을 성사시키기 위해 빗발치는 통화도 소리고, 모여드는 곳은 더군다나 빛과 소리로 충만해 있습니다. 호텔이나 빌딩 안의 모임 장소는 하루도 비는 날이 없이 일찌거니 예약이 끝났고, 그런 장소는 휘황한 불빛과 사람들의 담소와 질탕한 풍악 소리로 충만해 있습니다. 작은 소리, 작은 불빛은 보이지도 들리지도 않고 묻혀버리는 게 바로 이 시기입니다.

심지어는 누구를 돕자는 모임도 시끌시끌하고 화려하게 꾸며서 비싼 음식 먹고 노래하고 춤추고 나서 거기서 떨어지는 부스러기를 도움이라고 내놓는 수도 있습니다. 모인다는 건 좋은 일입니다. 문득문득 궁금하던 대학 동창, 같은 고향 친구를 만나 안부를 확인하고 회포를 푼다는 것은 바쁜 일상사에 쫓기면서 늘 꿈꿔오던 거였습니다. 이해관계에만 얽힌 인간관계와 눈치와 경쟁으로 하루도 마음 놓일 날이 없던 직장 생활은 그 옛날 근심 없던 시절의 소박한 친구를 마치 뙤약볕에서 일하면서 나무 그늘 그리듯이 간절하게 생각나게 합니다. 그러나 부르는 소리마다 응하려면 한이 없습니다. 허름한 돼지갈비집으로 나오라는 연락이 있는가 하면 대중교통으로는 갈 수도 없는 일급 호텔 무슨 무슨 룸에서 하는 동창 모임도 있습니다.

시간이 겹칠 때는 큰 호텔 쪽으로 마음이 쏠립니다. 거기에 더 보고 싶은 얼굴이 있을 것 같아서가 아닙니다. 이왕이면 성공한 친구, 돈 많이 번 동창을 만날 수 있는 곳으로 가는 것이 현명한 처세일 것 같아서입니다. 그렇게 되면 옷도 초라해서는 안 될 것 같고, 나 이런 데 있어, 하고 내놓을 명함에도 뭔가 헛된 직함이라도 몇 개 덧붙여야 할 것 같아집니다.

길에서 자선냄비만 봐도 반사작용처럼 호주머니를 꼭꼭 누르게 하던, 요즈음은 불경기라는 생각은 숫제 떠오르지도 않습니다. 그러나 참석하기로 돼 있다고 알려진 명사급으로 성공한 사람들은 안 나타나거나 얼굴만 내밀고 총총히 자리를 뜨는군요, 스케줄이 꼬였다나요. 자연히 남은 사람들은 별 볼일이 없는 사람들이 돼버렸지만 스스로 그걸 인정하고 싶지 않아 허세를 있는 대로 부립니다. 한번 마음 놓고 젖고 싶었던 꾸밈 없는 분위기, 훈훈한 사람 냄새는 어디에 있는 걸까요. 도대체 내가 그런 걸 그리워하기나 한 걸까. 정말 마음으로부터 그런 걸 그리워했다면 변두리의 돼지갈비집으로 가야 하지 않을까요. 거기라고 내가 그리던 게 있으리라는 보장도 없지 않을까. 거긴 거기대로 싸구려 거품이 부글부글 넘쳐흘렀을지도 모르지.

송년 모임에서 돌아오면서는 왜 그렇게 쓸쓸한지요. 밤거리도 하나도 어둡거나 고요하지 않은데도 말입니다. 어둡고 쓸쓸한 건 내 마음뿐입니다. 이게 아닌데, 이게 아닌데 내가 원하는 게 이게 아니었다는 생각은 이 나이에 내가 이룩하고 도달한 사회적 지위인지 가정에서의 위상인지 오늘의 파티인지 그것도 잘 모르겠습니다. 아무튼 내가 싫습니다. 마음속에 암흑이 가득한 것 같은 내가 싫습니다.

주님, 저는 왜 자신이 극도로 싫어질 때만 당신이 그리워지는지 모르겠습니다. 주여, 저를 부르소서. 이 충만한 소음 속에서 당신이 부르는 그윽한 목소리를 알아듣게 하소서.

두들겨 깨우소서

이 몸은 주님의 종입니다.

지금 말씀대로 저에게 이루어지기를 바랍니다.

루카 1장 26-38절

주님, 저는 정말 왜 이런지 모르겠습니다. 성탄절을 앞두고 판공성사를 볼 때마다 마치 제가 아무런 잘못도 없이 야단을 맞아야 하는 것처럼 곤혹스러워지는 거 있죠. 그러니 고백할 잘못이 생각날 게 뭡니까. 생각나지 않는 정도가 아니라, 제가 저지른 잘못은 남들이 저지르는 잘못에다 대면 새발의 피 같고, 제가 일상적으로 느끼는 가책에다 대면 이 세상은 온통 양심에 털 난 사람들로 이루어진 것만 같아, 저 정도면 제법 준수한데 뭣하러 마음을 졸여가며 성사를 봐야 하나, 반발하는 마음까지 생기곤 합니다.

저는 주님과 외롭게 단독 면담을 해야 했음에도 불구하고 이렇게 있지도 않은 가상의 타인들을 끌어들여 그들과 비교함으로써 자신의 잘못을 축소하려고 안간힘을 썼던 것입니다. 그렇게 엉터리로 성사를 보고 거리로 나오니 갑자기 외로움이 엄습하며, 미처 헤아리지 못한 잘못들이 줄줄이 생각나더군요. 연말이라 거리거리마다 더욱 풍성해진 쓰레기 더미만 봐도 제가 일 년 동안 배출한 엄청난 쓰레기가 떠올라서 양심이 켕겼습니다.

저는 어려서부터 밥알이나 쌀알을 버리는 건 하늘 무서운 짓이라는 교육을 받고 자랐습니다. 그건 어떤 어려운 학교 교육보다 오래도록 제 심성에 영향을 끼쳐왔습니다. 먹다 남은 갈비보다도 밥한 톨 버리는 걸 더 망설인 것도 그런 영향이었을 겁니다. 그러나 우리의 국민소득이 높아지면서 음식 찌꺼기가 자꾸 늘어나고 근래에는 냉장고에서 며칠 묵은 밥 정도는 무심히 쏟아버리는 일도 드물지 않게 되었습니다. 문제는 그 '무심히'입니다. 지구 도처에서, 그리고 바로 내 나라 반쪽에서, 같은 인간이, 같은 민족이, 얼마나 가혹한 굶주림에 허덕이는지 뻔히 알면서, 단지 내 배부르다고 어쩌면 한번도 그들을 떠올리며 양심에 가책을 받는 일 없이 무심히 그 많은 음식을 쓰레기로 만들 수가 있었을까요?

그러나 제가 가난한 이웃을 아주 생각 안 한 건 아닙니다. 일 년을 돌이켜보면 그래도 잘했다 싶은 건 도움을 필요로 하는 곳과의 약속을 지킨 일입니다. 약속이란 실은 제 자신과의 약속이었고 그걸 지켰다는 표시는 몇 장의 지로 영수증입니다. 저는 지금 제가 아주 작은 도움을 준 몇몇 자선단체에 송금한 영수증을 가지고 면

죄부로 삼으려는 게 아닌지 모르겠습니다.

　마침 마더 테레사가 제 이 얄팍한 속셈을 점잖게 꾸짖으시는군요. 성녀의 말을 그대로 옮길 수는 없지만 대강 이런 뜻이었습니다. 가난하고 버림받은 사람에게 필요한 건 물질적인 시혜보다는 사랑과 관심, 따뜻한 포옹이라고요. 이거야말로 몇 푼의 후원금을 빠뜨리지 않고 송금한 걸로 면죄부를 삼으려는 저의 털 난 양심을 수치심으로 화끈하게 만드는 무서운 말씀입니다. 저는 제가 후원하고 있는 자선단체의 도움을 받고 있는 버림받은 어린이나 가난한 이들을 찾아가본 적이 한 번도 없습니다. 사랑은커녕 관심을 갖고 궁금해한 적도 없습니다. 고작 몇 푼의 후원금이 다였던 것입니다.

　주여, 이러고도 제가 주님을 맞을 자격이 있을까요? 주님이 제게 임하시진 않더라도, 왜 주님이 가장 낮은 곳에서, 가장 평범하고 겸손하고 순결하게 사는 여인의 배를 빌려 이 세상에 오셨는지, 그 엄숙한 진리로 저를 두들겨 깨우소서.

영광과 고통

예수의 부모가 당시의 종교적 관례에 따라 아기 예수를 성전에 데리고 갔을 때 그 아기는 장차 세상의 빛이 되고 이스라엘의 영광이 되리라는 놀라운 예언을 듣게 된다. 자식이 잘된다는 말을 듣고 기뻐하지 않을 부모가 어디 있으랴. 아기 예수의 부모도 물론 감격을 한다. 거기에 그쳤으면 얼마나 좋으랴.

그러나 예언자 시므온은 좋아하는 부모를 축복하고 나서 아기 어머니가 장차 받을 고통까지 예언하고 만다. "당신의 마음은 예리한 칼에 찔리듯 아플 것입니다."라고. 얼마나 섬뜩한 예언인가. 처녀의 몸으로 아기를 배게 되었을 때보다 더 참아내기 힘들었을 것이

173

다. 예나 지금이나 자식에 관해서만은 그저 좋은 소리만 듣고 싶은 게 에미 마음이다.

입시 철에 점쟁이집이 미어지는 것도 그 좋은 소리를 듣기 위해서이다. 하루 일곱 군데나 되는 점집을 돌았다는 엄마 얘기를 들은 적도 있다. 원하는 대학이 안 된다고 해서 된다고 하는 소리가 나올 때까지 돌아다니다 보니 그렇게 됐다고 했다. 그럼 처음 점집에서 기쁜 소식을 들은 엄마라고 해서 그 한 사람의 점쟁이에게 만족하느냐 하면 그것도 아니다. 그래도 한두 군데 더 가보고 싶은 건 좋은 소리일수록 듣고 또 듣고 싶기 때문이다. 일종의 갈증 같은 것이다. 아무리 좋은 소리라도 들을수록 목마르다면 그건 진짜 좋은 소리가 아니다.

에미가 된다는 것은 영광을 꿈꾸게 하고 고통을 보장받는 일이다.

예언자 시므온은 아기 예수가 장차 인류사상 최고의 영광을 받을 것을 예언했지만, 그 어머니가 받을 최고의 고통까지 예언함으로써 예수님이 받을 영광이 보통 엄마들이 꿈꾸는 세속의 영광하고 다르다는 걸 명백하게 했다.

성경에 예수님이 생전에 어머니를 섭섭하게 한 대목은 가끔 나오지만 그때 마리아가 어떻게 그걸 삭였는지는 구체적으로 나와 있지 않다. 예수님도 어렸을 적엔 보통 아이들처럼 장난도 쳤을 테고 그러다가 다치기도 하고 동무들하고 놀다가 말다툼도 했을 것이다. 보통 아이들이 부모 걱정시키는 것만큼 시키다가 공적인 활동기에 접어들고는 마음 아파할 일이 더욱 늘어났을 것이다.

예수님이 군중 속에서 말씀을 하고 계실 때, 군중 속에서 같이 듣고 있던 마리아는 너무도 자랑스러워 가슴이 벅찼을 것이다. 둘이만 하고 싶은 긴한 이야기가 없다고 해도, 저 말 잘하고 권위 있어 보이는 젊은이가 바로 내 아들이라는 걸 군중이 알아주길 바라는 마음에서라도 만인 앞에서 모자의 정을 나누고 싶었을지도 모른다.

그러나 예수님의 대답은 매정하기 짝이 없다. 누가 내 어머니냐고 반문했을 때 마리아의 마음은 어땠을까. 그러나 그 정도는 예수님이 십자가에 못 박히면서 어머니 가슴에 박은 못에다 대면 아무것도 아니다. 시므온의 예언이 비로소 완성되었다고나 할까. 그러나 그 후 마리아가 아들의 죽음을 어떻게 애통해하고, 그 죽음을 헛되게 하지 않으려고 어떤 사업을 벌였다는 구체적인 기록은 없다. 유별나게 기록할 것 없음이 바로 마리아의 성모다움이 아니었을까. 그의 잉태를 받아들였듯이 유난 떨지 않고 아들의 전 생애를 있는 그대로 받아들였던 것이다.

세상을 구하려고 태어난 아기에게 효자 노릇까지 강요하지 않음이 바로 마리아의 성모다움이었다.

순명의 아름다움

소리 내어 외치지 않되,

잠들지도 않고 기다리고 있을 것입니다.

선한 이들이 암흑 속에서 힘겹게 깨어 있다는 걸

굽어살피소서.

별을 보여주세요

우리는 동방에서 그분의 별을 보고
그분에게 경배하러 왔습니다.

마태 2장 1–12절

처음으로 비행기를 타고 해외여행이라는 걸 해본 게 80년대 초
였다. 마침 성탄을 앞둔 초겨울이었다. 밤의 샹젤리제 거리가 아름
다웠다. 그중에도 잎을 떨군 가로수 가지마다 무수한 꼬마전구로
불을 밝혀놓은 게 빛의 떨기나무를 보는 것처럼 환상적이었던 게
잊히지 않는다. 과연 미의 파리답다고 감탄도 하고, 선망도 하지 않
았나 싶다. 그러나 요새 파리에 가는 사람은 그런 건 눈에 차지도
않을 것이다. 우리나라도 도시 번화가의 가로수뿐 아니라 호텔이나
백화점, 심지어는 음식점 앞에 있는 나무들도 겨울 내내 전깃불로
그렇게 꾸며주게 된 지 오래이다. 마치 별들이 함빡 나뭇가지에 내

179

려앉은 것처럼 환상적인 밤거리를 쌍쌍이 거니는 선남선녀들을 보노라면 한때 굶주린 적이 있었다는 게 믿어지지 않을 지경이다.

그 대신 우리는 별을 볼 수 없게 된 지 오래이다. 공기 오염 때문이라고 하지만 보고 싶어 하지 않기 때문에, 별이 뜨기를 기다리지 않기 때문에 못 보는 것은 아닐는지. 별보다 더 크고 뚜렷한 달도 어느 날 문득 고층 아파트 모서리에 걸려 있는 걸 보면서 저기다 웬 나트륨등을 달아놓았을까, 하고 고개를 갸우뚱한 적이 있다. 우리가 달을 못 보고 사는 것도 공기 오염 때문이 아니라 달빛이 그다지 필요하지 않기 때문이다. 문명이 만든 불빛이 이렇게 휘황하고 아름다운데 달빛 별빛이 무슨 소용이랴 싶은 세상이란, 바로 신이 필요 없는 세상이 아닐까?

박사들이 멀리 동방에서 예루살렘까지 아기 예수를 경배하러 온 것은 그분의 별을 보았기 때문이다. 그러나 왕궁에 사는 헤로데 왕은 그 별을 보지 못했다. 변방에서 보인 별이 왕궁의 은성한 불빛 속에서는 보이지 않았다. 현명한 박사들은 이 세상을 변화시킬 분을 기다렸을 테지만, 왕에게 그런 분은 반갑지 않은 위협이었을 것이다. 왕권이 필요로 하는 것은 천년만년 계속되는 현상 유지이지 변화가 아니니까. 구원의 별빛은 권력과 부의 중심부에서 멀리 떨어진 쓸쓸하고 외딴 고장에서 보였고, 기다리는 사람, 고뇌하는 사람에게만 보였다.

우리는 별빛의 신비에서 멀어진 지 너무 오래이다. 별빛은 어둔 밤 호롱불 대신, 또는 먼 길 가는 이에게 나침반 대신으로서만 필요한 게 아니다. 별은 그 무엇의 대용물이 아니다. 어린 시절 풀밭에 누워 밤하늘의 별을 바라본 경험이 있는 사람은 아마 알 것이다. 그때 말로는 미처 표현하지 못한 외경심, 자기 존재가 한없이 작아지는 것 같기도 하고 우주를 껴안을 듯이 커지기도 하는 그 벅찬 신비체험은 바로 하느님 안에 내가 있고 내 안에 하느님이 있다는 원초적인 종교체험이 아니었을까. 그건 광대무변한 우주의 신비만이 할 수 있는 일이지 그 무엇이 대신해줄 수 있는 일이 아니다.

올해의 소원은 별을 보는 것이다. 별을 보며 하느님의 음성을 듣는 것이다. 그분의 음성이 들리면 제일 먼저 하고 싶은 말은, 당신이 도대체 계시기나 하는 거냐고, 계신 곳만 알 수 있다면 지금부터라도 순례의 길을 떠나겠다는 간청이다. 아아, 그러나 나는 아직도 위선을 떨고 있다. 나는 네 안에도 있고, 네 이웃 중 가장 보잘 것없는 이웃 안에도 있다고 말씀하실 줄 뻔히 알면서도 그걸 인정하기가 싫어서 짐짓 요망을 떨고 있는 것이다.

주님, 별을 보기엔 너무 교만해져버린 저를 불쌍히 여기소서.

길

너는 내 사랑하는 아들, 내 마음에 드는 아들이다.

마르 1장 7-11절

어른들은 아이들에게 너 크면 무엇이 될래, 라고 묻기를 잘한다. 직업이나 사회적 신분에 대해 아무것도 모를 어린 나이엔 곧잘 아빠가 될래요, 또는 엄마가 될래요, 라고 대답한다. 유치원이나 초등학교에 다닐 만해지면 선생님이 되겠다는 아이들이 많다. 거의가 자기가 속한 울타리 안에서 가장 사랑하고 싶고 우러러 보이는 사람이 되고자 한다. 그러나 비판 의식이 생기고부터는 엄마 아빠처럼은 되지 않겠다, 선생님 노릇은 절대로 하기 싫다는 소년 소녀도 생겨나게 된다. 엄마 아빠처럼 되고 싶다, 선생님이 되고 싶다는 꿈이 오래가는 아이는 복받은 아이들이다.

핏줄이라는 운명적 만남이나 학교라는 최초의 사회적 만남이 다 행복하게 이루어졌다고 볼 수 있기 때문이다. 과학자가 되고 싶다, 음악가가 되고 싶다, 정치가가 되고 싶다는 포부가 생기는 것도 자기 안에 꼭 그게 아니면 안 되는 천부적인 걸 발견해서라기보다는 먼저 그렇게 된 사람한테 감명을 받거나 특별히 근사해 보이는 그런 전문가 중의 하나를 동경하는 것으로부터 비롯되는 수가 많다.

종교의 자유는 헌법에 보장돼 있고, 종교를 가진 사람도 있고 안 가진 사람도 있지만 종교적인 심성은 누구에게나 있다. 눈에 보이거나 만질 수 있는 세상만이 전부가 아니라는 생각, 자신이나 남이 엄청난 잘못을 저질렀을 때 느끼는 하늘 무서운 공포감, 죽음에 대한 해결할 수도 극복할 수도 없는 두려움, 어두움이나 침묵, 고독에 대한 섬뜩한 전율 등도 결국은 종교적 심성이다.

그러나 나이를 먹을 만큼 먹은 사람이 특정한 어떤 종교를 선택하기까지는 여러 갈래의 길이 있는 것 같다. 그 종교의 경전을 열심히 읽고 크게 깨달았을 수도 있고, 돌연 어떤 계시를 받았다고 여겨지는 신비체험을 한 경우도 있겠으나, 그보다는 성직자나 먼저 신앙을 가진 사람의 언동을 보고 감동을 하거나 저렇게 살고 싶다는 존경심을 갖게 된 게 직접적 계기가 된 경우가 훨씬 더 많다. 나의 경우를 생각해도 성경을 알게 된 것은 문학소녀 시절부터였지만 예수님을 본받을 만한 분이란 생각이 들기 시작한 것은 그보다 훨씬 후였고, 마침내 주님으로 영접할 용기가 생긴 것은 당시의 암울한 시대상을 향해 거침없이 외친 정의 구현 사제단의 참다운 용기에서 영향받은 바가 컸다.

 그런 특수한 상황이 아니라도 생활 태도가 본받을 만할 뿐 아니라, 사람됨이 너그럽고 인자하여 가까이하고 싶고 뭐든지 의논하고 싶은 사람이 어떤 종교를 가지고 있을 때 그 종교에 대해서 호감을 갖게 되는 건 당연하다. 어떤 종교의 경전을 읽고 이거야말로 진리다, 라고 아무리 깨친 바가 컸다고 해도 그 종교를 믿는 사람들의 언행이 겉 다르고 속 다르고 위선으로 가득 찬 걸 보면 자연히 그 종교에 대해 뜨악해지고 만다. 그래서 예수님은 좋아하지만 예수쟁이들 꼴 보기 싫어 교회엔 가기 싫다고 공언하는 사람도 생겨나게 된다.

 세례를 받는다는 게 무엇을 의미하는지 그 책임감을 통감하게 된다. 세례를 받고 나면 죄를 용서받을 수 있는 특권을 갖거나 별안간 진리를 깨우친 사람이 되는 건 아니다. 좋은 교인이란 자신이 진리가 되는 것이 아니라 겸손히 진리에 이르는 길의 일부가 되는 게 아닐까. 탄탄대로가 아니라도 좋으니 예쁘고 아기자기한 오솔길이라도 되고 싶다.

부르시는 방법

너희가 바라는 것이 무엇이냐?

요한 1장 35-42절

시몬 베드로와 안드레아가 예수님의 첫 번째 제자가 되는 경위는 복음서에 따라 조금씩 다르게 기록돼 있습니다. 그러나 망설임 없이 당장 생업을 버리고 예수님의 뒤를 따르게 된다는 점은 일치돼 있습니다. 어떻게 그럴 수가 있었을까? 첫 번째 만남에서 두 인격 사이에 일어난 일은 무엇이었을까? 우레와 같은 충격이었을까? 영혼의 심지에 불을 당기는 불꽃이었을까? 오랜 기다림의 갈증을 적셔주는 단비 같은 거였을까? 그게 늘 궁금했습니다.

저는 몇 번째로 예수님의 제자가 되었을까요? 아마 몇억 몇십억 째도 넘을 것 같습니다. 저의 모자라는 수학적 두뇌로는 추측조차 불가능할 정도로 예수님은 베드로와 안드레아 이래 수많은 제자를 거느리셨습니다. 제가 세례를 받은 지도 십 년이 훨씬 넘었으니 햇수로 따지자면 예수님의 제자 중에서 초보는 넘었다 할 수도 있을 것입니다. 더군다나 예수님을 알게 되고 세례를 받을까 말까 망설인 지는 그보다 훨씬 전이었습니다. 망설임에 걸린 시간만도 몇십 년은 될 것입니다. 드디어 마음을 굳히고 받기 시작한 예비자 교리도 재수를 할 정도로 제 망설임의 시기는 길고도 길었습니다. 왜 그렇게 망설였을까? 그건 아마 예수님을 주님이라 부르기 위해선 베드로나 안드레아가 예수님과의 첫 번째 만남에서 경험한 것 같은 신비하고 돌연한 변화가 저에게도 오기를 기다리는 마음에서였을 것입니다.

　그러나 저는 끝내 아무런 신비체험도 못한 채 세례를 받게 되었습니다. 재수까지 하고도 세례를 안 받는다는 건 어쩐지 창피한 것도 같고 유난을 떠는 것도 같아서였습니다. 그때는 하필 복중이었는데 너무도 더운 날이었습니다. 더군다나 그때 우리 동네는 신흥 개발 지구여서 성당도 없이 상가 4층을 빌려서 미사를 드릴 때였습니다. 남들이 하는 대로 격식을 갖춰 한복을 차려입었는데 온몸이 땀에 젖으면서 종아리를 타고 버선 속으로 땀이 줄줄이 흘러드는 통로까지 분명하게 느낄 수가 있었습니다. 더위보다 더욱 견딜 수 없었던 것은 같이 세례를 받는 교우들은 거의 다 감격에 겨워 눈물이 그렁하지 않으면 흐느껴 울고 있다는 사실이었습니다.

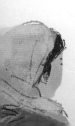

그들은 다 부르심을 받는데 저만 소외된 것 같았습니다. 그들의 영혼이 기쁨에 차 눈물을 흘리는 동안 저는 다만 날씨가 좀 덥다는 육체적 고통에만 신경이 쓰여서 아무것도 못 느끼고 있다는 건 부끄럽고도 한심한 노릇이었습니다.

그때 주님은 왜 저를 부르시지 않으셨을까? 오랫동안 원망도 하고 의심도 해본 끝에 이제야 조금 알 것 같습니다. 주님은 뜨거운 사람만 부르시는 게 아니라 차가운 사람도 부르신다는 것을, 똑똑하고 말귀 잘 알아듣는 사람만 부르시는 게 아니라 미욱하고 아둔한 사람도 부르신다는 것을, 다만 부르시는 방법이 다를 뿐이라는 것을, 저처럼 차가운 이기주의자를 부르시는 주님의 방법은 참을성 있으시고도 교묘하십니다. 저는 아직도 슬픔이 있는 곳보다는 즐거움이 있는 곳을, 가난한 곳보다는 부유한 곳을, 내가 섬겨야 할 곳보다는 섬김을 받을 수 있는 곳을, 몸이 고단할 것 같은 데보다는 편할 것 같은 데만 찾아다닙니다. 그러나 거기가 제가 있을 자리가 아닌 것처럼 불편해지면서, 여기가 아닌 저기서 누군가가 저를 부르는 것 같아질 적이 자주 있습니다. 지치지도 않고 저를 부르시는 주여, 찬미받으소서.

말의 힘

나를 따라오너라. 내가 너희를 사람 낚는 어부가 되게 하겠다.

마르 1장 14-20절

우리 어렸을 때는 지금과는 댈 것도 아니게 사는 형편이 어렵고 구질구질했다. 특히 우리 집처럼 시골에서 무작정 상경한 일가족은 서울 변두리에서 빈민굴을 형성하고 문자 그대로 아귀다툼을 하며 살았다. 극빈한 생활 속에서도 우리 어머니는 학교에 내는 월사금이나 교과서값만은 하루도 밀리는 일 없이 제날짜에 내도록 했고, 자식들 배도 곯리지 않았다. 또 자식들을 때리거나 욕하는 법이 절대로 없었다. 워낙 인심이 흉흉하고 식량난이 심했던 일제 말기라서 더했겠지만 당시의 빈촌 사람들은 자식들을 두들겨 패기를 잘했다. 학교 가기 싫어해도 때리고, 월사금 달라고 해도 때리고, 군것질하고 싶어 해도 때리고, 가뜩이나 더럽고 냄새나는 동네가 거친 욕지거리와 아이들의 울음소리로 온종일 시끌시끌 아수라장 같았다.

그런 환경에서 욕먹지 않고 매 맞지 않고 자란 것을 지금도 어머니께 깊이 감사하고 있다. 내가 특별히 온순하거나 착한 아이여서 매를 안 맞은 건 아니다. 나도 딴 집 아이들과 마찬가지로 그 나이 또래에 부릴 수 있는 말썽은 다 부렸고, 못된 짓도 할 만큼 했다. 군것질도 하고 싶었고, 예쁜 옷도 입고 싶었고, 동무들이 따돌리면 우울했고, 공부 못하면 자존심 상했다. 매일매일 속상하고 화가 나서 위로받고 싶은 것 천지였다. 그럴 때마다 어머니가 만병통치약처럼 나한테 들이대는 게 옛날이야기였다.

"아이고, 착한 내 새끼가 왜 이렇게 잔뜩 부어 있을꼬. 뭘 해주면 좋을까? 옛날이야기나 해주런?"

어머니는 우는 아이 입을 틀어막을 단 한 알의 알사탕도 없었으므로 그 대신 이야기를 미끼로 삼으려 하셨다. 어머니는 옛날이야기를 많이 알고 있었고, 거기다가 어머니 나름의 입김을 불어넣어 독특한 재미를 만들어냈다. 그 궁핍했던 시절, 어머니의 이야기는 나에게 크나큰 위로가 됐을 뿐 아니라 힘이 되고 희망이 되었다. 지금도 어린 날의 그 빈민굴 단칸 셋방을 생각하면 불행했었다는 생각이 조금도 안 든다. 유복하고 훈훈하고 빛이 충만한 시기였던 것처럼 회상돼, 어려서 가난했었다는 데 대해 별로 열등감을 느껴본 적이 없다.

중학교에 들어갈 때까지 동화책 한 권 변변한 걸 읽은 적이 없는데도 커서 가장 되고 싶은 게 작가였고, 실지로 훗날 소설을 쓰게 된 것도 그때 어머니로부터 받은 영향 때문일 것이다. 어머니가 그때 나에게 준 것은 단순한 위안이 아니라 내 안에 잠재한 문학성과 종교적 심성의 개발이 아니었을까? 어머니는 그때 아무런 종교도 갖고 있지 않았지만 권선징악적인 단순한 옛날이야기에다 어머니 나름으로 불어넣은 생명력은 사람에 대한 이해와 사랑, 그리고 사람이 하는 일 속에 숨어 있는 사람이 사는 목적과 하늘의 뜻이 아니었을까?

소설가가 된 후에 입교를 하게 되었기 때문인지, 종교에 너무 깊이 빠지면 소설을 못 쓴다고 걱정해주는 이가 더러 있었다. 그러나 나는 생명력 있는 말엔 힘이 있다는 걸 믿고 있다는 점에서 문학과 종교는 상반되는 것이 아니라 가장 잘 통하는 사이라는 것을 막연하게나마 느껴왔기 때문에 그런 걱정은 안 했다. 어머니의 이야기가 나에게 위안과 꿈과 힘이 되었던 것처럼 내가 만든 이야기도 독자들과 만나 그렇게 되길 바라며, 진실한 이야기엔 사람의 마음도 낚을 수 있는 힘이 있다고 믿고 있다.

우울한 전망

이 아기는 수많은 이스라엘 백성을 넘어뜨리기도 하고
일으키기도 할 분이십니다.

루카 2장 22-40절

방학 동안에 손자들을 며칠 집에 데리고 있었다. 아이들은 할머니가 으레 저희들을 재미있게 해주길 바라는 것 같은데, 나는 그 애들이 원하는 게 뭔지 잘 알 수가 없었다. 그래서 먹고 싶은 것이나 하고 싶은 것, 가고 싶은 데가 있으면 말해보라고 했더니 아이들은 일제히 눈썰매장에 가고 싶다고 했다. 저희 에미 애비하고 벌써 몇 번이나 가본 데고, 나는 가본 적은 없지만 그곳엔 얼마나 아이들이 많고 오래 기다려야 되는지, 또 바가지요금은 얼마나 극성스러운지쯤은 들어서 알고 있었기 때문에 가고 싶지 않았다.

더 신나는 데를 알고 있다고 달래고 꼬셔서 데리고 간 데가 서울

근교의 농촌이었다. 썰매를 탈 만한 데는 마땅치 않았지만 얼어붙은 개울에서 저희들끼리 미끄럼도 타고 눈 덮인 야산에 오르기도 했다. 겨울 날씨치고는 포근한 날이어서 개울에 빠진 애가 생겨 옷을 말리느라 남의 집 신세를 지긴 했어도 즐거운 하루였다. 아이들 중 제일 어린 게 산에서 우윳빛 솜털이 보송보송한 버들강아지를 한 가장귀 꺾어가지고 왔다. 버들강아지가 그 아이의 장밋빛으로 상기한 볼과 그렇게 잘 어울릴 수가 없었다. 아아, 어디선가 봄이 오고 있구나. 오래간만에 마음속 깊은 곳으로부터 기쁨이 깨어나는 것 같은 느낌을 맛보았다. 아직 입춘도 안 됐는데 봄의 기쁨을 느끼게 된 건 버들강아지 때문만은 아니었다. 명랑한 웃음소리, 지칠 줄 모르는 장난질, 힘차고 유연한 팔다리, 왕성한 식욕은 다 태어난 지는 얼마 안 되고, 살날은 듬뿍 남은 어린싹들의 건강한 생명력의 발산이어서 보기만 해도 얼마만큼은 옮아 붙는 것 같았다.

어느 애도 미운 놈은 한 놈도 없었다. 지금 이 순간을 망막에 새겨두고 싶게 다들 잘생기고, 예쁘고, 행복한 최고의 상태에 있었다. 나는 너무도 아이들이 예쁜 나머지 그 애들은 장차 근심이나 걱정, 빈곤 따위는 어떻게 생겼는지도 모르면서 곱게 곱게 자라 이 세상의 온갖 좋은 것들을 마음껏 누리게 하고 싶다고 생각했다. 만일 어디서 그런 불길한 것들의 그림자라도 비쳤다면 그 애들이 눈치채기 전에 온몸으로 막아섰으리라. 이 세상의 어떤 불행도 그 애들한테 얼씬거리지 못하게 지켜줘야 할 것 같았다.

그러나 그건 얼마나 어리석은 늙은이의 망상일까? 바로 내 자식만은 고생 안 시키고, 험한 꼴 안 보게 하고, 온갖 좋은 것만 누리며 살게 하고 싶다는 우리들의 욕심이 이 세상을 얼마나 살 만하지 못하게 일그러뜨리고 말았나를 깜빡 잊고 있었던 것이다. 저 어린 것들이 다들 지독한 이기주의자가 된다면 모를까. 남과 더불어 잘 살기를 꿈꾸는 올바른 인간이 되려면 아마 굉장한 고난을 각오해야 될 것이다.

우리는 서로 자기만 잘살려고, 자기 자식만 잘 기르려고, 무자비한 경쟁 사회와 불공평하고 억압적인 제도를 만들었고, 공유의 자산인 자연환경을 회생 불가능할 지경까지 착취하고 파괴해왔다. 우리 아이들은 앞으로 더 잘살기 위해서가 아니라 단지 멸망하지 않기 위해서 우리가 상상도 못 할 어려움을 감내해야 할지도 모른다. 우리가 아이들에게 물려줄 것은 우리가 지은 잘못을 바로잡아야 하는 고통스러운 책임밖에 없다. 그러고도 듣기 좋은 덕담만 하고 싶어 하니 딱한 노릇이다.

외딴곳

다음 동네에도 가자. 거기에서도 전도해야 한다.

마르 1장 29-39절

    예수님께서는 어부 네 사람을 제자로 삼으신 후 전도를 시작하셨는데 그분의 가르치심은 율법학자들과는 달리 새롭고 권위가 있었기 때문에 다들 놀랐다. 그분의 가르치심은 보통 사람들에겐 전혀 억압적이지 않은 기쁜 소식이었지만 더러운 악령들에겐 인간이라는 안락한 보금자리를 황망히 도망쳐야 할 만큼 그 권위가 추상 같았다. 예수님은 악령 들린 사람도 악령과 함께 추방하지 않고 악령만을 내쫓으셨다. 그건 지켜보는 사람들에게 얼마나 놀랍고 새로운 충격이었을까? 그건 사람의 능력으로는 절대로 할 수 없는 일이다. 예수님의 이름을 빌려서도 될 수 없는 일이다. 인류 역사가 예수님의 이름을 빌려 행한 수많은 마녀재판만 봐도 알 수가 있다.

그뿐 아니라 그날 예수님은 너무 많은 일을 하셨다.

열병으로 누워 있던 시몬의 장모를 고치셨고, 날이 저문 후까지 그 집에 꾸역꾸역 모여드는 온갖 병자들과 마귀 들린 사람을 낫게 해주셨다. 하루에 그렇게 많은 일을 하셨으면 그날은 느긋하게 충분한 수면을 취하여 피곤을 푸실 일이지 먼동도 트기 전에 일어나실 건 또 뭐였을까.

일어나셔서 외딴곳으로 가신다. 제자들이 예수님을 찾아 나선 걸 보면 아무한테도 안 알리고 살짝 빠져나가셨나 보다. 왜 그러셨을까? 기도하기 위해서라고 하지만 다들 자는 동안에도 얼마든지 기도하실 수 있었을 텐데. 예수님은 남들이 들으라는 듯이 소리 내어 여러 말로 기도하시는 분도 아니었으니까 더욱 그러하다.

온갖 부류의 사람들에게 둘러싸여 많은 일을 하신 후 예수님에게 절실히 필요했던 곳은 바로 '외딴곳'이 아니었을까. 예수님은 그때 홀로 계셨던 외딴곳을 우리 현대인들이 매일매일 소모되어 너덜너덜 남루가 된 것처럼 느껴질 때 흔히 꿈꾸는 혼자 있고 싶은 곳과 동일시해서 한번 상상해보자. 그곳은 아마 고즈넉하고도 힘찬 우주의 숨결을 인간의 호흡처럼 친근하게 감지할 수 있는 곳, 성운의 운행이 손금 보이듯이 보이고, 대자연의 이치를 아버지의 품 안처럼 푸근하게 느낄 수 있는 곳이 아니었을까. 예수님이 그런 외딴곳에서 하신 기도는 바로 아버지와의 만남이었을 것이다. 예수님이 아버지로부터 받고 싶은 건 위로였을까? 칭찬이었을까? 새로운 가르침이었을까? 지칠 대로 지치신 예수님이 아버지로부터 받기를 바란 것은 아마 계속해서 아버지의 뜻을 따를 수 있는 힘과 자유가 아니었을까?

예수님도 소모되고 나면 충전이 필요했었다고 감히 상상해본다. 우리는 지금 지독하게 소모적인 사회를 살고 있다. 사회생활에서 온갖 인간관계도 그렇고 가정 안에서의 각자의 위치도 서로가 서로에게서 뭔가를 짜내려는 억압의 관계이다. 이렇게 하루하루 진을 다 빼고 나면, 이렇게 살아선 허깨비가 되고 말 것 같아 충전의 필요성을 절감하면서 단 며칠이라도 혼자 있을 수 있는 외딴곳을 꿈꾸게 된다.

그러나 외딴곳이란 단지 혼자 있을 수 있다는 것만을 뜻하는 것은 아니다. 자신의 내적인 목소리에 귀 기울일 수 있는 고요한 상태, 존재의 핵과 대면할 수 있는 완전 고독의 상태를 획득하는 일인데, 그런 곳이 도대체 어디란 말인가. 현실적으로 전화선이나 전파로부터 단절된 곳조차 찾기 힘들다. 설사 그런 곳이 있다고 해도 아마 두려워서 못 갈 것이다. 우린 그렇게 초라하다.

광야

소녀 가장을 같은 동네에 사는 사람들이 번갈아가며 성폭행했다는 사실이 세상에 알려졌을 때, 우리는 모두 "그 동네도 과연 사람 사는 동네라 할 수 있을까."라고 분노와 경악을 금치 못했습니다. 그러나 그 후 그 정도는 약과라는 듯이 신문은 연일 다투어 차마 인간의 짓이라고는 믿기지 않는 사실을 보도했습니다. 피해자 측의 수치심을 감안할 때, 알려지지 않은 피해자가 알려진 피해자보다 훨씬 많을 거라는 추측도 나오고 있습니다.

이게 어떻게 사람 사는 세상이라 할 수 있겠습니까.

우리가 사람이라면 이럴 수는 없는 것입니다. 광야가 따로 없습니다. 지금 여기가 바로 이리 떼가 우글거리는 광야입니다. 나는 누구를 성폭행한 사실이 없는데 어째서 이리라 하느냐고 항의하는 사람도 있을 것입니다. 길 가다 누가 칼을 맞는 것을 보고도 못 본 척 가던 길을 갈 수 있는 마음, 겨울밤 그냥 놔두면 얼어 죽을 것 같은 행려병자가 발길에 차여도 마치 똥이라도 밟은 듯이 얼굴 한 번 찡그리면 그만인 우리 마음이 어찌 사람의 마음이라 할 수가 있겠습니까.

며칠 전 저는 여덟 살짜리 제 귀여운 손녀와 함께 우리 동네 슈퍼마켓에 가고 있었습니다. 오십을 넘겼음직한 처음 보는 남자가 손녀를 보고 아는 척을 했습니다. 손녀도 그분한테 예쁘게 미소 지으며 인사를 하길래 누구냐고 물어보았습니다. 그 아이의 대답은 처음 보는 할아버지라는 거였습니다. 저는 공연히 가슴이 덜컥 내려앉았습니다. 우리 아이를 보고 웃던 그분의 미소조차 능글맞고 싫게 느껴졌습니다. 나는 그 자리에서 손녀에게 우격다짐으로 타일렀습니다.

"너, 모르는 사람 보고 함부로 웃지 말아라. 모르는 사람이 같이 놀자거나 뭐 사준다고 해도 절대로 따라가는 게 아니다."

그래도 불안해서 한마디 덧붙였지요. 혹시 모르는 사람이 억지로 네 손목을 잡아끄는 일이 있으면 그 사람의 손등이라도 물어뜯어야 한다고요.

그러고 나서 저는 제가 한 말에 그만 소름이 끼치고 말았습니다. 저는 사랑하는 제 손녀에게 사람의 법도를 가르치기에 앞서 이리의 길을 가르치고 있었던 것입니다. 아무리 고급 차가 길을 메우고, 백화점엔 온 세상의 사치품이 넘쳐흐르고, 거리마다 배부르고 옷 잘 입은 사람이 넘쳐난다 해도 서로가 서로에게 이리인 세상이라면 광야와 무엇이 다르겠습니까.

주님, 당신이 유혹을 받으시던 광야도 설마 이렇게까지 삭막했을까 싶을 때가 다 있습니다. 그러나 남보다 높이 오르고, 남보다 많이 소유하고, 남보다 더 즐기고, 더 오래 살고, 더 빨리 가야 한다고 날로 다양해지는 유혹도 주님께서 당하신 세 가지 유혹 안에 다 포함될 수 있는 것들입니다.

주님, 이 은성한 도시의 불빛 속엔 주님의 성전도 부지기수로 많거늘 감히 광야라고 부르는 저의 무엄함을 사하여 주소서. 그러나 주님, 주님이 임하시지 않는 교회라면 빈집과 무엇이 다르겠습니까.

주님, 아무리 이 땅이 주님 보시기에 죄 많고 척박하다 하여도 다만 몇 사람의 의인이라도 있거든 임하소서. 주님이 임하시지 않은 인간의 허한 마음으로는 유혹을 물리칠 수 있는 방법을 도무지 모르겠나이다.

아름다운 시절

나의 주님, 나의 하느님!

요한 20장 19-31절

사계절 중 부활절을 전후한 때처럼 아름다운 시절이 또 있을까요? 메마른 겨울나무들 사이에서 제일 먼저 피어난 소박한 산수유 꽃을 보고 "오메, 벌써 봄인가 봐." 하고 놀라고 나면, 그 나무에 사랑의 편지라도 걸어놓고 싶게 마음이 밝고 젊어집니다. 산수유 다음에는 목련이 피고 개나리, 진달래가 피고 나면 봄은 벚꽃을 향해 숨 가쁘게 그 입김을 불어넣습니다. 벚꽃이 흰 눈처럼 분분히 날리는 길을 걸으며 만나지기를 기도처럼 간절히 바라며 기다리는 사람이 있다면 아름다운 이, 사랑하는 사람밖에 더 있겠습니까?

딱딱하고 무표정하게 입 다물고 겨울을 견디던 나무들 안에서

201

그렇게 찬란한 생명력을 이끌어낼 수 있는 힘은 사랑의 힘밖에 없다는 걸 우리는 누가 가르쳐주지 않아도 저절로 압니다. 우리의 마음속에서도 고난을 극복하고 살고 싶은 용기나 생을 찬미하고 싶은 희열, 남을 위해 기도하고 염려하는 마음 등 좋은 것은 다 사랑이 일으키는 감정이기 때문입니다.

사계절 중 부활절 때처럼 이 땅에 태어난 것에 기쁨과 자부심을 느끼는 적도 없습니다. 죽음을 이기고 만물이 소생하는 모습을 우리나라처럼 극명하게 보여주는 자연환경이 이 지구 상에 그렇게 흔한 게 아니기 때문입니다. 아무리 살기 좋다고 해도 늘 여름인 나라나 늘 봄인 나라에서 무슨 재미로 살까, 하는 생각이 드는 것도 요즈음입니다.

예수님의 죽으심과 부활이 신앙의 핵심인 그리스도교를 우리 신앙의 선조들이 선교사의 전교 없이 스스로 그렇게 진실되고 열정적으로 받아들인 것을 흔히 기적이라고 일컫고 있습니다. 그러나 그런 엄청나고 아름다운 일이 어떻게 돌연 느닷없이 일어날 수 있겠습니까? 우리의 혜택받은 자연환경이 오랜 세월에 걸쳐 우리 선조들의 마음속에 부활을 받아들일 수 있는 마음 바탕을 마련해온 결과 그런 일이 일어날 수 있었던 게 아니었을까요. 예수님을 못 믿겠다는 사람 중에는 다른 건 다 믿을 수 있어도 부활만은 믿을 수 없다는 이도 있더군요. 죽었다가 어떻게 살아나느냐는 거죠. 그렇다면 죽지 않고 무슨 수로 살아납니까? 부활은 반드시 죽음을 전제로 합니다. 죽음은 생명이 있는 것의 피할 수 없는 운명입니다. 이름 없는 들풀도 생명이 있기에 다시 태어나기를 기약할 수 있지만 아무리 거창하다 해도 기계나 기능적인 플라스틱은 생명체가 아니기 때문에 부활은 불가능합니다.

부활하신 예수님을 찾는 일은 쉬운 일은 아닙니다. 예수님을 지척에서 모시던 제자 중에도 부활하신 예수님을 당장 알아본 이가 별로 없는걸요. 오죽해서 당신의 상처를 드러내 보여주셨겠습니까. 오늘날 우리 사회도 다 함께 망해버리는 게 아닐까 싶을 지경까지 갔다가도 그래도 아주 망하진 않고 겨우겨우 지탱해가는 건 우리가 볼 수 없는 저 밑바닥 어디에선가 우리를 떠받치고 있는 부활하신 당신의 상처투성이의 손길이 있기 때문이라는 걸 우리는 압니다.

당신의 부활을 얼굴보다는 상처로 증명해 보이신 주님, 당신의 현존을 높은 데서보다 낮은 데서, 잘난 이들 가운데서보다 박해받는 이들 가운데서 느낄 수 있게 해주신 은혜에 감사드립니다.

우리에게 평화를

너희에게 평화가 있기를!

루카 24장 35-48절

　　성경을 읽을 때마다 마음이 산뜻해지면서 저절로 미소가 떠오르는 대목이 있는데, 그건 예수님이 제자들뿐 아니라 가장 보잘것없는 사람들하고도 기꺼이 음식을 나누시는 구절들입니다. 심지어는 사람들이 기피하고 무시하는 세리하고도 그가 초대하기도 전에, 오늘은 내가 네 집에서 머물겠다고 자청을 하십니다. 그의 집에 머무르셨으니 응당 식사도 같이하시지 않았겠습니까. 음식 층하를 하지 않으셨을 뿐 아니라 음식을 나누는 것 자체를 즐기셨으리라고 추측되는 구절을 읽을 때마다 사람의 아들 예수님께 훈훈하고도 평화로운 친근감을 느끼게 됩니다. 그리고 지나가던 길손과도 스스럼없이 밥과 나물을 나누던 예전의 우리 농촌 사람들은 비록 그 당시에는 주님을 모르고 살았다 해도 주님 안에 살았던 게 아닌가 싶어지기도 합니다.

먹을 것을 나눈다는 것은 곧 생명을 나누는 것과도 같다는 것을 몸소 보여주신 예수님, 당신의 생전에도 제자들, 이웃들, 군중과 더불어 식사하시기를 그다지도 즐기시더니 부활하신 후에도 도처에서 식사를 같이하시는군요. 엠마오로 가는 길에서 당신을 만난 두 사람도 당신이 빵을 떼어주실 때에야 비로소 당신이 부활하신 예수님이라는 걸 알아봅니다. 같이 길을 갈 때보다도, 더불어 좋은 말씀을 나눌 때보다도, 빵을 떼어주실 때 당신이 정말로 당신다워 보였다는 것은 무엇을 뜻하는 것일까요?

제자들이 모여 있는 방에 나타나신 예수님을 보고도 제자들은 유령인 줄 알고 무서워 떨기만 합니다. 하긴 문도 안 열어드렸는데 불쑥 나타나셨으니까요. 예수님께서는 그들에게 당신이 뼈와 살이 있는 인간이라는 걸 보여주고 나서 그래도 어리둥절해 있는 제자들에게 먹을 것이 없냐고 물으시고, 구운 생선 한 토막을 내놓자 제자들 앞에서 잡수십니다. 처음 나타나실 때 "너희에게 평화가 있기를!" 하고 축복의 말씀을 하셨지만 그 방에 진정한 평화로움이 넘치게 된 것은 이렇게 음식을 나누고 나서였습니다. 이 장면의 인간다운 아름다움이 심금을 울립니다. 요새 외신을 통해 간간이 전해지는 북한 동포들의 실상을 보면 점점 더 소말리아 난민처럼 참혹하게 여위어 가는 게 눈에 보이는 듯합니다. 우리 땅의 반쪽에 사는 동포가 다만 거기 몸 붙여 살게 됐다는 이유 하나만으로 이렇게 초근목피로도 목숨을 부지하기 어렵다면 우리 식탁이 아무리 맛있고 기름진 것으로 넘친다 해도 어찌 거기에 평화가 있다 하겠습니까?

주여, 이 땅을 어여삐 여기시어 우리에게도 한 말씀만 하소서. "너희에게 평화가 있기를!" 하고요. 강대국들의 이해관계와 이기주의 때문에 무참히 갈라지고 자유를 잃은 이 땅의 모습은 못 박히고 옆구리까지 찔린 당신의 모습과도 닮아 있습니다. 당신이 부활하시어 평화의 인사를 하셨듯이 우리도 나눔을 통해 하나 되어 세계를 향해 여봐란 듯이 평화의 인사를 외치게 하소서. 먹을 것을 서로 나눌 수 없는 사이에는 결코 평화가 없다는 걸 당신은 누구보다도 잘 알고 계십니다.

주여, 입을 것이나 전자 제품이나 승용차가 아니고 다만 먹을 것이옵니다. 우리에게 먹을 것을 나눌 수 있는 사랑의 입김을 불어넣어 주시고 그 방법을 위한 용기와 지혜를 주소서.

두려운 자유

나는 포도나무요 너희는 가지다.

요한 15장 1-8절

아침부터 하도 날씨가 좋길래 하염없이 창밖을 내다보고 있었는
데 단지 내의 잔디밭을 머리가 하얀 할머니가 포복하듯이 다니면
서 뭔가를 찾고 있었다. 나중에 산책을 나갔을 때까지 할머니가 그
러고 있길래 가까이 가보니 나물을 캐고 있었다. 옆에 놓인 비닐봉
지가 냉이, 소루쟁이, 씀바귀 등 봄나물로 제법 불룩했다. 요새 시
장이나 슈퍼에 한창 나와 있는 봄나물들이었다. 그런데 나는 그거
먹어도 괜찮을까요, 라고 바보 같은 질문을 하고 말았다. 나도 어렸
을 적엔 산과 들을 쏘다니면서 나물을 캔 적이 있었건만 하도 오래
안 다니다 보니 자연 속에서 먹을 것을 직접 찾아내는 일에 자신을

잃고 만 것이었다. 할머니는 뭔가를 오해한 것 같았다. 하늘이 사람 먹으라고 낸 거, 사람이 먹는데 누가 뭐랄 거냐고 몹시 퉁명스럽게 대답했다.

그러나 나는 할머니의 이런 불친절한 대답이 여간 마음에 드는 것이 아니었다. 그렇다. 자연은 창조 이래 한 번도 약속을 어긴 적이 없다. 사람 먹으라고 낸 것에 사람이 먹으면 해로운 독 같은 걸 탄 적도 결코 없거니와 그 성분이나 맛을 헷갈리게 바꿔치기한 적도 없다.

너무도 당연한 결과를 콩 심은 데 콩 나고 팥 심은 데 팥 난다고 하듯이 민들레 씨앗이 제비꽃을 피울 수 없고, 사과나무에 포도가 열린 적도 없다. 장미가 아름답다고는 하나 온 세상에 장미만 있다면 장미가 아름답다는 걸 어떻게 느꼈을까. 지금 온 세상은 창조주의 뜻대로 피어나고 돋아난 꽃과 풀과 나무들이 그 아름다움의 절정에 달해 있다. 하느님이 삼라만상을 창조하신 후 보시니 참 좋았다는 말씀에 저절로 공감하게 되는 빛나는 계절이다. 하느님은 그 많은 걸 창조하시면서 일일이 그 씨앗 안에 미리 피조물의 운명을 정해놓으셨다. 채송화 씨앗이 아무리 키 큰 해바라기를 선망해도 해바라기로 피어날 수는 없도록. 그건 아마 전체적인 조화 때문이었을 것이다.

모든 아름다움 중에 자연의 아름다움이 최고인 것은 어느 한 나무나 꽃의 빼어난 아름다움 때문이 아니라 이름 모를 들꽃까지 참여한 더불어 살기, 한데 어우러지기의 그 완벽한 조화 때문이다. 그러나 맨 마지막으로 그 좋은 자연에 충만하여 자연을 보살피고 다스릴 인간을 지으실 때는 얼마나 깊은 애정을 기울이셨으면 하느님 당신의 모습을 본떠 지으셨으면서도 당신의 전지전능한 권능까지 입력해주시진 않았다. 그 대신 자유를 주셨다. 인간의 자유의사에 따라 악한 열매도 선한 열매를 맺을 수 있고 심지어는 아무 열매도 못 맺고 불구덩이에 던져질 수도 있다. 인간에게 열매란 무엇일까. 그건 열매를 보고 그 나무를 알듯이 사람도 그 행동을 보아 그들이 어떤 사람인지 알게 된다는 예수님의 말씀대로 사람에게 있어서는 행동이 바로 열매이다.

자유란 인간에게만 부여된 누릴 가치가 있는 존엄하고 좋은 것이기는 하지만 책임이요, 운명이기도 하다. 세상을 왜 이렇게 부조리하게 만드셨느냐고 하느님을 원망할 건 없다. 우리의 자유의사가 그렇게 만들었을 뿐이다. 그래도 하느님은 당신이 창조하신 인간에 대한 사랑과 믿음을 차마 못 버리시고 인간의 영혼이 살아남기 위해 접붙여야 할 참생명의 나무로서 외아들까지 내놓으셨다.

빈방

선생님께서 드실 과월절 음식을
저희가 어디 가서 차렸으면 좋겠습니까?

마르 14장 12-16, 22-26절

주님은 얼마 안 되는 공생활 동안 사람을 안 가리고 될 수 있는 대로 여러 사람과 음식을 나누십니다. 저는 성서에서 주님이 음식을 나누시는 대목을 가장 좋아합니다. 음식을 드셨으니까 화장실도 가셨겠지, 하는 버르장머리 없는 생각과 함께 주님을 체온이 통하는 아빠나 초등학교 적 선생님처럼 스스럼없이 가깝게 느낄 수 있기 때문입니다. 그러나 최후의 만찬 장면은 다릅니다. 그 장엄함과 비통함이 저희를 전율스럽게 압도합니다. 그리하여 미사 때마다 주님의 성체를 영하고 성혈을 받아 마시는 의식을 정성스럽게 봉헌함으로써 자신을 거룩하게 정화했다고 믿고자 합니다. 저희는 행복하게도 주님의 성체를 영하기에 부족함이 없는 아름답고 거룩한 성전들을 도처에 가지고 있습니다.

그러나 정작 주님이 최후의 만찬을 드신 장소는 후세에 아무도 고증할 수 없는 익명의 장소로 돼 있군요. 제자 두 사람이 그 이층 방을 찾아내는 경위는 첩보 영화의 접선 장면처럼 스릴 있고도 비밀스럽습니다. 주님은 당신이 당하실 위대한 고난을 미리 내다보신 것만치나 확실하게 어딘가에 마련돼 있을 빈방을 예언하십니다. 주님께 군말 없이 이층 방을 내준 그는 누구일까요? 아마 방을 필요로 하는 이에게 선뜻 빈방을 내줄 만큼 인심이 후한 사람이든지, 평소에 주님을 흠모해 마지않던 사람이든지, 둘 중의 하나였을 겁니다. 둘 다였을 수도 있겠네요.

그러나 그가 익명으로 남아 있는 걸 보면 필요로 하는 이에게 빈방을 빌려주는 것은 그 시대에 흔히 있을 수 있는 일이지 결코 특별한 일이 아니었을 거란 생각도 듭니다. 마치 우리도 옛날에는 노자 없이 먼 길을 떠나도 어디서 잘까 무얼 먹을까 걱정 안 하고 침식이 해결됐듯이 말입니다. 방이 하나밖에 없는 집에도 나그네를 위한 빈방은 있었으니까요. 그렇게 생각할 때 예수님께 빈방을 내준 이도 그 일이 얼마나 엄청난 일인지 몰랐을 수도 있습니다. 선행이란 의식조차 없었을지도 모릅니다. 그럼에도 불구하고 그 사람이 누구였을까, 새삼스럽게 궁금한 것은 지금 저희는 한두 식구가 방이 다섯 개, 여섯 개 있는 집에 살아도 남에게 내줄 빈방은 없기 때문입니다. 우리는 나그네에게 하룻밤의 쉼터를 내주는 심성을 잊은 지 오래입니다. 나그네는커녕 따로 사시는 부모나 형제에게도 방을 내주기는 꺼립니다. 심지어는 생일이나 돌잔치도 밖에 있는 음식점이나 호텔의 방을 빌려서 치릅니다. 초대한 손님한테조차 주인이 방을 내놓기를 꺼립니다.

주님, 그런데 말입니다. 이렇게 빈방에 인색해지다 보니 우리 마음속에서까지 남에게 내줄 빈방이 없어지는 거 있죠. 마음속에도 빈방이야 많죠. 빈방이 많아 사는 게 이렇게 매일매일 허전하고 허망한 줄 알면서도 남에게 내줄 빈방은 없습니다. 내 마음이 춥고 시리고 고달플 때 식구나 친구나 이웃의 마음에 있는 빈방에 들어가 쉬며 위안받고 싶은 마음이 간절하면서도 남을 위해 내가 내줄 빈방은 없습니다. 아무것도 받아들일 수 없는 빈방이라면 잠긴 방과 무엇이 다르리까.

주님, 저의 기도가 우선 제 마음을 열 수 있는 열쇠가 되게 하소서.

공과 사

누가 내 어머니이고 내 형제들이냐?

마르 3장 20-35절

주님, 제가 주님을 좋아하고 마침내 주님을 믿기로 마음을 정한 후로는 주님이 하신 말씀, 주님이 하신 일은 뭐든지 옳고 거룩하게 느껴졌습니다. 아니지요. 주님을 믿고 나서 그렇게 된 게 아니라, 주님한테 그렇게 홀딱 반해버렸기 때문에 신앙을 가질 용기가 생겼다는 게 맞는 말일 겁니다.

그러나 주님께서 군중에 둘러싸여 계실 때 밖에서 주님을 찾는 어머니에게 주님이 하신 냉랭한 말씀만은 도무지 이해할 수가 없었습니다. 그때가 어떤 때입니까. 도처에서 기적을 행하시고, 여지껏 들어보지 못한 새로운 말씀으로 사람들의 마음속에 불을 지르자, 군중 사이에선 당신이 미쳤을 거라느니 악령에 사로잡혔을 거라느니 갖가지 수상한 소문이 떠돌 때 아닙니까. 어머니께서 어찌 불안하지 않으셨겠습니까.

내 아들이 그렇지 않다는 걸 눈으로 직접 확인하고 싶으셨을 겁니다. 당신의 진실한 눈빛만 잠깐 보여드려도 될 것을 "누가 내 어머니이고 내 형제들이냐?"라고 반문하시다니요. 저도 어미이기 때문에 주님이신 당신의 깊은 뜻을 헤아리기보다는 그때 어머니가 느끼셨을 상실감과 아픔이 한결 가깝게 마치 제 마음처럼 충격으로 와닿았습니다.

아무리 공을 위해 사를 철저하게 포기하고, 피 한 방울 살 한 점 섞이지 않은 우리를 위해 당신 몸까지 내놓으신 주님이시지만 어머니는 특별하지 않습니까. 군중한테는 너희들이 내 어머니요 형제들이라고 말씀하셨더라도 어머니한테는 뒤로 살짝 "어머니, 어머니 아들이 지금 큰일 하고 있으니 걱정하지 마시고 저만 믿으세요. 저 때문에 영광받으실 날이 있을 겁니다." 이렇게 말씀 한마디로 효도하실 수는 없었을까. 그런 생각이 자꾸만 드는 거 있죠.

주님, 그러나 주님이 옳았다는 걸 이제야 조금은 알 것 같습니다. 주님도 아마 공생활을 시작하시기 전에는 아버지의 가업을 돕고 어머니 말씀에 순종하는 효자였을 겁니다. 그러나 당신의 그릇이 한 가정의 선량한 구성원으로 마냥 머물 수만은 없다는 아버지의 지엄한 뜻, 구세주로 태어났다는 그 남다른 운명에 순종하기로 하고부터는 사정이 달라집니다.

구세주와 효자 노릇을 함께할 수 없다는 가혹한 양자택일 앞에서 결국은 구세주의 길을 가십니다. 구세주 안에 효자 노릇이 포함될 수는 있어도 효자 노릇 안에 구세주가 포함될 수는 없다는 것은 작은 그릇 안에 큰 그릇이 들어갈 수 없다는 것과 같은 이치겠지요. 주님께서 그때 만약 어머니께 사사로운 정을 보이기 시작했다면 어머니께서도 십자가에 매달리러 가는 주님을 눈물로써 말리셨을지도 모르고, 그러면 주님은 기적을 행하실 수 있는 당신의 능력을 당신의 목숨을 구하는 사사로운 일에 썼을지도 모릅니다.

만약 그랬더라면 당신은 효자가 됐을지는 몰라도 지금 우리의 주님은 안 되었을 겁니다. 실패한 구세주의 이름을 이천 년 동안이나 기억하고 있지도 않을 거고요.

공과 사의 구별이 지엄하신 주여, 바로 그렇지 못하여 실패만 되풀이하는 이 나라의 역사에도 자비를 베푸소서.

주여, 저희들을 쟁기질하소서

하느님 나라를 무엇에 견주며 무엇으로 비유할 수 있을까?

마르 4장 26-34절

몇 년 전 아프리카의 살기 어려운 나라에 다녀온 적이 있다. 내란과 여러 해 동안의 가뭄으로 국토가 사막화되어가고 있어 극심한 식량난을 겪고 있는 나라였다. 게다가 이웃 나라는 내란 중이어서 난민까지 흘러들어 와 그들의 가난을 가중시키고 있었으니 그야말로 설상가상이었다.

난민촌에서는 우리 눈앞에서 뼈에 가죽만 입힌 아이가 숨을 거두었고, 그 부모는 눈물도 흘리지 않았다. 인류 역사 이래 최고의 번영을 누리고 있다는 이 이십 세기 말에 어린이가 못 먹어서 죽다니, 그래도 이게 사람 사는 세상이라 할 수 있단 말인가. 사람됨의 부끄

217

러움에 몸을 떨 수밖에 없었다.

사람이 이럴진대 그 국토의 모습은 말해 무엇하랴. 내가 학교 다닐 때만 해도 그 나라를 전 국토의 반 이상이 울창한 숲으로 덮여 있고, 그 안에는 온갖 희귀한 짐승들이 사는 아름다운 숲의 나라라고 배웠다. 불과 오십 년 전이다. 그런 땅이 사막화되어가고 있었다. 처음부터 사막인 땅은 그 나름의 아름다움이 있는 법이다. 우선 사람이 살지 않으니까, 단지 신기한 풍경으로 바라볼 수도 있다. 그러나 본디는 비옥했던 고장이 그렇게 불모의 땅이 되어가고 있으니까 아직도 거기에 몸 붙이고 사는 사람들의 고초가 말이 아니었다.

단 한 동이의 물을 얻기 위해 거의 온종일을 허비해야 하는 고장도 있었다. 그나마 깨끗한 물도 아니고 부연 구정물이었다. 깨끗한 물이라도 먹을 수 있게 하려는 국제적인 도움이 진행되고 있으나 워낙 지하수도 귀해 펌프 하나 시설하는 과정이 석유 시추공을 파는 것처럼 어마어마했다.

고사목이 드문드문 서 있고, 뿌리째 뽑힌 마른풀이 바람에 가볍게 날아다니는 메마른 산야는 지구의 마지막 날이 저렇지 않을까 싶게 잔인하고 공포스러웠다.

그때가 마침 봄이었다. 돌아온 우리나라는 하늘에서 내려다보아도 아름다웠고 비행장에서 집으로 들어오는 길도 아름다웠다. 매연이고 교통 체증이고 전에는 싫던 것들도, 진달래가 피고 수양버들이 연연한 녹색으로 살랑대는 이상 견딜 만했다.

아파트 진입로에 깔린 보도블록 사이에 긴 흙에서도 파릇파릇

풀이 돋아나고 있었다. 비록 잡초라 해도 씨가 떨어진 이상 싹을 내준 흙의 힘이 그렇게 고맙고 신기할 수가 없었다. 땅이란 으레 씨를 받아 키워주는 거려니 했는데, 그렇지 않은 땅도 있다는 걸 보았기 때문이었다. 그런 내 나라 내 땅이 너무도 고맙고 반가워 꿇어 엎드려 경배하고 싶었다.

방문하는 나라마다 우선 그 나라의 국토에 경건히 입을 맞추시는 교황님이 왜 그러시는지 알 것 같았다. 우리 안에 떨어진 말씀을 우리 영혼이 생명 있는 것으로 키운다면 주님도 우리를 그렇게 예뻐해주시지 않을까.

주여, 저희 영혼이 딱딱하게 콘크리트화되어가지 않도록 자주자주 쟁기질하소서.

우리의 소원

우리 세대처럼 나이 먹은 사람들의 못 말리는 버릇 중의 하나는
툭하면 "6·25 때는 말야…" 하고 1950년 6월 25일, 북쪽의 인민군
대가 38선 전역에 걸쳐 남침을 시작함으로써 비롯된 처참한 동족
상잔의 비극을 되새김질하는 것입니다.

특히 6월만 되면 그 버릇이 마치 날만 궂으면 도지는 신경통처
럼, 백주의 악몽처럼 고통스럽게 되살아납니다. 그 난리 통에 온전
히 살아남았다고 해도 가족이나 친척, 친구가 죽거나 끌려가는 꼴
을 보지 않은 사람은 한 사람도 없을 거라고 단정을 해도 과언이
아닐 정도로 잔혹한 전쟁이었습니다. 우리는 다들 그 전쟁을 통해

운명이 바뀌기도 하고 뒤틀리기도 한 무력한 피해자들이지요.

그러나 뭐니 뭐니 해도 배고픈 설움이 제일이라고, 그때 영이별한 혈육의 모습이 기억 속에서 가물가물해진 후에도 도저히 잊히지 않는 것은 인민군한테 점령당한 후에 맛본 극심한 식량난, 처절한 배고픔입니다.

우리가 "6·25 때는 말야…" 하는 잔소리를 못 참게 되는 것도 아이들이나 젊은이들이 먹을 것 귀한 줄 조금도 모르고, 너무 많이 버리는 걸 볼 때입니다.

전쟁 후 오늘날까지의 기적적인 경제성장도 우리 세대들이 다시는 배고프지 않으려고, 우리 자식들만은 절대로 배고픈 맛을 모르게 하려고, 뼈 빠지게 일한 결과라고 감히 자부합니다.

북쪽 공산주의라면 치가 떨리게 싫어하는 투철한 반공정신 또한 우리 세대들의 못 말리는 사상적 특징일 겁니다. 하지만 북쪽의 식량난이 얼마나 참혹한지 모른다는 소리를 들으면 진정으로 마음이 아프고, 너무 흥청망청 먹고 쓰고 버리는 우리의 과소비 문화에 죄의식마저 느끼는 것 또한 우리 세대인 까닭은 배고픈 설움이 무엇인지 알게 된 생생한 체험 때문일 테지요.

배고픔의 고통을 체험해보려고 하루를 굶는다든가 보리죽이나 옥수수죽으로 끼니를 때워보려는 운동이 북한 동포 돕기 운동과 병행해서 일어나고 있는 것은 반가운 일입니다. 그러나 집에 몇백만 원짜리 예금통장을 놔두고, 단지 고생을 체험해보려고 빈손으로 무전여행을 떠났다고 해서 한 푼도 없어서 끼니를 구걸하러 나온 걸인의 마음을 어찌 전적으로 헤아렸다고 하겠습니까?

"너희 중의 두 사람이 이 세상에서 마음을 모아 구하면 하늘에 계신 내 아버지께서는 무슨 일이든 다 들어주실 것이다."라고 말씀하신 주여, 남과 북이 더불어 한마음으로 기도하게 하소서.

주님만이 물을 포도주로 변화시키셨듯이 기도만이 오랜 원한 관계를 화해로 바꿀 수 있다는 것을 믿나이다.

북녘 동포가 만일 주님의 이름을 모른다면 단지 하늘을 우러러라도 기도하게 하소서. 하늘을 우러러 어찌 미움을 말하리까. 주여, 남과 북이 한마음으로 구하는 우리의 소원을 들어주소서.

예수님의 변덕

선생님은 살아 계신 하느님의 아들 그리스도이십니다.

마태 16장 13-19절

성서에 나타난 예수님과 베드로의 관계처럼 속된 말로 흥미진진한 것도 없을 것입니다. 이상적인 사제지간처럼 보이기도 하고 우정보다 한 단계 높은 지기의 관계처럼 여겨질 때도 있습니다만, 결국에 가서는 신과 인간의 관계로 환원되고 맙니다. 그 까닭은 베드로도 뛰어넘을 수 없는 인간적인 한계 때문입니다.

예수님께서는 여태껏 아무도 들어보지 못한 놀랍고 신선한 진리의 말씀을 전하시고 또 수많은 기적을 행하시어 이스라엘 백성에게 '도대체 저 사람이 누구란 말인가?'라는 거대한 의문을 던져놓고 나서 제자들에게 사람들이 당신을 어떻게 생각하는지를 물으십니다.

223

제자들은 시중에 떠도는 소문을 들은 대로 말씀드립니다. 그러나 예수님께서 가장 알고 싶으신 것은 시중의 소문보다는 제자들이 당신을 어떻게 생각하느냐였습니다. 그중에서도 "선생님은 살아 계신 하느님의 아들 그리스도이십니다."라는 베드로의 신앙고백을 가장 기뻐하십니다.

오죽 기쁘셨으면 그를 당장 장차 당신의 교회를 세울 반석이라 명명하시고, 하늘나라의 열쇠를 약속하셨겠습니까. 딴 제자들이 들은 것은 사람들의 말이었지만, 베드로가 들은 것은 하늘에 계신 아버지의 음성이었다고 예수님은 생각하셨겠지요.

그렇다 치더라도 예수님도 별수가 없구나, 역시 당신을 가장 높이 치켜세우는 제자를 가장 좋아하셨구나, 그 자리에서 당장 천국의 열쇠를 약속하시다니, 하고 예수님께 기어오르고 싶어집니다. 인간적인 친밀감이라 해도 좋고요. 그때 베드로도 속으로는 그렇게 으쓱했을지도 모르겠습니다.

그러나 예수님이 제자들에게 장차 당신이 예루살렘의 율법학자들과 대사제들에게 고난을 받으시고 그들의 손에 죽었다가 살아나실 것을 예언하자, 애제자답게 펄쩍 뛰면서 반대하는 베드로에게 예수님은 "사탄아, 물러가라."고 크게 노하십니다. 천국의 열쇠까지 약속하신 수제자한테 사탄이라니요?

예수님이 어쩌면 이렇게 변덕스러우실 수가 있단 말인가. 실망스럽고 황망스럽다가도 곧바로 그것이 베드로도 뛰어넘을 수 없는 우리 인간의 한계였다는 걸 깨닫게 됩니다.

베드로가 그리스도에게 바라는 꿈은 당대의 부패한 권력을 응징하고, 의로운 세력이 실권자가 되어야 한다는, 결국은 쿠데타의 욕구였는지도 모릅니다. 그러나 당대의 실권을 쥐라는 유혹이야말로 예수님이 광야에서 받은 사탄의 유혹과 무엇이 다르겠습니까. 예수님조차도 그 유혹과 싸우기가 얼마나 어려웠는지 모른다는 게 베드로에 대한 노여움에 잘 나타나 있습니다.

예수님은 그 시대 그 민족에 속한 게 아니라 시대를 초월해 만민을 위한 해방자여야 한다는 아버지의 명령에 따름으로써 아버지와 하나가 되셨습니다.

예수님, 고로 당신이야말로 홀로 하느님의 아들이십니다.

정보의 안개

⟶ 아니, 저 사람은 요셉의 아들 예수가 아닌가? ⟵

요한 6장 41-51절

마음을 비우라고 말하긴 쉽습니다. 그러나 실제로 마음을 비우기는 쉽지 않습니다. 마음을 비운 상태는 도대체 어떤 상태일까 상상하는 것조차도 쉽지 않습니다. 우리는 어쩌면 마음을 비운 상태를 지갑을 비운 상태보다 더 두려워하고 불안해하고 있는지도 모르겠습니다.

사람과 사람이 처음 만날 때만 해도 그렇습니다. 우리는 어떤 사람도 아무런 사전 지식 없이 만나기를 꺼립니다. 그래서 우선 명함이라는 게 있고, 중간에 다리를 놓는 소개라는 게 있고, 소문이라는 게 있습니다. 그리하여 그 사람에 대한 정보로 마음을 가득 채운 후에 만납니다.

그래서 우리는 명함에다가 될 수 있는 대로 그럴듯한 직책을 많이 적어 넣고, 학벌을 과시하고, 학위로 사람을 부르고, 공직자는 은퇴한 후에도 그동안 거친 공직 중 가장 높은 공직의 이름이 자기 이름 위에 붙어 다니기를 바랍니다. 그래도 모자라 족보까지 들먹여가며 누구누구 자손이라는, 조상의 음덕까지 동원해 자신을 장식하려 듭니다.

한 사람이 마치 거대한 정보의 덩어리라고 해도 과언이 아닙니다. 그러나 우리가 무지개에 대해 그게 어떻게 해서 생기고 어떤 빛깔로 나뉘어 있고 어떤 모양을 하고 있다는 걸 아무리 줄줄 욀 수 있다고 해도 비 갠 하늘에 돌연 걸린 무지개를 실지로 보고 가슴이 울렁거린 체험이 없다면 그따위 지식이 무슨 소용이란 말입니까.

사람에 대해서는 더할 겁니다. 사전 지식이나 정보가 고정관념이 되어 그 사람의 본질을 바로 보는 데 얼마나 큰 방해가 된다는 것을 지금과는 댈 것도 아니게 정보가 빈약했던 이천 년 전에도 예수님은 뼈저리게 체험하셨습니다.

예수님은 당신의 본질을 하늘에서 내려온 생명의 빵이라고 장엄하게 선포하십니다. 그 말씀은 오늘날까지 그 생명을 잃지 않고 성체를 영할 때마다 우리 안에 살아 충만하고 우리를 정화시켜줍니다. 그러나 그 말씀을 예수님의 육성으로 직접 듣고도 못 알아듣게 한 것은 바로 예수님에 대한 사전 지식, 고정관념이었습니다.

"아니, 저 사람은 요셉의 아들 예수가 아닌가? 그의 부모도 우리가 다 알고 있는 터인데 자기가 하늘에서 내려왔다니 말이 되는가?" 이렇게 말입니다.

예수님은 사람에 대한 사전 지식과 고정관념이 그 사람의 본질을 이해하는 데 얼마나 깜깜한 눈가리개 노릇을 한다는 걸 누구보다도 잘 알고 계셨습니다. 그리하여 제자를 선택하실 때도 어디서 뭘 해 먹고 살던 뉘 집 자식이며, 머리에 든 것은 얼마나 되나 따위는 일절 물어보지 않으시고도 절묘한 선택을 하실 수가 있었습니다.

그러나 그건 아무나 할 수 있는 일이 아닙니다. 신의 능력만이 그 일을 가능케 한다는 것을, 요즘처럼 자기 모습도 정보의 안개에 가려 바로 볼 수 없는 정보화 시대에 더욱 절실하게 느끼게 됩니다.

잔인한 여름

내가 줄 빵은 곧 나의 살이다.

요한 6장 51-58절

올여름 더위는 너무도 잔혹했습니다. 기온은 예년과 다름이 없었다고 해도 높은 습도와 해마다 심해지는 스모그현상은 찜통이나 한증막 더위라는 말을 실감나게 해주면서 호흡곤란에 가까운 고통을 느껴야 했습니다. 한낮에도 스모그를 통해 보는 태양은 모든 생명체의 에너지의 근원다운 광휘와 위엄을 잃고 마치 안개 낀 밤의 나트륨등처럼 멍청하고 불길하게 중천에 매달려 있더군요. 태양이 그럴진대 달이나 별은 말해 무얼 하겠습니까. 우리 아이들은 광대무변한 하늘에 얼마나 많은 별들이 제각기의 신비한 빛으로 빛나고 있다는 걸 모르고 지내는 지 오래입니다.

230

우리 눈에 보이지 않는다고 해서 밤하늘의 별이 없어진 건 아니지 않습니까. 스모그로 가려져 있다 뿐 무한한 천체의 운행은 단 한 치의 오차도 없이 지엄하고 아름답고 유구하리라는 사실은 우리를 한없이 왜소하게 만들지만 큰 품에 안겨 있다는 안도감과 희망이 되고 있습니다. 우리 아이들이 그런 신비체험을 못 하고 자라야 하다니, 문득 죄악감까지 느끼게 됩니다.

우리는 왜 그런 현상이 일어나고 있는지 잘 알고 있습니다. 그런 현상이 지구의 종말을 재촉하고 있다는 것도 알고 있습니다. 그러나 우리는 그런 현상의 원인 중의 하나인 자동차를 더욱 늘리고, 가중되는 더위를 못 참아 선풍기를 버리고 에어컨을 사고, 냉장고의 크기를 늘렸습니다. 그러나 참을 수 없는 더위를 골고루 식혀주고 스모그를 걷어준 것은 자연의 위대한 섭리였습니다. 그렇다고 자연의 섭리가 덮어놓고 인자했던 것만은 아닙니다. 찜통더위 끝의 폭우는 상쾌했지만, 동시에 자연의 폭발적인 노여움 같은 게 느껴지더니 아니나 다를까, 일시에 거친 탁류로 변한 강물은 우리의 문화생활과 즐거웠던 행락의 소산인 더럽고 썩지도 않는 무진장한 쓰레기를 적나라하게 드러내 보여주었습니다. 자연의 힘에는 인간의 과실을 정화시켜주는 힘도 있지만 확 드러내 보여주는 힘도 있다는 양면성 앞에 우리는 한없이 초라하고 부끄러워질 수밖에 없었습니다.

그 정도로 여름이 끝나면 좋았으련만, 이백여 명의 귀중한 생명을 앗아간 KAL기의 참사가 이 여름의 끝에 도사리고 있었을 줄이야.

생명치고 귀중하지 않은 생명이 어디 있을까마는 효도 관광과 가족 단위의 여행이 많아 어린이가 많이 희생되었다는 사실이 우리를 참담하게 합니다. 이런 경우 우리가 가장 쉽게 할 수 있는 원망의 소리는 하느님은 없다는 말입니다. 하느님이 계시다면 이런 일이 일어나겠느냐는 거죠.

그러나 주님, 당신을 믿고 당신을 닮겠다고 약속한 저희는 압니다. 당신은 거기에도 계셨으리라는 것을. 그리하여 마지막까지 가장 고통받는 사람의 고통까지 함께하셨으리라는 것을.

그걸 믿지 않고 어찌 이 참담한 슬픔을 견디리이까.

우리 모두 돌아가야 할 곳

육적인 것은 아무 쓸모가 없지만 영적인 것은 생명을 준다.

요한 6장 60~69절

사람의 운명 중 죽음처럼 확실하고 평등하게 예약된 미래는 없습니다. 다만 사람마다 그 미래의 시점이 탄생 후 얼만큼 길고 짧으냐 하는 차이가 있을 뿐인데, 그 차이는 철저하게 불평등합니다. 인간의 욕망 중 오래 살려는 욕망처럼 집요한 것도 없고 '나도 설마 죽을까?' 싶은, 자기는 마치 안 죽을 것 같은 환상을 누구나 조금씩은 갖고 있습니다. '오늘 죽을 줄 모르고 내일 살 줄만 안다.'는 우리의 속담은 인간의 이런 어리석음을 잘 표현해주고 있습니다.

그리하여 시한부 인생을 선고받았다고 해도 인간은 철저하게 살 궁리만 하지 죽음에 대해서는 예비는커녕 생각하기도 싫어합니다.

하긴 자신의 죽음에 대해서는 생각해봤자이지요. 일단 죽음에 덜미를 잡히고 나면 그다음의 문제는 살아남은 자의 몫이지 죽어버린 이가 할 수 있는 일이 무엇이겠습니까.

근래에 KAL기 참사를 겪으면서 저도 그 살아남은 자의 피할 수 없는 몫에 대해 이러저런 생각을 안 할 수가 없었습니다. 저도 평소 친하게 지냈을 뿐 아니라 존경하고 영향을 많이 받은 친지를 그 사고로 잃었습니다. 사망자 명단에서 그의 이름을 보았을 때, 도무지 믿기지가 않았습니다. 나이, 직업, 주소가 다 맞는데도 믿어지지 않았던 건 믿고 싶지 않았던 때문이지요. 또한 그는 정말로 좋은 친구에다 스승이었을 뿐 아니라, 이 사회에 꼭 필요한 사람이어서 죽어서는 안 될 사람이기 때문이기도 했습니다.

그가 어떻게 그렇게 허망하게 죽을 수 있단 말인가? 그 생각만 나면 만사가 시들하고 삶에 우롱당하고 있다는 분노와 모멸감마저 느껴야 했습니다. 그저 가끔 만나던 사이인데도 이러할진대 그 가족이야 말해 무엇하겠습니까. 그러나 가족이 아니기 때문에 시신을 확인하고 장례를 치르고 하는 고통스러운 의무가 없어서 더욱 그의 빈자리를 느끼게 되고 죽음 자체에 대해 오래도록 생각할 수 있었던 게 아닌가 싶기도 합니다.

요즈음도 하필 그가, 여러 사람들과 제자들로부터 그렇게 사랑받던 그가 죽었다는 사실을 견딜 수 없다가도 그가 돌아갔다고 생각하면 어느 정도 마음의 평화를 얻곤 합니다. 돌아간다는 건 전에 있던 곳으로 다시 간다는 뜻을 내포하고 있습니다.

인간이란 과연 어디로부터 오는 것일까? 하는 의문이 가장 신선하게 우리를 엄습할 때는 신생아와 처음으로 대면할 때입니다. 저 애는 어디서 온 것일까? 하는 의문이 황홀하기까지 한 것은 그 아이의 육체에 대한 물음이 아니라 순결한 정신, 온갖 위대한 가능성 등 영혼의 시원始原에 대한 물음이기 때문입니다. 우리는 누구나 그곳으로부터 왔건만 그곳에 대한 기억이 없습니다. 그러나 그곳으로 돌아가야 한다면 그곳은 반드시 있을 터이고, 뿌린 만큼 거둠으로써 우리의 삶과 이어지고 있는 데라는 건 의심할 나위가 없습니다.

소금과 부패균

이 백성이 입술로는 나를 공경하여도
마음은 나에게서 멀리 떠나 있구나.

마르 7장 1-8절

강남의 어느 상가 책방에서 본 일입니다. 사람들이 상류층의 부자 동네라고 다 알아주는 아파트 단지 상가 안에 있는 책방이었습니다. 젊고 아름다운 엄마 셋이서 책방에 들어오더니 별로 고르지도 않고 얇은 월간지를 한 권씩 샀고, 그 자리에서 십만 원짜리 수표를 몇 장씩 척척 세어서 봉투에 넣어 책갈피에 끼워 넣더군요. 그런 일은 전에도 정기적으로 있어온 듯 책방 주인은 "또 때가 됐나 보죠?" 하면서 말을 건넸습니다. 그때부터 물꼬가 터진 듯 주인과 손님이 주거니 받거니 부패할 대로 부패한 이 나라의 교육 풍토를 성토하기 시작했습니다. 알고 보니 그들이 몇 장씩 책갈피에 끼워

236

넣은 수표는 자녀들의 담임 선생님에게 건네줄 돈이었습니다. 제 자식 잘 봐달라고 그렇게 돈을 쓰는 젊은 엄마들의, 그 돈을 받을 선생님에 대한 경멸과 저주는 하도 거침이 없어서 듣기가 민망할 지경이었습니다. 능멸과 하대를 지나 사람 취급도 아니었습니다. 그런 선생님에게 자식을 맡기느니 차라리 집에서 독학을 시키는 게 나을 거라는 생각이 들 정도로 학교의 부패 구조에 대한 그들의 비판은 신랄하고도 무자비했습니다.

저는 이제 자식을 학교에 보내본 지가 하도 오래돼서 그렇게까지 교육계가 썩었는지 아닌지는 잘 모른다고 해도 그들의 자녀가 다니는 학교에서 돈을 밝히지 않는 선생님은 단 한 사람도 없다는 그들의 단정에는 동의할 수 없었습니다. 저는 학부모의 돈 봉투를 어떻게 피차 낯 뜨겁지 않게 거절하느냐를 심각하게 고민하는 선생님을 여러 분 알고 있고, 돈 봉투를 거절당함으로써 자기 자식이 불이익을 받고 있다고 생각하는 학부모로부터 당한 모멸감을 못 이겨 천직이라고 생각하던 교직을 떠난 선생님도 알고 있기 때문입니다.

교육 현장의 헤어날 길 없는 부패 고리에 대한, 젊은 엄마들의 걱정과 절망 또한 양식에 어긋남이 없는 지당한 것이었다고 해도 이 썩을 대로 썩은 부패 구조에서 자신의 역할은 쏙 빼놓고 있었던 게 아닐까요. 교육계가 초등교육 단계부터 그렇게 썩었다면 학부모의 역할은 혹시 부패균 그 자체가 아니었을까요. 우리나라가 이래서는 안 되겠다는 게 정녕 우리의 진심이라면 각자 부패균 대신 소금이 됐어야 했습니다.

그리스도교 인구는 날로 늘어나 불야성을 이룬 찬란한 불빛 중 십자가는 숲처럼 무성합니다. 그래도 세상은 조금도 나아지지 않는 것을 어떻게 설명해야 옳을까요. 입으로는 공동선을 외치면서 행동으로는 '내 자식만은…' 하는 이기주의가 부패균 역할을 하고 있기 때문이 아닐까요.

"이 백성이 입술로는 나를 공경하여도 마음은 나에게서 멀리 떠나 있구나." 예수님께서 이사야 예언을 빌려 위선자를 질책하신 말씀이 오늘에도 딱 들어맞는다는 게 우리를 부끄럽게 합니다.

꽃보다 아름다운 계절

늦더위도 말끔히 가시고 참으로 좋은 계절로 접어들었습니다. 꽃보다 아름다운 계절이어선지 청첩장이 유난히 많이 날아오는 요즈음입니다.

어제도 저는 하루에 두 군데의 식장을 오가느라 문자 그대로 동분서주했습니다. 두 결혼식이 다 기독교식이어서 비슷한 주례 말씀을 듣게 되었습니다.

태초에 하느님께서는 사람을 남자와 여자로 만드신 고로 남자는 그 부모를 떠나 자기 아내와 합하여 둘이 한 몸이 되는 것이다. 그러므로 하느님께서 짝지어주신 것을 사람이 갈라놓아서는 안 된다는 뜻의 주례사는 기독교식이 아닌 결혼식에서도 가장 많이 인용되는 성경 구절입니다.

이혼장만 써주면 아내를 얼마든지 버릴 수 있고, 이혼장을 써줘도 되는 조건이 우리의 칠거지악보다 더하면 더했지 조금도 나을 것이 없는 구약의 율법이 지배하던 유대 사회에서 예수님의 이 말씀은 얼마나 파격적이고도 혁명적인 선언이었을까요. 그러나 그 후 이천 년이 지난 오늘날의 한국 사회에서도 그 말씀이 참신한 것은 남자에게도 적용된 출가외인의 개념입니다.

예수님, 당신을 사랑한다고 말할 수 있어서 행복한 까닭 중의 하나는 당신이 한 번도 여자를 단지 여자라는 이유 하나만으로 차별하거나 경멸하거나 외면한 적이 없다는 사실입니다. 당신은 가난한 사람이 단지 가난하다는 이유 하나만으로 사람대접을 못 받는 걸 참을 수 없어 하시어 그들의 진정한 친구가 되어 그들의 존엄성을 지켜주셨듯이 여자들한테도 그리하셨습니다.

그러나 우리는 아직도 결혼을 하면 여자만이 출가외인이 되는 것으로 되어 있습니다. 기독교식으로 결혼을 하는 가정도 마찬가지입니다. 열심히 봉독하는 성경 말씀과 우리의 의식과는 아무런 상관이 없습니다. 법과 제도가 남녀의 평등을 지향하고 있고, 대부분의 남녀는 결혼과 동시에 따로 독립적인 가정을 꾸미는 게 엄연한 현실인데, 그까짓 출가외인이라는 상투어가 무슨 상관이냐고 말할 수도 있겠지요.

그러나 그건 그렇지 않습니다. 어려서부터 주인 의식을 갖도록 길러진 아이와 언젠가는 나가서 남의 식구가 된다는 섭섭한 마음으로 길러진 아이가 어떻게 같은 자존심, 같은 책임감을 가진 인격체가 될 수 있겠습니까.

더군다나 지금이 어느 때입니까? 모든 것을 경제적 가치로 환산하기 좋아하는 물질주의는 부모 노릇조차 딸 기르기는 손해 보는 일, 아들 기르기는 이익 보는 일이라는 명백한 손익계산서를 제시해놓고 있습니다. 그리하여 단지 손해 보는 일을 안 하기 위해서 생명의 근원인 음양의 조화를 교란시키는 일조차 겁 없이 행해지고 있습니다.

주님, 우리가 지금 무슨 일을 하고 있는지 미처 모르고 저지르고 있는 일이 몰고 올 재난이 두렵습니다. 구하소서.

가난한 사람은 우리의 쓰레기통이 아니다

부자가 하느님 나라에 들어가는 것보다는

낙타가 바늘귀로 빠져나가는 것이 더 쉬울 것이다.

마르 10장 17-30절

유치원 다니는 손자 아이가 끼니때마다 한 숟갈도 넘는 밥풀을 밥그릇에다 덕지덕지 붙여서 남기길래, 깨끗이 먹으라고 타이른다는 게, 이 지구 상엔 배고파 우는 어린이들이 얼마나 많은데 그렇게 밥 귀한 걸 몰라서 쓰겠냐는 투의 구닥다리 설교를 하고 말았다. 아이는 그런 소리를 다른 데서도 여러 번 들은 듯 왜 걔네들은 바보처럼 맨날 맨날 배고프냐고 물었다.

비가 너무 안 오거나 너무 많이 오면 논밭에서 곡식이 자라지 못해 먹을 것이 모자라게 된다고 했더니 슈퍼나 식당에 가면 피자도 있고, 빵도 있고, 짜장면도 있는데, 걔네들은 왜 바보처럼 논밭에서 나는 것만 좋아하냐고 했다. '바보처럼' 소리를 두 번이나 했다. 이런 철부지를 데리고 자못 심각하게 군 게 슬그머니 열없어져서 두어 번 혀를 차고 말았지만 뒷맛은 허전했다.

그러나 그 애가 더 커서 세상 물정을 좀 더 알게 된다고 해도 배고픈 설움을 알 까닭은 없고, 물론 알게 하고 싶지도 않다. 아이들에게는 지금보다 더 풍요한 세상을 누리게 하고 싶은 게 어미 아비 세대가 뼈 빠지게 일하는 원동력이기도 하다.

이제 우리가 능력껏 추구하는 풍요는 밥이나 고깃국 수준이 아니다. 우리 아이들에게 그런 것은 공기나 물처럼 저절로 있는 것으로 돼 있다. 다 우리가 열심히 이룩한 경제 발전 덕이지만 그걸 고마워할 아이들도 아니다. 돈을 한 푼도 벌지 않는 십 대들의 씀씀이는 날로 불어나 어떤 소비재도 그 애들의 욕망을 사로잡지 않고는 돈을 벌 수 없을 정도가 돼버린 게 잘사는 나라의 현실이다.

수입이 겨우 일용할 양식에도 미치지 못하던 가난했던 시절에도 행복한 날은 있었고, 웃을 일, 기뻐할 일도 많았었다는 걸 요새 아이들이 이해할 수 있을까. 모든 것이 부족한 때 오히려 우리 사이에 사랑은 넉넉했었다.

이웃 사랑은 이웃과 입장을 바꾸어 내 일처럼 느낄 수 있을 때 비로소 억지로 지어먹은 마음이 아니라 저절로 우러나는 것이 된다. 배고파보지 않고 배고픈 사람과 입장을 바꾸어 생각하기는 쉽지 않다.

일전에 돌아가신 마더 테레사는 스스로 최하층의 가난뱅이가 되지 않고는 가난한 이들을 도울 수 없다고 생각했다. 수녀님은 우리가 약간이라도 높은 자리에서 내려다보듯이 베푸는 자선에 대해 다음과 같이 날카로운 비판을 남기고 있다.

"우리는 가난한 사람들을 우리에게 불필요한 것을 버릴 만한 쓰레기통쯤으로 여기는 것은 아닌지요? 우리는 먹기 싫은 음식이나 상하려고 하는 음식을 그들에게 줍니다. 유효기간이 지난 음식, 그래서 해를 끼칠 수도 있는 것들이 쓰레기통으로, 다시 말해 가난한 사람에게 갑니다. 이런 것을 보면 가난한 사람들을 우리 주인으로 여기면서 존중하는 게 아니라 그들을 열등하게 여긴다는 것을 알 수 있습니다."

도망칠 수 없는 당신

나는 하늘과 땅의 모든 권한을 받았다.

마태 28장 16-20절

오십이 넘어서 가톨릭 신자가 되었는데도 지금 생각하니 너무 아무것도 모르는 어린 나이였던 게 아닌가 싶다. 확신이 없이 세례를 받으면서 일단 세례를 받으면 달라지려니 했다. 아무리 기다려도 달라지지 않았다.

나는 신자가 되어 달라진다는 게 나에게 든든한 백이 하나 생긴 것 같은 느낌이 드는 것인 줄 알았다. 그래서 나에게 아쉬운 일이나 곤란한 일이 생겼을 때 투명인간 같은 분이 제꺼덕 뒤에서 힘을 써주시려니 했다. 설사 알아서 도와주지는 않더라도 부르면, 애타게 부르면 도와주시려니 했다.

그래서 나보다 먼저 믿은 분한테서 들은, 주님은 무서운 분이 아니라 아빠 같기도 하고 엄마 같기도 한 분이라는 소리가 제일 솔깃하게 들렸다. 자식이 울고불고 보채도 안 들어준다면 엄마 아빠가 아니지 않나.

또 하느님이 계신지 안 계신지 확실하진 않아도 만약 계시다면 당신을 믿겠다고 약속한 신자한테 괜히 벌이야 주시지 않겠지, 하는 마음도 있었다. 일종의 보험처럼 들어둬서 해로울 게 없다는 식이었다. 그런데 눈여겨보니 아주 열심히 믿거나 누가 보기에도 착하게 사는 사람한테도 재난이나 불운이 시도 때도 없이 닥친다는 걸 알게 되었다.

저럴 바에야 하느님을 뭣하러 믿나? 있으나 마나 한 하느님이라면 없는 거나 마찬가지라고 생각됐다. 나에게도 어려운 일이 닥치자 마침내 하느님이 있긴 어디가 있냐고 포악을 떨기에까지 이르렀다.

그러한 부정의 고비를 수없이 겪고 난 지금, 적어도 하느님이 계시긴 어디 계시냐는 소리는 안 하게 됐다. 그동안의 어떤 몸부림도 어떤 저항도 다 그분의 뜻, 그분의 손바닥 안에서의 일이었다는 걸 이제는 확실하게 알 수가 있다. 내가 애타게 도움이나 해답을 구할 때마다 그분은 침묵으로 일관하셨다.

남들은 계시나 응답도 잘 받는다는데 나한테는 한 번도 그런 신비체험이 없었다. 그렇다고 침묵은 답이 아니었을까. 아니다. 나에게 가장 적절한 해답은 바로 침묵이었다. 나는 내 안에서 해답을 구하지 않으면 안 되었고 그때 비로소 내 안에 그분이 같이 계시다는 걸 느낄 수 있었으니까.

하느님이 계시다는 걸 의심 없이 받아들이고, 누구에게나 "그럼 계시다는 걸 믿고말고요." 하고 순순히 긍정하게 되기까지는 나잇값도 한몫을 했으리라고 생각한다. 죽음이 멀지 않다는 것은 그분한테로 가까이 가고 있음이다. 이제야 그분을 느낄 수가 있다. 산중 깊은 곳에 향기 짙은 난이 피어 있을 때, 눈으로 발견하기 전이라도 가까이 갈수록 난의 존재를 확신하며 이끌리게 되듯이.

코의 능력도 천차만별이어서 멀리서도 난향을 맡을 수 있는 사람이 있는가 하면 지척에 가서나 겨우 느낄 수 있는 사람도 있다. 난이 있다가 없다가 하는 것은 아니다.

주님, 어서 오소서

주여, 오소서. 어서 오소서.

이 가을이 끝나갈 때 당신을 기다릴 수 있는 대림절이 성큼 다가와 오히려 저희들을 기다리고 있었다는 건 얼마나 큰 기쁨이요 구원인지요. 이 해의 끝에 당신이 오실 날이 남아 있다는 게 마치 기적처럼 여겨지는 건 올해를 온통 헛산 것 같은 허망감 때문입니다. 개미처럼 열심히 일한 이에게도 수확의 기쁨이 없고, 무엇이 좋다고 목청을 돋우어 노래 불렀는지 아무것도 알지 못하겠나이다. 사람이 이렇게 아무것도 아니라니요? 인간이란 존재가 첫서리에 단박 몸이 땅으로 흘러내려 다소곳이 뿌리로 돌아가는 들꽃보다도

더 하찮게 여겨집니다. 이건 당신에 대한 모독인 줄 뻔히 알면서도 자신을 비롯한 모든 이들을 싸잡아 실컷 혐오하고 저주하고 싶은 게 한 해를 살고 나서 기껏 도달한 서글픈 결산입니다.

주님, 우리가 그동안 그다지도 열심히 추구한 풍요는 실상 가짜였습니다. 그건 누추한 빈곤의 다른 얼굴에 불과했습니다. 어떻게 이렇게 감쪽같이 속여먹을 수가 있었을까요. 우리가 믿고, 밀어주고, 줄을 선 이도 가짜였습니다. 줄은 엄청나게 꼬이고 헝클어져 우리를 헷갈리게 할 뿐, 당초에 선 그 줄과는 얼토당토않습니다. 눈은 버젓이 뜨고 있지만 한 치 앞을 내다볼 수가 없습니다. 암흑보다 더한 혼란스러움입니다. 태초의 혼돈이 이러했을까요.

주여, 이 혼돈을 밝히러 빛으로 오소서.

빛이 있으라 하소서.

밤과 낮을 가르듯이 우리 주위에서 날뛰고 아양 부리는 양의 탈을 쓴 이리들과 진짜 양을 가르소서.

양이 없거든 우리에게 이리에게 속지 않는 지혜를 주소서.

이리 떼로부터 자유로울 수 있는 용기를 주소서.

주여, 진노로 오소서. 이기와 탐욕을 정의의 이름으로 눈가림하는 자들은 감히 당신을 사칭하는 자들이오니, 그런 무리들이 부끄러워 얼굴을 가리며 숨을 자리를 찾도록 우렁찬 진노로 오소서.

주여, 그러나 우리가 다들 얼어붙지 않도록 따뜻한 가슴으로 오소서. 앞으로 닥칠 겨울이 두려운 것은 석유값이 오를까 봐도, 가난한 사람들은 돈이 있어도 살 연탄이 없다는 기막힌 사정 때문만도 아닙니다. 우리의 얼어붙은 가슴 때문입니다. 심장이 얼어붙지 않고서야 어찌 그리 서릿발처럼 차디찬 냉소를 토해낼 수 있겠습니까.

주여, 우리가 다들 얼어붙기 전에 오소서.

주여, 그러나 무엇보다 사랑으로 오소서. 사랑을 진실로 목말라 하는 이들은 저처럼 이렇게 외치지 않고 조용히 기다리고 있을 것입니다. 그들은 주님이 꼭 오시리라 믿기 때문에 소리 내어 외치지 않되, 잠들지도 않고 기다리고 있을 것입니다. 그들을 너무 오래 기다리지 말게 하소서. 깨어 있기가 참으로 힘든 세상입니다. 선한 이들이 암흑 속에서 힘겹게 깨어 있다는 걸 굽어살피소서.

저희 마음에 요한을 보내주소서

너희는 주의 길을 닦고 그의 길을 고르게 하여라.

루카 3장 1~6절

오늘 아침 첫 번째로 받은 전화는 동창회가 취소됐다는 소식이었습니다. 어젯밤에 마지막으로 본 뉴스는 그동안 집 안에 굴러다니던 외국 동전을 모아가지고 은행으로 달려온 사람들의 모습이었습니다. 그 전날에는 친척 어른이 해외여행을 취소했다는 통지를 받았습니다. 칠순 잔치 대신 자손들이 정성껏 준비한 해외여행이었는데 좀 지나치단 생각이 들었습니다만 당사자가 한사코 마다하니 자손들도 어쩔 수가 없었나 봅니다. 동창회도 그렇고 효도 여행도 그렇고 오래전부터 준비해온 것이기 때문에 이미 예약이 끝난 것이었습니다. 경제라는 게 피돌기 같아서 너무 과하게 공급돼도 혈관이 터지게 돼 있지만, 갑자기 줄여도 무력증에 빠지고 말 것입니다. 호텔도 여행사도 우리의 적이 아니라 고용을 창출한 경제 공동체였다는 사실도 결코 망각되어서는 안 될 줄 압니다.

그럼에도 불구하고 이런 자숙 노력이 귀하게 여겨지는 건 장차 닥쳐올 미래에 대하여 막연히 두려워만 하지 않고 스스로 대비하기 시작했다는 표시처럼 보여지기 때문입니다. 어쩌면 우리는 지금 우리가 그동안 아무렇게나 산 결과인 미래가 두렵기 때문에 조금이라도 덜 두려워하고 이제야 길을 닦으려 하는지도 모릅니다. 그러나 이런 노력이 일시적인 것이 아닌, 지속적인 건강한 생활 방식이 되려면 우리가 어떻게 길을 닦아야 하고, 어떤 미래를 맞게 될 것이라는 걸 확신하고 따를 수 있는 구심점이 있어야만 합니다. 그러나 불행하게도 현 상태는 그게 빠져 있기 때문에 우리의 온갖 노력도 경제가 파산하는 소리에 놀라 허둥거리면서 취하는 최소한의 자구책을 넘어서지 못하고 있습니다. 장차 닥쳐올 미래는 재앙이 아니라 희망이며 기회여야 합니다. 그러나 희망이나 기회가 저절로 오는 건 아닐 것입니다. 우리가 지금 당면한 재앙이 저절로 온 게 아니듯이.

주님, 당신이 오시기 전에 왜 요한이 먼저 와야 했는지 이제야 조금은 알 것 같습니다. 우리가 지금 우왕좌왕 불안해서 어쩔 줄을 모르겠는 건, 미래에 지금보다 훨씬 더 못살까 봐서가 아니라 지금보다 더 도덕적으로 엉망이 될까 봐서입니다. 설사 경제적인 파산이 오더라도 양심의 파산만 아니라면 희망을 잃지 않고 참고 견딜 수 있겠나이다. 남 보기에 창피할 것도 없겠나이다.

주여, 그 정도만이라도 우리가 미래에 대해 확신을 가지게 하소서. 두려워하지 않고 새로운 미래를 맞을 수 있도록 진정한 양심의 목소리를 듣게 하소서. 지금 이 나라 도처에서 외치는 소리는 무성하나 뒷북치는 소리 아니면, 아부하는 소리, 서로 헐뜯는 소리뿐입니다. 바로 한 치 앞도 못 내다보던 무리들이 이제야 조급하게 먼 미래의 청사진을 그려 보여주는 걸 어찌 믿겠나이까.

요한은 자신의 목숨을 걸고 외쳤사오나 저들은 일신의 영달만을 위해 외치는 자들이옵니다.

주여, 더 늦기 전에 요한을 보내주소서. 요한이 당신 오실 길을 닦아놓는다면 당신이 아무리 진노하여 오신다 하여도 두렵지 않겠나이다.

지도자에게 겸손을

나는 너희에게 물로 세례를 베풀지만
이제 머지않아 성령과 불로 세례를 베푸실 분이 오신다.

루카 3장 10-18절

주님, 당신을 믿고 따르겠다는 약속이 얼마나 진실되지 않은 가짜 약속이었다는 걸 오늘날처럼 뼈저리게 느낀 적은 아마 없었을 것입니다. 여러 형제자매들의 축복 속에 영세를 받으면서 기쁨에 넘쳤고, 주일을 경건하게 지켰고, 주님 오신 날을 일 년 중 가장 기쁜 날로 즐거워하는 걸로 신자의 도리를 다했다고 믿었나 봅니다. 주일날에나 겨우 성서 봉독에 귀 기울였다고는 하나 말씀을 행위로 옮기거나 이미 행한 일을 반성할 생각은 추호도 없이 그냥 듣기만 했으니 그건 안 들은 거나 마찬가지였습니다. 고약한 자식이 부모 앞에 꿇어앉아 야단맞으면서, 훈계의 참뜻이 하나도 귀에 안 들어

오고, 제 발 저린 것만 억울해 어서 끝나기만 기다리는 것과 조금도 다르지 않았습니다.

주님, 말씀으로 오신 당신의 말씀에 행위로 생명을 불어넣을 생각은 꿈에도 안 한 저희들을 어찌 당신의 자녀라 하겠습니까. 오늘날 저희들이 총체적으로 겪고 있는 고통과 수모가 당신의 말씀을 귀로만 듣고 마음으로는 하나도 안 받아들인 응분의 대가였다는 걸 오늘의 말씀은 매섭게 지적하고 있습니다. 주님께서는 요한의 입을 통해 이렇게 타이르셨습니다. 보통 사람들에게는 속옷을 두 벌 가졌으면 한 벌도 없는 사람에게 주고 먹을 것도 이와 같이 나누라고, 세리들에게는 정한 대로만 받고 그 이상은 받지 말라고, 군인에게는 협박하거나 속임수를 써서 남의 물건을 착취하지 말고 자기가 받는 봉급으로 만족하라고.

모두 너무도 쉽고 지당한 말씀입니다. 그러나 이 타락한 시대에는 천둥소리처럼 지엄하여 어디라도 좋으니 머리를 처박고 숨어버리고 싶은 말씀입니다. 저희들은 이렇게도 단순 명료한 사람 사는 도리를 탐욕과 쾌락에 눈이 어두워 미처 지키지 못했습니다.

주님, 요새 아이들은 조부모는 안중에도 없고, 부모의 말은 덮어놓고 구식이고, 형하고도 세대 차를 느낀다고 껄끄러워합니다. 그런 세상에 당신만이 이천 년의 세월을 뛰어넘어 날로 새롭고 힘차게 살아 계십니다. 당신 말씀은 힘도, 가진 것도 없는 이들에게는 부드럽고 따사로우나 권력과 금력을 거머쥔 이들에게는 칼날처럼 서슬 푸르십니다. 그때 백성들은 속으로 하도 그리스도를 기다리고 있었기 때문에 요한이 그리스도였으면, 하고 바랐습니다. 그때 요한은 자기는 나중에 오실 그리스도의 신발 끈을 풀어드릴 자격 조차 없는 몸이라고 자신을 낮춥니다.

주님, 요한의 이 겸손을 오늘의 지도자들에게 들려주고 싶습니다. 그들은 하나같이 귀에 말뚝을 박은 것처럼 제 목청만 높일 줄 알았지, 남이 그들을 어떻게 여기고 있는지 뭐라고 비난하는지 전혀 알아듣지 못하고 있습니다. 그리하여 마음껏 독선적이고 오만불손합니다. 오만불손으로 나라를 망친 후에도 여전히 오만불손합니다.

주님, 그러한 지도자 밑에 있는 우리 모두를 불쌍히 여기소서. 강대국이 우리를 불쌍히 여긴다면 참을 수 없는 수모이오나 주님이 불쌍히 여기신다면 위안과 힘이 되겠나이다. 우리에게 떨쳐 일어날 수 있는 힘을 주소서.

순명의 아름다움

모든 여자들 가운데 가장 복되시며

태중의 아드님 또한 복되십니다.

루카 1장 39-45절

예수님을 잉태한 마리아가 엘리사벳을 방문해서 서로 축복의 인사를 나누는 장면은 뛰어나게 아름답습니다. 덜 것도 보탤 것도 없는 충만한 아름다움입니다. 내 안에 생명을 받아 모신 여인만이 느낄 수 있는 생명에 대한 경이와 공경, 생명을 관장하는 분에 대한 찬양과 순종이야말로 모든 아름다움 중에서 으뜸입니다. 그러나 마리아는 순명 때문에만 아름다운 게 아닙니다.

마리아가 엘리사벳의 축복에 응답한 마니피카트에는 주님이 어떤 분이시라는 데 대한 놀라운 직관력이 고스란히 드러나 있습니다. 어떤 신학자도 주님을 그렇게 정확하게 파악하지는 못했을 것입니다. 주님이 어떤 분이시라는 것을 알지 않고서는 처녀의 몸으로 잉태한 사실을 그렇게 두려움도 의심도 없이 전적으로 수락할 수는 없었을 것입니다. 주님을 안다는 것은 곧 주님만이 관장할 수 있고, 주님의 입김 아니고서는 털끝 하나도 우리 힘으로 보태거나 덜어낼 수 없는 생명에 대한 공경과 수락을 의미합니다.

또한 마리아와 엘리사벳이 만나는 따뜻하고 평화로운 장면에서는 우리가 예로부터 숭상해온 태교의 원형을 보는 것 같기도 합니다. 우리는 예로부터 잉태한 여인을 그들의 마음이 불편하지 않을 정도로 높여주었고, 화평한 분위기를 만들어주었고, 같은 음식이라도 모나지 않은 음식을 골라 먹이려고 애썼습니다. 본인이 그런 특별 대우를 송구스럽게 여기면, 태중의 아기를 위한 것이지 너를 위한 것이 아니라고 눙쳐준 것도 결국은 모성의 평화를 존중해서였습니다. 그러나 잉태했다고 해서 건강한 여인을 일상의 의무나 노동에서 제외시켜주지는 않았습니다. 일 또한 신성한 것이었고 마음의 평화의 원천이었으니까요.

이 정보화 시대에도 대부분의 임산부가 태교를 믿는 것은 좋은 일입니다. 그러나 가끔 너무 유난스러운 게 아닐까 싶은 경우도 없지 않습니다. 손끝 하나 까딱 안 하고, 좋은 음악 듣고, 좋은 음식만 골라 먹을 수 있는 특권처럼 여기는 경우가 있는가 하면, 태중에서부터 아이를 부모 마음대로 교육시키거나 개조할 수 있다고 믿는 태교도 있습니다. 심지어는 교육은 일찍 시킬수록 더 경쟁력이 생긴다는 정보에 따라 어린이에게 지식을 주입시키는 시기가 세 살,

두 살, 한 살, 몇 개월로 점점 낮아지다가 태아에게까지 미치는 경우도 드물지 않습니다. 그런 이기심은 과학과 결탁해서 생명의 신비를 파헤치고, 원하지 않는 생명은 말살시켜버리는 만행까지도 아무런 두려움 없이 행하게 합니다.

생명의 신비 중 가장 아름다운 신비는 안배의 신비가 아닐까요. 이 세상에 필요 없는 생명은 없습니다. 하물며 하느님을 본뜬 인간의 생명에 있어서야 말해 무엇하겠습니까. 요한이 지상에서 한 역할과 예수님이 이 땅에서 하신 일은 엄연히 다릅니다. 두 분은 아무도 바꿔치기할 수 없는 고유의 신성한 영역을 가지고 있었습니다. 그리고 그 전에 두 여인의 하느님이 주신 생명에 대한 전적인 수락이 있었습니다.

그 어머니에 그 아드님

왜, 나를 찾으셨습니까?

내가 내 아버지의 집에 있어야 할 줄을 모르셨습니까?

루카 2장 41-52절

예수님의 소년 시절 얘기는 루카 복음에만 나옵니다. 자세히 읽으면 비범한 소년이었다는 걸 알게 됩니다만, 당장은 너무도 보통 소년과 다름없었다는 게 신기하여 저절로 미소 짓게 됩니다. 아마 명절을 지내러 예루살렘에 간 것은 예수님의 가족뿐 아니라 일가 친척과 이웃 사람까지 포함된 큰 집단이 아니었나 싶습니다. 그렇지 않고서야 돌아오는 길에 소년 예수가 일행에서 떨어져 예루살렘에 남아 있다는 것도 모르고 하룻길이나 갈 리가 없겠지요. 마리아 또한 아드님이 으레 일행을 따라오려니 별로 신경을 안 쓴 걸로 봐서 아드님이 그때까지 부모님 걱정을 별로 안 시키고 자란 순종

261

적인 소년이었다는 것과 함께, 부모님 또한 눈에 불을 켜고 내 자식만 챙기는 과보호와는 거리가 먼 그 시대의 평균치 부모였다는 것을 쉽사리 짐작할 수 있습니다.

마리아는 당신의 아들이 보통 아이가 아니라는 걸 잉태할 때부터 알고 있었을 뿐 아니라, 율법에 따라 아기를 봉헌하러 성전에 갔을 때 예언자 시므온의 입을 통해서도 그 아기가 빛이 되고 영광이 되리라는 걸 확인합니다. 그러나 그렇게 귀하고 중한 아기인 줄 알면서도 마리아가 그 아기를 특별히 떠받들고 애지중지 유난스럽게 키우지 않고 보통 아이처럼 대범하게 길렀다는 게 이 대목에서 아주 자연스럽게 드러납니다. 아마 성전에서 학자들과 토론하고 있는 아들을 찾아내서 집으로 돌아온 후의 가정생활 역시 그 시절의 보통 소년들과 다르지 않은 지극히 평온하고도 평범한 것이 아니었을까요.

공생활을 시작하기 전까지 청소년 시절에 성실하게 일하고, 가족과 이웃과 어울려 기쁨과 걱정을 나누고 하느님을 공경하는 보통 사람의 생활에 철저했다는 건 무엇을 의미할까요. 마리아는 아마 두려웠을 겁니다. 아들이 어느 날 훌쩍 가족의 품을 떠나 고난과 고독과 영광의 길을 가게 될 것이. 그때 당신의 가슴이 예리한 칼에 찔리듯 아플 것이.

그런 특별한 아들이 당신 슬하에 머물러 있는 동안 왜 특별하게 해주고 싶지 않았겠습니까. 그러나 보통 아들처럼 대접했던 것은 보통 아들로 머물러 있기를 바라서가 아니라 부지런히 일하고, 가족과 이웃과 정을 나누고, 하느님을 두려워하는 서민 생활에 최고의 가치를 둔 마리아의 현명함 때문이 아니었을까요. 아드님이 장차 이루고자 하는 일은 왕궁의 영화나 권력자의 위세가 아니라, 가난하고 소외당하고 억눌린 이들을 위로하고 해방시키는 크나큰 사업이었습니다. 그는 사회적으로 가장 보잘것없는 이들에 대한 참을 수 없는 연민의 마음을 가지고 마침내는 자기 자신을 내주기까지 이릅니다. 마리아는 아들에게 이런 크나큰 사랑의 바탕을 마련해준 것입니다. 보잘것없는 사람들과 이웃해서 일상의 기쁨과 근심을 나누는 서민 생활의 체험 없이 어떻게 그들에 대한 연민이 마음으로부터 우러난 것이라 하겠습니까. 진실한 연민 아니고서야 어떻게 자기 자신을 내주는 사랑의 극치를 보여줄 수가 있겠습니까. 그 어머니는 그 아들에게 가장 적절한 교육을 한 것이었습니다.

세상에서 가장 아름다운 유언

나이 칠십이 임박해지면서 달라진 건
풀숲에서 살아 숨 쉬는 작은 들꽃과 미물들의
아름다움에 대한 개안과도 같은 깊은 감동입니다.

선입관에 대하여

전철 안에서 웬 낯선 사람이 저에게 반갑게 인사를 했습니다. 저는 그가 누구인지 몰라 애매한 표정을 지었더니, 초등학교 동창 아무개라고 이름을 대더군요. 저는 그런 이름도 생각나지 않았습니다. 그는 제 이름을 정확하게 말했고, 제가 누구하고 친했으며, 공부는 웬만치 했지만 예체능은 형편없이 못해서 반 아이들의 웃음거리가 됐다는 것까지 큰 소리로 까발리는 것이었습니다.

그쯤 했으면 그가 제 초등학교 동창이라는 건 확실했지만 그가 누구인지 생각나지 않기는 마찬가지였습니다. 그는 저에 대한 선입관이 있는데 저는 그에 대해 아는 것이 전혀 없다는 것이 마치 손해를

267

본 것처럼 억울했습니다. 그래서 저는 떨떠름한 표정을 바꾸지 않은 채, 아무리 해도 생각이 안 난다고 정직하게 말했습니다. 그는 아주 많이 섭섭해하며 어디 가서 회포를 풀고 싶다며 제가 내리는 역에서 따라 내리려고 했습니다. 저는 급한 약속이 있어서 그럴 시간이 없을 것 같다며 그를 따돌렸습니다. 그가 나하고 친하고 싶은 간절한 표정을 하고 있었는데도 말입니다.

길에서 아는 사람을 만났습니다. 제가 아파트로 이사 오기 전에 한동네서 살던 이웃이니까 이십 년만에 만난 거였습니다. 좋은 옷을 입고 있었고 얼굴도 그동안에 조금도 안 늙고 싱싱하고 건강해 보였습니다. 저는 그가 지금 어디서 뭐 해먹고 사나 그게 궁금해서 잔뜩 경계하는 마음이었습니다. 이십 년 전 그는 아주 어렵게 살았고 이 집 저 집에 조금씩 빚을 안 진 집이 없었으니까요. 그도 그걸 안 잊어버리고 예전에 신세진 생각을 해서 차라도 한잔 사고 싶다며 저를 인근 찻집으로 데리고 가려고 했습니다. 그러나 저는 또 아쉬운 소리를 하거나 이용하려 들면 어쩌나 경계하는 마음이 생겨 핑계를 둘러대고 얼른 헤어지고 말았습니다.

최근에 저에게 생긴 이 두 가지 사건이 생각할수록 저를 부끄럽게 합니다. 선입관이 타인을 이해하는 데 도움이 안 된다는 걸 알면서도 선입관 없이 남을 대하기가 거의 불가능합니다. 내가 안다고 할 수 있는 모든 사람은 선입관의 덩어리일 뿐 진정한 그들의 모습은 아닙니다. 선입관을 전혀 안 가지고 대할 수 있는 사람은 익명의 타인일 뿐, 그 익명성을 타파하고 한 걸음만 다가가려 해도 어디서 뭐

해먹고 사는 누구일까, 라는 정보를 얻어야 안심이 되는 게 저의 인간성의 한계입니다.

예수님이 너무도 명백히 뛰어나서 인간을 초월했음을 고백하지 않을 수 없는 가장 큰 이유 중의 하나는 선입관 없이 사람을 꿰뚫어 볼 수 있는 그 놀라운 형안입니다. 예수님은 제자를 고르실 때도 어디서 뭐 해먹고 살던 뉘 집 자식인가 하는 이력서 따위도, 현재 재산이 얼마이고 한 달에 얼마를 벌까, 하는 소유에 대해서도 관심이 없으셨습니다. 예수님은 그런 선입관 없이 곧장 그가 누구라는 인간성의 본질을 화살처럼 정확하게 명중시켰습니다.

인간의 어리석음 중 선입관을 예수님이 얼마나 실망스러워하셨는지는 "어떤 예언자도 자기 고향에서는 환영을 받지 못한다."는 쓸쓸한 탄식 가운데 너무도 잘 나타나 있습니다.

예수님의 미끼

너는 이제부터 사람들을 낚을 것이다.

루카 5장 1-11절

낚시터에 가보면, 한군데 지긋이 앉아 있는 이가 있는가 하면 고기가 잘 안 잡힌다고 요리조리 옮겨다니는 이가 있습니다. 옮겨 가서 재미를 보는 이도 있지만 그렇지 못한 이가 더 많습니다. 가족이나 친한 사람끼리 낚시를 간 경우에는 고기를 못 잡은 이가 잘 잡는 이에게 자리를 바꿔달라고 떼를 쓰기도 합니다. 풋내기일수록 고기가 잘 안 잡히는 까닭을 자리 탓으로 돌리려는 경향이 있습니다. 남의 떡이 커 보이고 남의 훈수에 솔깃해서 이랬다저랬다 하는 것도 초보들이 잘하는 짓들이지요. 베드로는 결코 풋내기 어부는 아니었을 것입니다. 자기의 생업 터전인 호수를 손바닥 들여다

270

보듯 환히 아는 노련한 어부였으련만 마치 천지 분간 못 하는 왕초
보처럼 예수님이 훈수하는 대로 순순히 따릅니다. 그날 한 마리의
고기도 못 잡은 베드로는 지쳐 있기도 했겠지만 밑져야 본전이란
생각도 있었겠지요.

그러나 그보다는 베드로의 마음속에서 운명적인 만남이 이루어
졌기 때문이 아니었을까요. 바로 저 사람이라고, 마치 마음속으로
오랫동안 고대하던 이와 맞닥뜨린 것처럼 불꽃 같은 전율 말입니
다. 그 황홀감 때문에 베드로는 거의 무력해집니다. 베드로처럼 노
련한 어부가, 대패질은 해봤을지 모르지만 고기잡이에는 전혀 문
외한으로 보이는 이가 훈수하는 대로 꼭두각시처럼 움직였으니까
요. 그리하여 그물이 찢어질 정도로 고기를 엄청나게 잡게 됩니다.
야아, 저 사람하고 동업을 할 수만 있다면 고기만 잡아서도 큰 부
자가 되겠구나, 하는 생각이 들었을지도 모르겠습니다. 그러나 베
드로는 두려워합니다. 그물 가득한 고기는 예수님이 베드로를 낚
기 위한 미끼라는 것을 알았기 때문입니다. 많은 고기를 잡게 해준
이가 자기에게 바라는 건 그것들을 다 버리라는 것일 거라는 걸 눈
치챘기 때문입니다. 일생 걸려도 깨닫기 어려운 소유의 허망함을
일순에 깨닫는 경험은 베드로에게 엄청난 충격이었겠지요.

"두려워하지 마라. 너는 이제부터 사람들을 낚을 것이다." 예수
님이 두려워하는 베드로에게 하신 이 말씀이 이천 년이나 지난 오
늘날까지도 우리들의 가슴을 떨리게 하는 힘이 있는 것은 무슨 까
닭일까요? 가슴이 떨린다는 것은 기쁨인 동시에 두려움이기도 합

니다. 예수님을 따르는 게 기쁘기만 한 게 아니라 두려운 것은 그분이 던진 미끼만 따먹고 그 이상의 희생은 하기 싫은 속셈 때문이 아닐까요. "예수를 믿으니까 그저 매사가 기쁘기만 하더라.", "집안의 자잘한 근심이 사라지고 아이들도 착한 일만 골라서 하니까 아빠의 사업까지 덩달아 잘되더라.", "병원에서도 손든 이름 모를 병도 예수를 믿고부터 씻은 듯이 낫더라." 이런 소리들은 예수를 막 믿기 시작한 '왕초보'들이 흔히 하는 간증입니다. 그게 사실과 다르다고 의심하려는 게 아니라 그건 예수님이 우리를 낚으려는 미끼일 뿐, 정작 그분의 계획은 그걸 다 버리고 당신을 따르라는 게 아닐까요. 전적인 내어줌, 몸과 피까지도…. 예수님이 우리에게 보여주신 가장 확실한 본이 바로 그런 지엄한 것들이니까요.

자화상

너희는 남에게서 바라는 대로 남에게 해주어라.

루카 6장 27-38절

주님, 원수를 사랑하고 보복하지 말라니요. 누굴 바보로 아십니까. 우리는 인간이고 인간 중에도 맹수의 서식지나 다름없는 이 무서운 경제사회에서 좌충우돌 도처에 원수도 만들면서 요령껏 살아남은 약아빠지고도 질긴 인간이올시다. 이렇게 살아남는 동안 가장 큰 힘이 된 게 있다면 원수진 이들을 미워하고 언젠가 복수해줘야지, 하는 앙칼진 앙심이었습니다. 그런 복수심 없이 어떻게 오늘날까지 살아남아 이만큼 살림을 일굴 수가 있었겠습니까.

아무리 주님 말씀이라 해도 그것만은 따를 수가 없어서 저는 주님 곁을 떠나기로 했습니다. 그러나 주님으로부터 한 발자국 한 발

273

자국 멀어질수록 불안해집니다. 추운 날씨도 아닌데 떨리기까지 합니다. 주님으로부터 멀어질수록 든든한 백을 잃은 것처럼, 양지에서 음지로 쫓겨난 것처럼 초라하고 온몸이 시립니다.

주님이 뭐관데 저는 얼마 못 가서 다시 주님을 돌아다봅니다. 아직도 주님의 목소리가 들립니다. 너희를 저주하는 사람들을 축복해주고 너희를 학대하는 사람을 위해 기도하라. 그리고 누가 뺨을 치거든 다른 뺨까지 내주고 누가 겉옷을 빼앗거든 속옷까지 내주라고요? 아이고, 주님. 점점 더하시는군요. 아무리 주님 말씀이라도 그리는 못 하겠습니다. 누구 거지 되는 꼴 보시겠습니까? 한때는 '이에는 이, 눈에는 눈'이라고 말씀하시지 않으셨습니까?

저는 이래서는 안 되겠다 싶어 다시 주님을 떠나기로 합니다. 다시는 안 돌아올 작정으로 말입니다. 주님 백 없이도 초라하거나 춥지 않으려고 마음을 독하게 먹고 말입니다. 아주아주 멀리 도망칠 작정으로 걸음을 빨리합니다. 문득 무서워집니다. 길을 잃을까 봐서입니다. 제가 잃을까 봐 두려워하는 건 앞으로 갈 길이 아니라 주님에게로 돌아갈 귀로일지도 모른다는 생각이 문득 듭니다.

돌아갈 길을 잃어버린다는 건 상상만 해도 가슴이 떨립니다. 제 진짜 마음은 돌아가고 싶은 건지도 모르겠습니다. 그러나 저는 내가 돌아가고 싶어서 돌아가는 게 아니라 주님이 나를 기다리니까 할 수 없이 돌아가주는 거라고 생각하려 듭니다. 주님이 불쌍해집니다. 혼자서 외롭고 슬픈 얼굴로 저를 기다리고 계실 테니까요. 그래, 나를 위해서가 아니야. 주님이 가엾어서 돌아가주는 거야.

그리고 돌아섭니다.

　아주 멀리 떨어진 줄 알았는데 주님은 바로 제 뒤에 계십니다. 그러나 주님의 슬프고 외로운 표정만은 제가 상상한 대로입니다. 주님이 다시 입을 여십니다. 또 그 지겨운 설교를 계속하실 모양입니다. 다시 주님을 배반할 채비를 해야겠습니다.

　"너희는 남에게서 바라는 대로 남에게 해주어라." 그 말씀에 저는 도망치기를 단념합니다. 아이고 주님, 저는 별수 없이 주님의 발 아래 몸을 던집니다. 저는 살아오면서 수많은 원수를 만들었습니다. 하다못해 자식까지 저는 원수였습니다. 저는 매일매일 원수질 짓만 하면서도 저는 원수로부터 용서받기를, 사랑받기를 갈구해 마지않았습니다. 아아, 그것을 반대로 할 수만 있다면 주여, 제 영혼이 당장 나으리이다.

275

나의 안과 밖

예수님이 사람들과 더불어 먹고 마시는 걸 얼마나 즐기셨는지는 성경 도처에 기록된 대로입니다. 오죽해야 완고한 율법학자들로부터 아무하고나 먹고 마신다는 비난을 들었겠습니까. 그러나 만일 예수님이 먹지 않고도 배부른 도술을 부리는 분이거나 사람 안 보는 데서 혼자서 점잖게 식사하는 분이었다고 해도 우리가 지금처럼 예수님을 사랑할 수 있었을까요. 예수님이야말로 하느님의 아들다운 것은, 사람은 빵만으로 사는 게 아니라는 걸 그렇게 열심히 설하시면서도 말씀만으로는 배부를 수 없는 인간의 한계를 어여삐 여기시어 당신을 따르는 이를 결코 배고픈 채로 돌려보낸 적이 없다는 것 아닐까요. 또한 먹는 행위를, 배를 채우려는 생리적인 욕구에 국한시키지 않고, 더불어 먹음으로써 친교의 경지로 끌어올리신 분이 바로 예수님이시기도 합니다. 그리하여 예수님이 초대했거나 초대받은 식탁은 서너 사람이 앉았건 오천 명이 앉았건 하나의 생명체같이 살아 있는 공동체가 이루어졌던 것입니다.

그러나 최후의 만찬은 분위기가 사뭇 다릅니다. 빵과 포도주를 서로 나누는 기쁨과 만족감, 친밀감 대신 어딘지 불안한 긴장감이 감돕니다. 유언과도 같은 예수님의 비장한 말씀 때문만은 아닙니다. 딴마음을 품은 배신자와 식탁을 함께하고 있기 때문입니다. 기독교 문화권에서 예로부터 13이라는 숫자를 불길하게 여기는 풍습도 배신자까지 합한 최후의 만찬장 인원이 13명이었기 때문이라고 합니다. 13분의 1의 배신은 결코 낮은 비율은 아닙니다.

우리나라에는 교회도 많지만 온갖 아름답고 착하고 훌륭한 목적을 세우고 그 일을 위해 뭉쳐 정성을 다할 것을 맹세한 단체들도 부지기수로 많습니다. 그러나 서로 더 옳고 아름답기를 다투는 명분은 많아도 그대로 된 건 거의 없는 걸 보면 배신의 비율은 그보다 훨씬 더 높을지도 모릅니다. 그렇기 때문에 모임의 화합에 금이 갈 때마다 누구 때문일까, 눈에 불을 켜고 배신의 혐의를 씌울 만한 상대를 찾게 됩니다. 물론 자신은 빼놓고지요.

아무도 곧 팔아넘길 예수님과 천연덕스럽게 식탁에 같이한 배신자 유다와 자신을 비교하고 싶어 하지 않습니다. 저 역시 그랬습니다. 그러다가 부활절을 앞두고 판공성사 준비를 하면서 모처럼 내 안에 있는 유다의 비율을 따져보게 되었습니다. 하느님이 차려주신 소박한 식탁에 앉아 악마가 차려주는 기름진 미식을 꿈꾼 적은 없던가? 물질을 위해 자유를 판 적은 없던가? 집 안의 가장 눈에 잘 띄는 곳에 여봐란 듯이 십자가를 모셔놓고 속으로는 세상에 믿을 건 금송아지밖에 없다고 여기고 있는 건 아닌가? 남을 칭찬할 때보다 욕을 할 때 더 쾌감을 느끼지는 않았나? 이렇게 따져가다가 저는 그만 아이고 주님, 하면서 두 손을 들고 말았습니다. 강도의 마음으로 의인의 얼굴을 하고 산 건 바로 저였습니다. 그러나 주님, 제가 주님을 몰랐더라면 저는 아마 계속해서 제가 의인인 줄 알았을 겁니다. 주님, 제게 반성할 수 있는 기회를 주시어 감사합니다.

바위를 이기는 건 물뿐

올해는 계절이 일러, 부활절에 이미 봄은 무르익을 대로 무르익었습니다. 삼라만상이 부활의 기쁨에 충만한 계절이 바로 봄이고, 그 한가운데 부활절이 있다는 건 해마다 겪는 일이건만 생전 처음인 것처럼 놀랍고 아름답게 느껴지는 요즈음입니다.

꽃이 피기 전, 진달래나 개나리, 벚나무의 꽃눈은 껍질이 얼마나 딱딱한지요. 약한 꽃이 그 안에서 겨울을 날 수 있도록 그렇게 꼭꼭 싸주고 있다는 건 이해가 가지만, 그 여리디여린 꽃잎이 그 완강한 껍질을 뚫을 수 있다는 게 도무지 믿어지지 않았습니다. 어떻게 뚫고 나오나 올해는 꼭 지켜볼 테야. 저는 매일매일 공원으로 산책을 나가면서 그렇게 별렀습니다. 그러나 꽃들은 꽃들대로 인간에게는 절대로 안 들키고 피어나려고 작심을 한 모양입니다. 그날이 그날처럼 아무렇지도 않던 꽃눈이 몰래몰래 곧 터질 듯 부풀어 부드러운 꽃망울이 되더군요. 그러자 곧 꽃샘추위가 닥쳤습니다. 양회 바닥에 고인 물들이 꽁꽁 얼어붙었으니 꽃잎 제까짓 게 아무리 강해도 안 얼어 죽고는 못 배길 것 같았습니다. 그러나 웬걸요. 이틀 정도의 꽃샘추위를 이겨낸 꽃들은 마침내 껍질을 무너뜨리고 노란 꽃은 노란 빛깔을, 분홍 꽃은 분홍 빛깔을, 흰 꽃은 흰 빛깔을 바깥세상을 향해 토해내기 시작했습니다. 그렇게 되면 그다음 일을 누가 말리겠습니까. 잎은 아마 그렇게 걷잡을 수 없이 피어난 꽃들이 지고 난 후에나 돋아나겠지요. 꽃은 잎보다 훨씬 약하고 부드럽습니다. 그러나 겨울을 이기고 봄소식을 먼저 알려주는 일은 잎보다는 꽃입니다.

공원에는 정성스럽게 가꾼 잔디밭이 여기저기 펼쳐져 있습니다. '잔디 보호 지역'이라는 팻말을 달아놓고도 안심이 안 되는지 말뚝을 박고 줄을 쳐놓아 사람들이 못 다니게 합니다. 그러나 잔디밭에서도 제일 먼저 파릇파릇 돋아나는 건 위해 바치는 잔디가 아니라 잡초고, 사람들이 밟고 다니라고 만들어놓은 인도의 보도블록 사이에 낀 흙에서도 봄을 알리려고 기를 쓰고 고개를 내미는 것은 쑥이나 냉이 같은 보잘것없는 것들입니다. 예수님의 무덤을 남자들보다 먼저 겁 없이 찾아간 것도 여인들이었고, 부활하신 예수님이 제일 먼저 당신의 부활을 드러내 보인 것도 여인한테였고, 부활을 의심

없이 받아들이고 무서워하면서도 기쁨에 넘쳐서 그 소식을 전한 것도 여인이었습니다. 여인들 중에서도 귀부인이나 돈 많은 이가 아니라 보잘것없는 신분의 여인이었습니다. 바위도 소리 없이 부술 수 있는 건 물뿐이듯, 부드러움만이 강한 걸 이길 수 있다는 자연의 이치가 인간의 몸을 빌려 교묘히 구현된 것처럼 느껴지는 게 바로 부활 사건이 아닐까요.

그러니 진리요 사랑이신 주님, 진리는 아무리 죽여도 새로 태어난다는 것을, 당신의 사랑은 가장 낮은 이들 사이에서 살아 움직인다는 것을 저희들이 어찌 믿지 않을 수가 있겠습니까.

주님, 오늘도 마음이 여리고 지위가 미소한 이들 사이에 먼저 임하시어 큰 찬미 받으소서.

내가 꿈꾸는 부활

종교를 가진 사람은 종교를 안 가진 사람으로부터 당신네들은 죽을 때 회개하고 죽기만 하면 천당 가는 건 떼어놓은 당상일 테니 얼마나 좋겠느냐는 말을 들을 적이 가끔 있습니다. 부러워서 하는 소리인지 비꼬는 소리인지 확실치 않습니다. 그러나 종교를 가질 때, 천당까지는 바라지 않았다고 해도 조금은 우아하고 의연하게 죽을 수 있지 않을까 하는 바람이 아주 없었다고는 못 하겠습니다.

실상 품위 있는 죽음이란 이승의 몫이지 저승의 문제는 아닙니다. 그럼에도 불구하고 품위 있게 죽을 자신조차 없으니 사후의 일에 대해 무엇을 안다고 할 수 있겠습니까.

살 만큼 살았고, 또 죽을 때 매달릴 수 있는 유일한 분까지 정해 놓고 있건만 죽을 일을 생각하면 역시 무섭습니다. 삶이 기쁘고 보람 있어서 살고 있는 게 아니라 죽는 게 무서워서 살고 있을 뿐이라는 생각이 들 적도 있습니다.

천당에 대한 확신이 있는 분이 천당을 마치 골고루 답사하고 온 것처럼 구체적으로 그려 보이는 설교를 들어본 적도 있습니다만 어쩐지 하나도 마음에 차지 않고 차라리 "개똥밭에 굴러도 이승이 좋다."라는 원색적인 속담이 훨씬 설득력 있게 들리는 걸 어쩔 수가 없습니다.

죽음이 무서운 것은 혼자 가야 한다는 데 있습니다. 저승에 천당이라는 데가 있다면 제가 이승에서 사랑한 꽃들보다 더 예쁜 꽃, 더 아름다운 나무, 더 빛나는 햇빛, 더 상쾌한 물결, 더 찬란한 노을, 더 명랑한 새소리가 있을지도 모릅니다. 그러나 이승에 떼어놓고 가는 피붙이나 친구들이 그곳에 있을 리가 없다면 그 좋은 것들이 다 무슨 소용이겠습니까. 데려가서는 절대로 안 되는, 그러나 차마 헤어지기 싫은 사랑하는 사람과 헤어져서 혼자 가야 하는 절대 고독은 생각만 해도 무섭고 끔찍합니다.

주님, 저에게 천당을 허락하지 않으셔도 좋으니 부활의 희망만은 죽는 날까지 버리지 않게 하소서. 제가 어찌 주님처럼 이 세상과 인류를 송두리째 달라지게 하는 부활을 꿈이나 꾸겠습니까. 그런 큰 영광은 오로지 주님의 몫입니다.

제가 꿈꾸는, 제게 합당한 부활은 저의 전체 중 가장 미소한 일부인 저의 좋은 점으로 하여금 사랑하는 사람들에게 스며들게 하는 것입니다. 그들이 저를 잊지 않고 저를 향해 마음의 문을 늘 열고 있기를 바라는 건 아닙니다. 그들이 저를 향해 굳게 문 닫고 있다 해도 가끔 그들 사이로 돌아와 바람처럼 공기처럼 스며들어 그들과 하나가 되고 싶습니다. 그리하여 그들이 자주 저를 기억하지 않는다 해도 슬플 때 제가 생각난다면 기쁨이 되고, 어려울 때 제가 생각난다면 힘이 되고 싶습니다.

주님, 제 육신을 떠난 영혼에 그러한 자유를 주신다면 임종의 순간에도 결코 두렵지 않으리이다.

궁금한 예수님의 얼굴

요한의 아들 시몬아, 네가 나를 사랑하느냐?

요한 21장 1-19절

부활하신 예수님은 여기저기 여인들에게, 또는 제자들에게 나타나 보이십니다. 두려워서 떨기도 하지만 못 알아보기도 합니다. 호숫가에 나타나신 예수님을 딴 사람도 아닌 베드로까지 못 알아보다니요. 엠마오로 가는 길에 나타나시어 먼 길을 함께 동행까지 한 예수님 또한 제자들이 못 알아봅니다. 도대체 어떤 모습으로 나타나셨기에 못 알아볼 수가 있을까? 그 일이 궁금하면서도 못 알아보는 장면이 아름답게 느껴지는 건 무슨 까닭일까요.

예수님이 번쩍번쩍 눈부신 모습으로 부활하지 않으신 것만은 확실합니다. 당시의 이스라엘 사람 평균치의 복장과 평균치의 표정을 하고 겸손한 이웃처럼 다가가셨을 테지요. 그건 주님을 잃고 크나큰 상실감에 빠져 있는 제자들에 대한 참으로 주님다운 배려가 아니었을까요.

오랫동안 어둠에 갇혔던 사람을 갑자기 밝은 데로 끌어내면 눈이 먼다고 합니다. 그 사람이 다시 사랑하는 이들의 얼굴을 보게 하려면 희미한 빛부터 시작해서 차츰 빛에 적응하도록 하는 게 최소한의 배려라고 합니다.

베드로에게 네가 나를 사랑하느냐고 세 번씩이나 물어보신 예수님에게선 우리네 인간과 다름없는 짓궂음 같은 게 느껴집니다. 혹시 닭 울기 전에 세 번씩이나 예수님을 모른다고 한 베드로의 나약함을 잊지 않으셨다는 걸 넌지시 나타내 보이신 건지도 모르겠습니다. 베드로는 슬펐을 것입니다. 예수님이 자기를 몰라주는 게 슬픈 게 아니라 자신이 그렇게 약한 인간이라는 게, 그럼에도 불구하고 예수님이 자기를, 자기의 약점까지 포함해서 너무나 사랑하고 계시다는 게 울고 싶게 슬펐고 또한 기뻤을 테지요.

그러나 예수님이 베드로에게 세 번씩이나 물으신 건 짓궂어서도, 베드로의 사랑을 못 믿어서도 아니고 "내 양들을 잘 돌보아라."는 말씀을 하시기 위해서가 아니었을까요. 예수님은 있는 그대로의 베드로를 사랑하셨고, 베드로가 당신을 정말 사랑한다는 걸 너무도 잘 알고 계셨습니다. 오죽 베드로를 골고루 알고 계셨으면 그 격정적이면서도 마음 약한 베드로에게 반석이란 이름을 주셨겠습니까. 그 대신 가장 사랑하는 제자에게 가장 어려운 몫을 주셨습니다. 당신의 양들을 맡기셨으니까요. 예수님은 베드로보다 양들을 더 사랑하셨나 봅니다. 양들이 누구겠습니까?

세상이 아무리 험난하다고 해도 정직한 노동, 고된 학습에서 무사히 돌아온 온 가족이 식탁에 둘러앉았을 때, 그 평화가 너무도 소중한 나머지 감사 기도를 드리고 싶을 때가 있습니다. 그럴 때 내 가족보다 먼저, 그러한 식탁의 평화가 차례 가지 않은 소외된 이웃을 위해 기도드리고 싶은 마음이 든다면 그 식탁에는 이미 가족보다 거룩한 누군가가 임하신 게 아닐까요. 부활하신 예수님이 어떤 모습이었을까 어렴풋이나마 알 것 같습니다.

세상에서 가장 아름다운 유언

나는 할 말이 많지만

지금은 너희가 그 말을 알아들을 수 없을 것이다.

요한 16장 12-15절

어렸을 때도 그랬었고 한참 나이 들고도 마찬가지였는데, 노인들이 하는 말씀 중 가장 듣기 싫은 게 "너도 늙어봐라."나 "너도 겪어보면 알게 될 거다."라는 소리였습니다. 인간사나 사물의 간단한 이치도 연륜이 쌓여 스스로 겪어보지 않고는 모른다는 소리였는데 그 소리가 왜 그렇게 듣기 싫었는지요. 아마 노인네들보다 내가 더 많이 배웠다는 젊음의 오만과 미숙 때문이었을 테지요.

예수님께서 잡혀가시기 전에 제자들에게 남기신 말씀은 아마 세상에서 가장 아름다운 유언일 겁니다. 그중에서도 "나는 할 말이 많지만 지금은 너희가 그 말을 알아들을 수 없을 것이다."라는 말

씀은 젊었을 때 지겨워하며 들은 노인들의 잔소리와도 닮아 있는
것 같아 슬며시 웃음이 납니다. 그러나 예수님께서 말씀하고자 하
신 것은 세상사의 문리 이전의 좀 더 본질적인 것, 진리에 대해서
입니다. 세상사의 문리를 터득하는 것도 이론만 가지고는 안 되듯
이 진리를 터득한다는 것은 성령의 도움 없이는 안 된다고 말씀하
십니다.

공자님이 아침에 도를 깨친다면 저녁에 죽어도 한이 없다고 하
신 도도 진리가 아니었을까요. 공자님에게도 진리가 그렇게 어려
웠다면 보통 사람에게 진리는 아예 불가능한 것이 아닐까? 있는지
없는지도 불확실한 진리에 매달리느니 한평생 잘 먹고 잘살기에
힘쓰는 게 훨씬 더 현명한 짓이 아닐까 싶기도 합니다. 예수님께선
성령이 오시면 그것을 깨닫게 해주신다고 말씀하셨지만 성령도 아
무나 부를 수 있는 게 아니지 않습니까? 어쩌다 성령체험을 한 분
의 간증을 들어보면 그야말로 아무나 될 수 있는 일이 아니더군요.
그렇다면 내가 예수님을 믿는다는 게 무슨 의미가 있는 것일까?
진리를 보통 사람의 인식을 초월한 곳에 매달아놓고 즐기시는 분
이라면 처음부터 믿지도 않았을 거란 생각이 듭니다.

사람은 누구나 자연의 품에서 무엇과도 바꿀 수 없는 깊은 위안
과 평화를 얻습니다. 저도 그런 사람 중 한 사람입니다만 나이 칠
십이 임박해지면서 달라진 건 풀숲에서 살아 숨 쉬는 작은 들꽃과
미물들의 아름다움에 대한 개안과도 같은 깊은 감동입니다. 그것
들이 어찌나 보기 좋은지 이 세상에 태어난 걸 무조건 감사하게 됩

니다. 가히 성서 첫 장에 자주 반복되어 나오는 "하느님께서 보시니 참 좋았다."라는 창조의 현장에 동참하고 있는 것 같은 기쁨의 경지입니다. 칠십 년을 살고 비로소 성서 첫 장을 이해하다니, 저는 지진아입니다. 그러나 이런 늦은 깨달음이나마 제힘으로 얻은 게 아니란 생각이 듭니다. 이런 신비체험은 생전 처음이거든요.

이 체험이야말로 삼위일체의 기쁨이 아닐는지요. 이건 저의 성령 체험이고, 성령은 저에게 가장 맞는 방법으로 오셨다는 걸 저는 믿습니다. 물이 대양에는 가없이, 항아리에는 항아리 모양으로, 종지에는 종지 모양으로 담기듯 성령도 사람에 따라 그 사람에 맞게 각양각색으로 임하는 게 아닐까요.

우리가 구해야 할 기적

너희가 먹을 것을 주어라.

루카 9장 11-17절

빵 다섯 개와 물고기 두 마리로 오천 명을 배불리 먹이신 기적은 예수님께서 행하신 기적 중 우리가 가장 좋아하고 또 가장 자주 인용하는 구절이기도 합니다. 또 딴 기적에 비해 합리주의적인 사고로 해석할 여지가 많은 사건이라 그런지, 자주 논란의 대상이 되기도 합니다.

빵 다섯 개와 물고기 두 마리로 오천 명을 먹이는 건 불가능한 일입니다. 그렇지만 성서에 거짓 기록이 있을 리 없고, 또 복음서마다 한결같이 같은 사건을 증언하고 있는 이상 문자 그대로 믿어야 한다는 견해가 있는가 하면, 예수님의 설교를 듣고 감동한 군중이 혼자만 먹으려고 숨겨가지고 있던 먹을 것을 내놓았기 때문이라는 해석도 있습니다. 후자의 생각이 빵 다섯 개를 예수님의 능력으로 천 배 이상으로 불렸다는 것보다 훨씬 현대인의 구미에 맞는 합리적인 해석이라 하겠습니다.

그러나 여기서 정말 중요한 건 예수님이 무에게 유를 창조했을까 안 했을까보다는 "너희가 먹을 것을 주어라."가 아닐까요. 배고픈 이가 이웃에 있을 때 우리가, 바로 내가 먹을 것을 주어야 한다는 주님의 명령에는 아무런 망설임도 없습니다. 그 말씀에는 기적여부나 따지고 있는 우리의 속물근성을 단박 뛰어넘게 하는 권위가 있습니다. 참다운 권위란 바로 이런 거다 싶습니다.

길에서 구걸을 하거나 하찮은 물건을 팔고 있는 초라한 사람과 맞닥뜨렸을 때 즉각 잔돈을 넣어둔 주머니나 지갑으로 손이 가는 건 우리의 인지상정입니다. 무얼 따지기 전에 우러나는 착한 마음이 곧 예수님의 마음입니다. 그러나 곧 길들여진 영악한 마음이 동합니다. 가난 구제는 나라님도 못 한다는데 이까짓 푼돈이 무슨 도움이 될까. 또 저 걸인의 배후에는 흉악한 폭력 조직이 도사리고 있을지도 모른다는 생각이 들기도 하면서 지갑을 더 꼭꼭 여미게 됩니다.

배고픈 이웃이라면 거리의 걸인이나 실직한 친척보다도 더 먼저 떠오르는 게 북한 동포들입니다. 우리도 IMF 체제 이후 빈곤층의 증가가 심각한 지경에 이르렀다고는 하나 아직 시장에는 먹을 게 지천이고 막대한 음식 쓰레기의 양 또한 줄지 않고 있어서인지, 우리 이웃 중 아사지경이나 영양실조에 이른 이가 있으리라고는 상상도 하기가 싫습니다.

그러나 북한 동포 중 상당수가 아사지경이거나 영양실조에 걸렸다는 건 거의 의심의 여지가 없습니다. 그럼에도 불구하고 우리는 거리에서 걸인이나 잡상인을 만났을 때와 똑같이 잔머리를 굴리게 됩니다. 군량미로 빼돌릴 게 뻔한 걸 알고도 도와준다는 건 적을 이롭게 하는 거라는 단순한 생각이 드는가 하면 우리도 허리띠를 졸라매야 할 난국에 남 도와줄 여지가 어디 있느냐는 구두쇠 작전도 있습니다.

옷이나 집을 주자는 게 아니라, 굶주린 이에게 먹을 것을 주는 데 있어서는 '적'이냐 '남'이냐를 따질 겨를 없이 우선 살려놓고 싶어지는 게 우리 마음에 일어나야 할 기적이 아닐까요. 우리 마음에 그런 작은 기적도 일어날 수 없다면, 어찌 통일이라는 큰 기적을 바랄 수 있겠습니까?

아빠라고 부르고 싶은 주님

일곱 번씩 일흔 번이라도 용서하여라.

마태 18장 19-22절

저는 오십 대 중반에 비로소 가톨릭에 입교하게 되었습니다. 예수님을 본받을 만한 스승으로 좋아한 지는 오래되었는데도 영세받는 게 늦어진 건 아마 예수를 믿는 사람들에 대한 부정적인 생각 때문이 아니었나 싶습니다. 저는 예수님을 믿는 사람들을 통틀어서 '예수쟁이'라고 불렀고, 가끔 가톨릭을 따로 불러야 할 때는 '천주학쟁이'라고 했지요. 요새도 가끔 애칭 삼아 그렇게 부를 때가 있습니다만 그때는 야유와 혐오까지 포함해서 그렇게 부른 게 아니었나 싶습니다. 교회에 안 다니는 사람이라도 말이 청산유수로 많거나 겉 다르고 속 다른 위선적인 사람을 보면 예수쟁이 같다고 생각할 정도였으니까요.

예수님을 믿어보겠다고 결심이 선 후에도 몇 년을 더 망설인 것도 내가 예수님을 어떻게 생각하나보다는 내가 예수쟁이가 된 걸 남이 알면 나를 어떻게 생각할 것인지 그게 더 중요하게 여겨졌기 때문이었습니다. 영세받은 지 십 년이 넘고서야 남이 예수쟁이나 천주학쟁이를 어떻게 생각하는지 별로 신경을 쓰지 않게 되었습니다. 그보다는 내가 어떤 예수쟁이냐가 더 중요하다는 것을 알게 되었기 때문입니다. 그보다 더 중요한 것은 내가 예수님을 누구라고 생각하느냐입니다. 예수님이야말로 인류가 본받을 만한 스승이 아닐까 하는 정도가 제가 그리스도교에 호감을 갖기 시작한 동기였습니다. 그러나 신자가 된다는 건 단순한 호감과는 엄청난 차이가 있습니다. 처음엔 그것을 잘 모르다가 이제는 조금 알 것 같습니다.

만약 지금 예수님께서 저에게 "나를 누구라고 생각하느냐."라고 물으신다면 아빠처럼 생각한다고 대답할 수 있을 것 같습니다. 어린이는 아버지를 아버지라고 부르기보다는 아빠라고 부르기를 좋아합니다. 아빠라는 말 속에는 남다른 친밀감과 어리광이 함께 포함돼 있을 뿐 아니라 스스로 아직 어른이 안 됐다는 미성숙의 고백이기도 합니다. 그건 아직 신앙적으로 어리고 미숙한 저에게 딱 맞는 표현이기도 합니다. 예수님을 아빠라고 생각하면 모든 게 편해집니다. 제 마음에 안 드는 천주학쟁이, 예수쟁이도 제 자매요 형제로 받아들여야 하기 때문입니다. 오롱이조롱이라는 말도 있듯이 여러 형제자매가 제각기 다른 것은 자연스러운 일이지 내 마음에 안 든다고 내 동기간이 아니라고 부정할 수는 없는 일입니다. 내가 내 형제의 미운 점만 골라내어 헐뜯는다면 그 형제라고 나를 좋게 볼 리가 있겠습니까.

아빠에게 서로 원수처럼 미워하는 자식이 있다는 건 얼마나 큰 슬픔일까요. 자식들이 부모에게 할 수 있는 효도 중 으뜸은 동기간끼리 우애 있는 모습을 보여주는 거라고 합니다. 아무리 반목하고 싸우는 형제간이라고 해도 아빠 눈에 밉거나 쓸모없는 자식은 하나도 없다고 합니다. 세속의 부모도 그러하거늘 사랑이신 예수님이야 오죽하겠습니까.

아빠, 동기간 눈의 티끌을 보기에 급급하여 제 눈의 들보도 못 보는 이 미련한 자식을 불쌍히 여기소서.

우리는 야단맞아 쌉니다

쟁기를 잡고 뒤를 자꾸 돌아다보는 사람은
하느님 나라에 들어갈 자격이 없다.

루카 9장 51-62절

가끔 말 못할 고민이나 가족 간의 갈등에 대해서 상의를 해오는
이가 있습니다. 이만저만한 문제가 있고, 이러저러한 기로에 서 있
는데 어떻게 하면 좋겠느냐고, 인생 선배로서 또는 작가로서의 조
언을 다급하게 구하는 사람을 대할 때처럼 난감할 때가 없습니다.
기계가 고장났을 때는 기술자를 부르는 게 상책입니다만 인생이라
는 다양하고도 복잡한 항로에 차질이 생기거나 난관에 부닥쳤을
때는 자기 자신 이상의 기술자가 없습니다.
　한 사람의 인생이 꼬이고 빗나간 원인은 실로 다양하고도 복합
적입니다. 심지어는 본인이 이 세상에 태어나기 전부터 마련된 운

명적인 불행도 적지가 않습니다. 그걸 타인에게 정확하게 설명한다는 것은 불가능한 일입니다. 그럼에도 불구하고 혼자 감당하기에 벅찬 일을 털어놓고 싶어 하는 이의 요청을 거절하지 못하는 것은 털어놓는다는 그 자체에도 얼마큼의 치유 효과가 있다고 믿기 때문입니다.

들어주는 것 이상의 처방이나 충고를 삼가는 또 다른 이유는 말하는 이의 공정성을 믿지 못하기 때문입니다. 거짓말을 하는 건 아닐지라도 그는 항상 자기편에 서 있기 때문에 남의 허물은 과장하고 자기 허물은 축소합니다. 또한 자기 이익을 대변하기에 급급하기 때문에 잘못은 다 남에게 있고 억울한 건 나라는 걸 전제로 문제를 풀어나가려고 합니다.

자기가 손톱만큼 잘한 것에 도취하여 남의 숨은 공을 인정할 여유가 없습니다. 어떤 과오나 불행도 원인은 외부에서 타인으로부터 온 것이지 자신에게서 우러난 것은 없다고 여기고 있는 거지요. 그런 사람에게 충고가 먹혀들 리가 없지요.

그러나 남의 충고가 먹혀들 것 같지 않은 사람일수록 남의 말이나 생각에 신경을 씁니다. 그는 자기가 뭘 하고 싶은지는 이미 알고 있습니다. 그건 욕망과 이기심이 가리키는 쉬운 길이고, 그는 그 길을 택하고 싶은 겁니다. 그런데 그의 깊은 마음속에 있는 근원적인 양심, 하느님을 닮은 본바탕은 그게 아니라고, 이타적인 길, 손해나는 길이야말로 살길이라고 간곡하게 속삭입니다.

이타적인 길이란 자기를 희생하지 않고는 갈 수 없는 길입니다.

여북하면 예수님께서 누누이 "제 목숨을 살리려고 하는 사람은 잃을 것이며, 나를 위하여 제 목숨을 잃는 사람은 얻을 것이다."라고까지 설하셨겠습니까. 그러나 사람의 마음은 당장의 이익이나 안일에 쏠리게 돼 있고 그런 자신이 떳떳지 못하고 불안하기 때문에 될 수 있으면 여러 사람의 동의를 얻고 싶어 합니다. 설사 자기가 진리로 통하는 가시밭길을 가기로 마음을 정했다고 해도 당장은 가기가 싫은 겁니다. 어떻게든지 시간을 벌 수 있는 핑계를 찾는 게 우리네 인간의 얄팍한 심성입니다. 예수님은 옳은 일을 하기에 앞서 이 핑계 저 핑계로 미적거리는 우리의 약하고 비열한 마음을 준엄하게 꾸짖으십니다. 핑계로 시간을 벌려는 건 안 하겠다는 것과 다름없다는 걸 간파해버리신 거죠.

아이고 주님, 그러니까 주님의 옷자락이라도 잡고 멸망의 길에서 헤어나보려는 거 아닙니까.

또 하나의 기회

일전에 다정한 한 친구로부터 제주도 풍란이라는 걸 선물 받았습니다. 식물이고 동물이고 살아 있는 걸 선물로 받는다는 건 고마운 일입니다만 부담스러운 일이기도 합니다. 거두고 보살펴야 하기 때문이고 잘못하면 죽일 수도 있기 때문입니다. 저는 특히 난을 죽인 일이 많기 때문에 겉으로는 좋아하는 척했지만 실은 좀 뜨악했습니다.

화분에 심은 게 아니라 숭숭 구멍 뚫린 돌에 간신히 붙어 있는 거라 키울 일이 더욱 심난했습니다. 그러나 꼴 같지도 않은 게 흰 꽃망울이 너덧 개나 달려 있었고, 친구는 자꾸만 제 코밑에 그걸 갖다

301

대면서 맡아보라고 했습니다.

향기를 잘 느낄 수 없었지만 좋은 향기를 맡은 것처럼 환한 표정을 지어보였습니다. 사람 코에는 난의 향기를 맡을 수 있는 코와 그렇지 못한 코가 있다는 말을 들었기 때문에 내 코가 나의 향기도 못 맡는 코라는 걸 들키고 싶지 않아서였습니다.

서재 한구석에 놓아둔 지 며칠이 지났습니다. 한밤중에 별 볼일 없이 서재 문을 열었습니다. 깜깜한 어둠 속에 이 세상의 것 같지 않은 그윽한 향기가 가득 고여 있었습니다. 그동안 잊고 있던 풍란 생각이 났습니다. 내 코는 난의 향기를 못 맡는 코는 아니었나 봅니다.

꽃도 숨을 쉬고, 날숨 때는 그 향기가 고조된다는 걸 어디선가 읽은 생각이 났습니다. '풍란의 참았던 향기가 소리 없이 폭발하면서 나를 불러냈구나!' 나는 한밤중의 이 은밀한 만남에 황홀한 기쁨을 느꼈습니다. 그리도 어둠 속에서 조용히 생각했습니다.

내가 예수님을 만난 것은 나의 자유의사였을까 부르심이었을까 하고요, 나는 가끔가다 그런 걸 심각하게 궁금해할 때가 있습니다. 그건 아마 주님을 영접한 게 확실한 사실인지 의심스러워하는 마음과 같을지도 모르겠습니다.

그러나 그런 것들이 아직도 불확실하다 해도 주님을 알았다는 것 자체가 일생일대의 기회였다는 것 하나만은 확실하다고 생각합니다. 주님을 가장 강력하게 느꼈을 때, 감각으로가 아니라 나의 전 존재로서 느꼈을 때, 그 기회를 놓치지 않았다는 것 말입니다. 그러나 주님은 우리가 아쉬울 때마다 주님, 주님 하고 매달릴 수 있는 자격을 무슨 자격증처럼 얻어가지는 것을 그다지 탐탁하게 여기지 않으시나 봅니다.

주님은 우리에게 수시로 하늘나라냐, 파멸이냐를 선택할 수 있는 기회를 주십니다. 그건 바로 현세에 재물을 쌓을 것인가, 하늘 나라에 재물을 쌓을 것인가, 나 자신을 위해 재물을 쌓을 것인가, 나보다 못한 이웃, 가장 보잘것없는 이웃하고 나눌 것인가를 결정 할 기회입니다.

우리는 예로부터 혼자 먹는 도시락도 고수레를 하고 먹었으며, 나무의 열매도 날짐승 몫을 남겨놓는 고운 마음씨가 있었습니다. 그러나 살 만해지자 곧 아흔아홉 냥 가진 이가 한 냥 가진 이의 것 을 빼앗는 욕심쟁이가 되었습니다. 지금이라도 한 쪽의 콩도 나누 던 마음으로 돌아갈 수만 있다면 하늘나라를 얻을 수 있는 절호의 기회가 되지 않을까요.

주님의 양면성

이백여 년 전 우리의 신앙 선조들이 천주교를 처음 받아들이고 나서 겪은 처절한 순교의 역사를 보면 어떻게 그럴 수가 있었을까, 도무지 상상이 안 됩니다. 그러다가도 "나는 이 세상에 불을 지르러 왔다."는 예수님의 말씀이 이 땅에서 그대로 구현된 게 아니었나 싶어 문득 신비감에 사로잡히게 됩니다.

순교자들 중 상당수가 천민들과 여자들과 어린이들이었습니다. 교리 공부를 일 년 가까이나 하고서도 아무런 확신 없이 일단 한번 믿어보자는 식으로 세례를 받은 미지근한 신자들로서는 감히 상상도 할 수 없는 일입니다.

태어날 때부터 사람대접을 못 받고 억눌려 살아온 그들에게 있어 인간은 누구나 평등하고 존엄하다는 말씀만으로도 목숨을 걸고 싶은 복음이었을지 모릅니다. 그렇다면 사대부가에서 태어나 공부를 많이 하고 벼슬길이 보장된 선비들이 감히 국법을 어기고, 일가 친척과 척을 지고, 가문과 일신의 몰락을 각오하면서까지 이 외래 종교를 지켜낸 건 무슨 까닭이었을까요. 그분이 불을 놓으러 오셨다는 걸 믿을 수밖에 없습니다.

한번 불의 광휘를 본 사람이 암흑에 갇혀 사는 것은 죽느니만 못할 것입니다. 한번 진리를 깨치고 나면 다시 무지의 상태로 돌아가는 것은 불가능하기 때문입니다.

그러나 그렇게 불 같은 정열로 지켜낸 진리가 미지근하게 타성화되는 걸 주님은 원치 않으시나 봅니다.

"내가 이 세상을 평화롭게 하려고 온 줄로 아느냐. 분열을 일으키러 왔다."라고까지 말씀하십니다. 주님 안에 일치를 이룸으로써 진정한 평화를 얻을 수 있다고 믿고 구해온 저희들로서는 뜻밖의 말씀이 아닐 수 없습니다. 그러나 불의와 타협해서 얻은 평화는 죽음이나 다름없는 굴종일 뿐 진정한 평화가 아니라는 걸 우리는 일상생활에서뿐 아니라 우리 민족의 근세사를 통해서도 얼마나 여러 번 보아왔습니까.

우리가 주권을 잃고, 종교 활동을 활발히 하지 못하던 그때 우리에게 안중근 의사가 없었다면 우리는 무슨 낯으로 광복을 맞았을까요. 그분의 의거는 우리 민족이 살아 있는 민족, 희망이 있는 민족임을 만방에 보여주었을 뿐 아니라, 살아 계신 주님이 우리 민족 안에 불을 지르러 오신 것과 다름없는 사건이었습니다.

우리의 신앙이 뜨뜻미지근해져 '그저 좋은 게 좋은 거지.' 하는 무사안일주의에 빠졌을 때마다 주님이 불을 가지고 개입하셨다는 건 최근의 민족사에서도 얼마든지 찾아낼 수 있습니다.

1970년대의 군사정권하에서 교회가 민주화 운동에 참여하지 않고 방관만 했다면 우리가 천주교 신자임을 지금처럼 자랑스러워할 수 있었을까요. 주님이 이 세상에 불을 지르러 오셨고 사람들 사이에 분열을 일으키러 오셨다는 말씀의 참뜻을 우리가 깨닫지 못한다면, 원수를 사랑하고 오른뺨을 치거든 왼뺨까지 내놓으라는 말씀 또한 허약한 패배주의에 불과할 뿐 그다지 아름답게 들리지는 않을 것입니다.

좁은 문은 지속적 관심

좁은 문으로 들어가도록 있는 힘을 다하여라.

루카 13장 22-30절

금년 장마는 참으로 길고 끔찍했습니다. 일기예보도 믿을 게 못됐습니다. 장마는 이제 끝나고 곧 무더위가 계속될 거라는 예보가 있고 나서 곧장 그 길고도 종잡을 수 없는 집중호우를 동반한 2차 장마가 시작되었으니까요. 언제 어디에 얼마만큼의 비가 내릴 거라는 걸 전혀 예측할 수 없다는 무력감과 부끄러움을 우리는 게릴라성 호우라는 신조어로 얼버무리기도 했습니다. 세 치 혀의 간사함이라고나 할까요. 혹시 천지개벽 같은 조화로 범람하는 중국의 양쯔 강이 승천하여 우리나라 하늘에 걸린 게 아닌가 하는 황당한 생각이 들기도 했습니다.

제가 사는 동네에는 아직 복개되지 않은, 자연 그대로의 개천이 남아 있는데 그 개천이 폭우로 용솟음치는 모습은 텔레비전으로 본 지리산 계곡의 범람과 다르지 않게 무시무시했습니다. 아니지요, 어쩌면 더 두려웠을 겁니다. 지리산만 해도 먼 남의 일이요, 이 실개천은 당장 내 삶의 터전과 직결되니 내 문제였으니까요. 떡은 남의 떡이 커 보이지만 근심이나 아픔은 내 것이 비록 손톱 밑의 가시일지라도 남의 치명상보다도 커 보이는 게 인간의 간사한 마음입니다.

그래도 역시 믿을 건 인간밖에 없다는 생각이 들기도 합니다. 그 미증유의 천재지변 속에서도 살신성인의 인간애가 있었고, 119를 비롯한 구조 대원들의 밤낮을 가리지 않는 헌신적인 구조 활동이 있었고, 즉각 달려와서 아픔을 나누고, 진일 마른일 가리지 않고 복구 작업에 동참한 이웃 사랑이 있었으니까요.

천지개벽이 일어나지 않는 한 절대적인 안전지대라고 볼 수 있는 도시의 고층 아파트의 주민이라고 해서 바깥의 수해를 나 몰라라 텔레비전이나 보다가 편한 잠자리에 든 것은 아니라는 건 화면에서 시시각각으로 올라가는 성금의 액수가 증명해줍니다. 이 익명성의 희사야말로 유명 정치인의 이름만 버젓하고 액수는 미상인 금일봉보다 훨씬 값진 것이 아닐는지요.

폭우나 폭풍이 하천과 바다를 밑바닥부터 뒤엎어 청소하는 작용을 하기 때문에 있어야 한다는 견해도 있습니다. 그런 논리가 인간 사에도 적용돼 상류층의 잠자는 양심과 철석같은 안일을 뒤흔든다면 얼마나 좋겠습니까. 그러나 재난이 있을 때마다 느끼는 건데 꼴찌는 더욱 꼴찌로 만들 뿐, 결코 꼴찌가 첫째 되는 기적은 일어나지 않는다는 사실입니다. 이번 피해도 호텔보다는 야영한 이들을, 아파트보다는 저지대의 주민을 집중적으로 할퀴고 지나갔습니다. 물론 피해 보지 않은 이들이 있어서 이번 재해도 극복할 수 있기는 하겠지만 우리의 나눔이 비단 몇 푼의 돈에 국한될 일이 아니라고 생각합니다.

가진 이들과 웬만하게 사는 이들이 조금 더 이롭자고, 조금 더 편하고 청결하자고 만들어낸 온갖 개발과 편의 시설과 방만한 생활 방식이 이번 폭우 피해를 극대화했다는 걸 잊지 말아야 합니다. 편리나 이익, 청결도 양보하고 나누는 마음은 물질적 나눔보다 더 어렵습니다. 왜냐하면 그건 지속적인 관심이지 냄비처럼 경박한 면피용이 아니기 때문입니다.

염량세태

어떡하든 정년퇴직 전에 자녀를 결혼시켜야 한다는 것이 우리나라 보통 부모들의 공통된 소망입니다. 결혼이야 당사자가 하고 싶을 때 하는 것이고, 또 일생을 같이 살고 싶을 만큼 사랑하는 사람이 생겨야 하는 법인데 부모의 사정에 맞추고 싶어 하는 것은, 축의금 액수와 하객을 어떤 사람으로 모실 수 있을 것인가 하는 체면치레와 깊은 관계가 있습니다.

결혼 비용이 많이 들 뿐 아니라 비용의 상당 부분을 축의금에 의존하는 우리의 실정을 감안할 때 없는 사람들이 축의금에 신경 쓰는 것을 나무랄 수는 없을 겁니다. 허나 현직에 있을 때 자식의 결혼뿐 아니라 심지어는 부모의 상가지도 치렀으면 하는 게 지위나 권세가 높을수록 오히려 더하다는 것은, 그런 기회를 빌려 여봐란 듯이 자기 세력을 과시하고 자기 권세의 덕을 본 사람들로부터 몇 배로 되돌려받고 싶은 야비한 욕심 때문이 아닐까요.

그런 사람들은 자기가 어떤 사람들을 초대할 수 있나에 관심이 많다 보니 초대에 응한 사람을 대우하는 데 있어서도 지위 고하에 따라 또는 빈부에 따라 적절한 차별을 하는 데 능합니다. 그리하여 보통으로 사는 친척이나 출세는 못했지만 정으로 찾아간 그저 그런 친구들은 주인과 눈도장 한번 제대로 못 찍고 섭섭하게 돌아오는 수가 많습니다.

지위나 소유에 따라 남을 차별하는 데 능한 이일수록 자기가 초대됐을 때 상대방에게 어떤 대접을 받나에 민감합니다. 심지어는 사전에 비서를 시켜 어떤 자리에, 누구 옆에 자리가 마련됐는지 알아보고 흡족지 않으면 더 높은 자리로 요구하고, 그게 여의찮으면 불참하겠다고 위협을 하는 명사까지도 있다고 합니다.

이런 우스갯소리도 있습니다. 무슨 준공식이나 개막식 같은 공식 행사에 참석할 적마다 흰 장갑 끼고 테이프 커팅하는 명사들 중에 낄 수 있었던 어떤 고위공직자가 그 자리를 물러난 후에도 그런 행사에 초대받기는 하는데, 테이프 커팅에는 안 끼워주더라는 겁니다. 그 어른은 테이프 커팅하면서 사진 찍히지 않으면 참석 안 하니만 못하다고 생각하는 사람이었지만, 그런 데 불참하고 사는 것은 너무도 살맛 없는 일이어서 한 꾀를 냈다고 합니다. 그는 손수 준비한 흰 장갑과 가위를 주머니에 넣고 있다가 재빨리 명사들 사이에 끼여들어 테이프 커팅을 기어코 하고야 만다는 것이었습니다. 우습지만은 않은, 우리의 염량세태炎凉世態가 사실적으로 드러난 이야기 아니겠습니까.

예수님은 우리에게 초대를 받거든 끝자리에 앉고 초대를 하려거든 친척이나 잘사는 이웃보다는 가난한 사람들이나 불구자를 초대하라고 말씀하십니다. 그들은 대신 갚지 못할 사람이지만 하느님께서 대신 갚아주실 거란 말씀은, 곧 우리는 지금 부자나 권력자에게 빚을 지고 있는 게 아니라 가난한 이, 몸이 성치 못한 이들에게 빚지고 있다는 말씀이 아닐까요.

예수님이 이 세상에 오셔서 앉은 자리는 가장 낮은 자리, 가난뱅이 불구자와 동격의 자리였습니다.

당신의 종

저희는 보잘것없는 종입니다. 그저 해야 할 일을 했을 따름입니다.

루카 17장 5-10절

마당이 있는 집을 갖게 되어, 어릴 적에 정들었던 분꽃, 채송화, 백일홍 따위 일년초를 가꿀 수가 있었습니다. 꽃보다 더 손 가는 게 잔디라는 것도 알게 되었습니다. 꽃을 심고 남은 여백에다 뗏장을 사다 심고 퍼지기를 기다렸지만 생각보다 잘 자라주지 않았습니다. 잔디보다 먼저 시퍼래지는 건 클로버였습니다. 어려서는 네 잎 클로버를 찾으려고 그게 무리 지어 돋아난 곳만 보면 그리도 반갑더니 이제는 오직 잔디를 보호해야겠다는 일념으로 클로버를 무슨 원수처럼 미워하며 땅속 뿌리까지 제거하기 위해 초여름의 긴 긴날을, 얼굴을 까맣게 태우며 마당에서 보냈습니다.

313

그러고 나서 장마가 시작됐습니다. 올 장마는 좀 길고 유난스러 웠습니다. 한 달이 넘는 장마 동안 우리 집 마당도 버려진 채로 제 나름대로 무성해졌습니다. 일년초 중에서 살아남은 것도 있고 너 무 많은 수분을 견디지 못하고 쓰러져 썩어 문드러진 것도 있었습 니다. 다행히 잔디는 그동안에 잘 퍼져서 마당이 푸르러졌습니다. 날이 들면서 날씨도 아침저녁 가을 기운이 완연해 다시 마당에서 소일할 수가 있었습니다. 마당이 푸르러졌다고는 하나 자세히 보 면 잔디 비슷하게 생긴 잡초가 잔디보다 더 무성하게 웃자라고 있 었습니다.

나무에 '너도밤나무'라는 나무가 있듯이 풀 중에도 '나도잔디'라 는 풀도 있나 봅니다. 제 안목으로는 도저히 구별이 안 되어서 푸 르르면 그만이지 잔디가 별건가, 하고 내버려두었습니다. 그러나 가을이 깊어지면서 잡초에서는 줄기가 길게 올라와 제각기 씨를 맺는 것이었습니다. 잔디하고 다른 풀들이라는 게 드러나고 만 것 이지요. 정체가 드러난 이상 제거하기도 쉬웠습니다. 줄기만 잡아 당기면 되었으니까요. 그러나 워낙 골고루 퍼져서 뽑아내도 뽑아 내도 한이 없는 것처럼 느껴졌습니다.

잠시 동안에 수북해진 잡초 더미를 바라보면서 그 풀의 마음에 서 문득 "저희는 보잘것없는 종입니다. 그저 해야 할 일을 했을 따 름입니다."라는 성서 구절을 읽는 것처럼 느꼈습니다. 물론 성서에 나오는 '종'은 상전과 반대되는 뜻의 종이니 종^種은 아닙니다. 그러 나 주인의 명령대로 움직여야 하는 종과 창조의 뜻대로밖에는 살

수 없는 종의 운명은 닮은 데가 있는 것처럼 느껴지는 걸 어쩔 수가 없었습니다.

하느님께서 인간을 당신의 형상대로 창조하신 것처럼 인간은 다른 종과 확연히 다른 아름다운 외모와 거룩한 사랑의 능력을 가지고 태어났습니다. 그러나 그 밖의 능력은 서로 합해서 누리라고 분배해서 주신 듯합니다. 수많은 인간 개개인의 능력을 합치면 능히 하느님의 능력과 맞먹지 않겠습니까. 그러나 뭐니 뭐니 해도 하느님께서 인간에게만 주신 가장 큰 선물은 자유가 아닐까요.

주님, 그동안 저는 자신의 이익과 쾌락만을 위해 저의 자유를 너무도 낭비해왔습니다. 그러나 어느 날이고 제 자유의사가 주님의 뜻과 일치하여 "저는 보잘것없는 종입니다. 그저 해야 할 일을 했을 따름입니다."라고 말할 수 있는 날이 제 삶이 완성되는 날이 될 줄을 믿습니다.

신의 겸손

네 믿음이 너를 살렸다.

루카 17장 11-19절

사마리아 사람들과 유대인들이 오랫동안 적대 관계에 있었다는 건 우리가 아는 대로입니다.

그러나 적대 관계란 서로 대등하게 싫어하고 미워하는 관계라고 생각할 때 유대인과 사마리아인과의 관계에는 들어맞지 않을지도 모르겠습니다. 왜냐하면 성서에 드러난 두 나라의 관계는 교만한 유대인이 일방적으로 사마리아 사람을 미워하고 경멸하는 것으로 나와 있기 때문입니다. 심지어는 유대인이 사마리아인에게 말을 거는 것조차 있을 수 없는 일처럼 창피하게 여겼다고 추측할 수 있는 대목이 적지 않습니다.

그러나 예수님께서는 도처에서 사마리아 사람을 두둔하십니다. 사람을 미워하신 일이 없는 예수님도 교만만은 미워하고 경계하셨습니다. 그런 예수님께서 유대인 중에서도 바리사이파를 교만의 상징처럼 여기셨다면 반대로 불쌍히 여기고 어여삐 봐주신 건 사마리아 사람들이 아니었을까요.

그건 결코 감정적인 편애가 아니라 예수님께서 이 세상에 오신 까닭이 바로 소외당하고 박해받는 이들, 병들어 슬퍼하는 이들, 가난하여 무시당하는 이들을 위해서이기 때문입니다. 그들의 공통점은 바로 구원을 애타게 기다리는 목마름입니다. 샘물이 목마름을 만나지 못한다면 샘물의 가치가 어디 있겠습니까.

예수님께선 당신 안에 있는 무진장한 생명의 샘물을 퍼주고 싶으셔서 목마른 이를 직접 찾아 나서십니다. 그 가장 극적이고도 아름다운 대목이 요한 복음 4장 8-9절에 나오는 예수님께서 우물가에서 사마리아 여인에게 말을 거는 장면입니다. 그때 예수님이 여인에게 준 샘물은 말 걸기 그 자체였습니다. 유대인 남자가 천한 사마리아 여인에게 먼저 말을 걸었다는 것은 남녀 간에, 계층 간에, 민족 간에 완강하게 가로놓인 장벽 허물기였습니다. 여인은 비로소 자기가 목말라하고 있었던 게 뭐라는 걸 깨닫습니다. 그건 사람대접이었습니다. 평생 처음 받아보는 사람대접에 여인은 자신이 비로소 구원받은 걸 실감하게 됩니다.

오늘 복음에 나오는 사마리아 사람은 예수님께서 병을 고쳐주신 열 사람의 문둥병 환자 중에 감사할 줄 아는 단 한 사람입니다. 다른 아홉 사람은 아마 유대인이었을 겁니다.

예수님께서 우물가에서 물을 청했던 사마리아인이 여자에다 사마리아인이라는 이중고를 타고났다면 문둥병이 나아 찾아온 사마리아인 또한 불치병과 이방인이라는 이중고를 걸머졌던 사람입니다. 그만큼 목마름도 절실했을 겁니다. 목마름의 고통을 겪은 자만이 샘물에 감사할 줄 안다는 걸 오늘 복음은 여실히 보여줍니다. 그리고 샘물은 목마른 이들을 위해 준비돼 있다는 것도요.

샘물은 결코 인색하거나 교만하지 않습니다. 예수님께선 병을 고쳐주시고 나서도 '내가 너를 고쳐주었으니 내 은혜를 잊지 말고 나를 따라야 한다.'고 뽐내는 일이 한 번도 없으셨습니다. 한결같이 "네 믿음이 너를 살렸다."고 하십니다. 겸손도 이쯤 되면 신의 겸손이라 아니할 수가 없습니다.

님이여, 그 숲을 떠나지 마오

우리 집 앞에는 밤나무가 주종인 울창한 숲이 있습니다. 밤나무는 단풍이 곱게 드는 나무는 아니지만 사이사이에서 노랗고 빨갛게 물드는 다른 나무들이 선연하게 돋보이게 해주는 미덕을 지녔습니다. 또한 낙엽이 풍성하여 숲속의 오솔길을 융단을 깔아놓은 것처럼 푹신하고 탄력 있게 해줍니다. 산 주인이 신경 써서 가꾸지 않는 대신 겨울이면 모진 삭풍이나 풍성한 눈이 잔가지를 딱딱 소리 내어 부러뜨려 자연적으로 전지를 해줍니다.

밤나무는 봄에 모든 꽃들이 다 필 때 겨우 잎이 돋더니 꽃들이 다 지고 천지가 적막할 때 향기 짙은 꽃을 피워 골짜기 가득 벌들

319

을 불러 모읍니다. 여름날 숲에 소나기가 지나가고 나면 숲은 더욱 싱싱하게 빛나며 환희의 춤을 춥니다.

금년 장마는 지독했습니다. 그러나 숲 사이 개울은 가뭄에도 마르지 않더니 장마에도 넘치지 않았습니다. 어느 틈에 여름 가고, 아침저녁 옷깃을 여미고 싶게 기온이 내려가는가 싶더니 가을이 깊어갑니다. 숲을 찾는 이들이 하루하루 늘어나기에 무슨 일인가 했더니 밤을 주우러 온다는 것이었습니다. 워낙 심은 지 오래되는 재래종 밤나무라 알은 잘지만 맛이 고소하기로 소문난 밤나무 숲이라고 합니다.

유난히 밤 주우러 온 사람이 많은 어느 상쾌한 날, 저는 온종일 창가에 의자를 놓고 앉아 숲을 바라보고 있었습니다. 그런데 나올 때 보니 적으면 한 됫박, 많으면 두 됫박 정도의 밤을 주웠다는 걸 알 수 있을 만큼 봉지가 아래로 축 처져 있습니다.

어떤 사람은 극성맞게 장대를 휘두르기도 하고 나무에 올라앉아 직접 가장귀를 흔들기도 하지만, 한 말이나 두 말쯤 되는 많은 밤을 주운 사람은 한 사람도 보지 못했습니다.

아침 일찍 남보다 먼저 숲으로 들어간 사람이나 남들이 온종일 휘젓고 다닌 뒤에 느지막이 들어간 사람이나 거의 같은 양의 밤을 주워가지고 나오는 것을 보면 얼마나 신기한지요. 숲 입구에 누가 지키고 있다가 그들이 주워가지고 나오는 밤을 다 빼앗아 모아본다면 하루에 서너 가마 정도는 넉넉히 될지도 모르겠습니다. 그러나 어떤 욕심쟁이도 혼자서 한 가마니는커녕 한 말을 주운 사람도 있는 것 같지 않습니다.

또한 어린애나 노약자도 빈손으로 나오는 사람을 보지 못했습니다. 아침에 숲에 간 이나 저녁에 간 이나, 온종일 숲을 헤맨 이나 한두 시간 헤맨 이나, 밤 줍기의 도사처럼 날렵한 이나 난생 처음 밤나무를 본 것 같은 초보나 거의 같은 양의 밤을 주워가지고 나옵니다. 마치 그 안에 어떤 손길이 숨어 있어 공평하게 분배를 하고 있는 것처럼 말입니다.

그날 저는 마음이 텅 빈 채 열려 있었나 봅니다.

숲속에 있기는 있되 보이지 않는 분배의 손길이야말로 하느님 마음이로구나, 하는 깨달음이 감미롭게 스며드는 것이었습니다.

숲을 바라보며 즐기고 산 지 십여 년 만에 처음으로 숲의 복음을 들은 거였습니다.

자비심

아직도 경제는 어렵고 되는 일보다는 안 되는 일이 더 많아, 사람마다 내일을 기약할 수 없는 불안 속에 살고 있습니다. 그런 중에서도 가장 불황을 안 타는 산업이 어린이 용품이고, 청소년을 겨냥한 각종 유행 상품이라고 합니다.

어린이는 우리의 미래요, 자식은 한 가정의 희망이요, 부모가 어떤 고생도 마다하지 않는 정당하고도 절대적인 이유이기도 합니다. 그렇게 생각할 때 우리는 아무리 살기 어려워도 미래에 대한 투자를 소홀히 하지 않는 모범 어버이고, 우리나라는 좋은 나라고, 우리 사회는 살 만한 사회입니다.

그렇다면 도둑의 짓을 가장해 아들의 손가락을 자르고 보험금을 타내려 한 아버지는 사람도 아닙니다. 그 천부당만부당한 아버지가 우리 사회에 던진 충격은 심각했습니다. 길 가던 평범한 아버지부터 유명한 심리학자, 교수, 정치가가 다들 나서서 한마디씩 하면서 이 아버지를 규탄도 하고 진단도 했습니다. 그러나 그런 이들도 가정에 돌아가서는 아이들에게 나는 그런 끔찍한 아버지와는 질적으로 다르다, 너는 나처럼 좋은 아버지 밑에서 공부 잘하는 것밖에는 아무것도 걱정할 게 없는 것을 행복하게 알아야 한다고 우월감과 자신감을 은근히 과시하지는 않았을까요.

　가난이 유죄라고 그 아버지를 동정하는 여론도 만만치 않았습니다만 그게 과연 아버지를 이해하는 마음이었을까요? 그래 봤자 가난은 몸서리쳐지는 괴물이고, 그 아버지는 가난 그 자체였다는 건 움직일 수 없는 사실인걸요. 우리를 두렵게 하는 것은 이 비정한 아버지보다는 어떤 부유한 나라 어린이보다 더 낭비를 하는 어린이들과 있는 집 아이의 한두 달 과외비 정도의 돈 때문에 친아버지한테 손가락을 잘리는 어린이가 함께 사는 우리 사회가 아닐까요. 더 두려운 건 제각기 한바탕 떠들고 나서 곧 잊어버리고 편안해지는 우리 모두의 자비심 없음이고, 빈부 사이의 절벽 같은 단절입니다.

　요새도 사람들이 많이 모이는 광장이나 전동차 안 같은 데서 예수를 믿으라고 열렬하게 선교하는 사람을 심심찮게 봅니다. 지금부터라도 예수를 믿으면 구원받고 천당 간다는 소식은 기쁜 소식입니다. 그러나 그들은 종교적 열정이 지나친 나머지 자기는 옳고 남들은 온통 죄인 취급함으로써 듣는 사람에게 적대감을 일으키기도 합니다. 저런 사람하고 같이 천당에 가느니 차라리 안 들어가고 말지, 하고 노골적으로 눈살을 찌푸리는 사람도 있습니다.

그들이 좋은 소식을 알리면서 이렇게 환영을 못 받는 것은 예수님을 믿음으로써 자신을 어떻게 변화시킬 수 있나보다 믿으면 천당 가고 안 믿으면 지옥 간다는 너무나 단순한 이분법 때문이고, 따라서 안 믿는 사람들에 대해서는 가차 없이 죄인 취급을 하는 독선 때문입니다. 남을 단죄하기 좋아하는 사람에게 자비심이 있을 리 없습니다. 자비심 없는 종교란 나쁜 정치 못지않게 사람을 억압할 따름입니다. 신앙인들이 가장 빠지기 쉬운 오류도 해방의 소식을 도리어 억압의 수단으로 삼는 일이 아닐까요.

회개와 행동

이 독사의 족속들아! 닥쳐올 그 징벌을 피하라고 누가 일러주더냐?

마태 3장 1~12절

대림절은 성탄을 기다리고 준비하는 시기입니다. 일 년 중 가장 엄숙하고 기쁜 때이기도 하지만, 지난 일 년을 돌이켜보며 마음으로나 물질로나 빚진 것을 정리하고 넘어가야겠다는 의무감으로 바쁘고 경황이 없는 시기이기도 합니다. 들떠 있는 것은 아직 인생의 시름을 모르는 아이들뿐입니다. 아이들을 위해 선물도 준비해야 하고, 아이들 보란 듯이 이웃 사랑도 실천하고 싶습니다.

이래저래 쪼들리는 마음을 풀어주겠다고 손짓하는 모임이 촘촘히 대기하고 있는 것도 대림절 동안입니다. 이른바 송년회니 망년회니 하는 모임입니다. 세월은 우리가 보내주지 않아도 총총히 흘러가며, 붙든다고 붙들리지도 않건만 한 해를 보낸다는 명목으로 한바탕 요란을 떨게 됩니다. 형체도 빛깔도 없는 세월을 있다고 느끼는 것은 기억 때문이거늘, 살아온 유일한 자취인 기억마저 지우고 싶어 망년회를 준비하는 것은 또 무슨 까닭인지요. 자기에게 세례를 받으러 오는 사람에게조차 "이 독사의 무리들아!"라고 외친 요한이 만일 우리가 대림절을 지내는 걸 본다면 무어라고 할지 잘 상상이 안 됩니다. 그건 상상력의 부족이 아니라 싫은 소리나 곧은 소리를 안 들으려는 귀 막음 때문일지도 모르겠습니다. 이래서는 안 되겠다고 구원을 목말라하는 이가 점점 늘어나는 것이나 가진 자와 못 가진 자의 격차가 사회의 안정을 위협할 정도로 심해지는 것이나 내일을 설계할 수가 없어 각자 불안해하는 것이나 어떡하면 이 어려운 시기를 벗어날 수 있나 하는 해결책이 수도 없이 많이 나오는 것이나, IMF 체제 이후의 우리나라의 사회상은 여러모로 요한이 외치던 시대와 닮은 점이 많습니다.

예수님은 부패한 사회에서 약하고 선한 백성들이 신음하며 구원에 목말라할 때 구세주가 되어 오셨고, 요한은 그분보다 먼저 그분이 오실 길을 닦으며 구원받는 방법을 백성에게 알리러 미리 온 예언자입니다. 요한처럼 구세주가 오시리라는 걸 확신하고 예비한 사람은 없었습니다. 그러나 틀림없이 구세주가 밟고 오시기로 되어 있는 길에 그가 예비하고 싶었던 것은, 오시는 걸음걸음 사뿐히 즈려밟을 수 있는 향기 나는 꽃잎도 값비싼 비단도 사람들의 환호도 아니었습니다.

단지 회개였으며, 진정으로 회개했다는 증거로서의 행동이었습니다. 회개라는 말은 우리가 요새도 길거리나 전철 안에서나 심심찮게 들을 수 있는 흔해빠진 말입니다. 세례자 요한도 그보다 더 무서울 수는 없었을 거라 싶을 정도로 우리를 모조리 악마 취급하며 회개를 권고하는 소리를 들은 적도 있습니다. 곧 성탄절 판공성사가 있을 테고 그때는 틀림없이 우리의 입술에도 회개라는 말이 가볍게 올라앉았다가 스러지겠지요.

이렇게 쉽게 아무 데서나 듣고 말할 수 있는 회개라는 말이 요한의 입을 통해 들을 때는 난생처음 듣는 것처럼 새롭고 두려운 것은 무슨 까닭일까요. 그건 곧 우리가 아직 한 번도 진정한 회개를 못해봤기 때문이 아닐까요. 진정한 회개, 즉 행실로 증거를 보일 수 있는 회개 말입니다.

요한의 의심

너보다 앞서 내 사자를 보내니 그가 네 갈 길을 미리 닦아놓으리라.

마태 11장 2-11절

동시대를 살아가는 우리끼리도 세상을 보는 눈은 사람마다 다릅니다. 다를 뿐 아니라 정반대의 경우도 있습니다. 이를테면 세상이 점점 더 살기 좋아진다는 문명에 대한 낙관론과 점점 더 나빠지고 있다는 비관론이 그렇습니다. 돈만 있으면 안되는 게 없고 심심할 새도 없을 만큼 온갖 오락거리가 충만해 있는 걸로 부자에게는 천국 같은 세상이라고도 합니다. 부자가 아니더라도 이미 문명의 편의를 맛본 우리는 입으로는 옛날을 그리워할 적이 있을지라도 단 일이십 년만 뒤떨어진 문명 속에 데려다놓아도 못 살겠다고 아우성을 칠 것이 틀림없습니다.

그런 줄 뻔히 알면서도 우리 마음속에는 단순 소박하게 살던 시절이 향수처럼 자리하고 있어 언제고 돌아가야 할 고향처럼 평화와 희망의 원천이 되는 것은 무슨 까닭일까요. 온갖 편리가 보장된 이 발달된 산업사회를 살아가면서 가장 견디고 힘들고 피곤한 일은 뭐니 뭐니 해도 매사를 '이게 진짜일까, 가짜일까.' 끊임없이 의심해야 하는 일입니다.

우리가 먹는 야채치고 자연에서 나지 않은 게 없건만 거리에서 행상을 하는 장사꾼조차도 자연산이니 무공해니 선전을 하면서 팝니다. 백화점에 있는 야채나 과일은 생산지나 생산자의 이름까지 붙여놓고 농약에 덜 오염됐다는 걸 과시합니다. 그래도 우리는 고개를 갸우뚱갸우뚱 그 소리를 믿지 못합니다. 정말 농약을 안 쳤는지 알고 싶으면 생산자의 집에 가서 그 집 식구가 그걸 먹나 안 먹나 훔쳐봐야 한다고도 합니다.

공산품은 함량을 믿지 못하겠고 상표나 가격도 의심스럽습니다. 실생활에는 도무지 관심이 없는 아이들도 가짜 세상, 사이버 공간에 들어가면 시간 가는 줄 모르고 열광합니다. 사물을 놓고 진짜와 가짜를 구별 못하는 고민은 그래도 약과입니다. 사람의 말을 믿을 수 없는 게 이 시대의 가장 큰 고민이 아닐까요. 사람의 말을 믿을 수 없는 세상에서 어떻게 의인과 악인을 가려낼 수가 있겠습니까.

세례자 요한은 태중에서부터 성령을 가득히 입어 역시 태중의 예수를 알아봅니다. 청년 시절에는 광야에서 기도와 고행으로 자신을 준비하며 부름받을 때를 기다린 수행자였으며, 메시아의 선구자였습니다. 자신의 전 존재가 오직 메시아가 오실 길을 예비하고 증거하는 것이었음에도 불구하고 그는 죽음을 앞둔 감옥에서 예수님에게 사람을 보내어 오시기로 하신 분이 선생님이 맞냐고 묻도록 합니다.

이 의심 많은 시대를 살아가는 우리로서는 '아하, 요한도 옥중에서 예수님이 진짜 메시아인지 가짜인지 문득 의심을 한 게로구나.' 하는 생각이 들기도 하지만 그것보다는 자기가 이 세상에 온 뜻이 완성됐다는 걸 재확인하고 싶었던 게 아닐까요. 뒤로 캐보지 않고 정면으로 묻는 사람에게 예수님은 당신이 하신 일을 듣고 본 대로만 가서 알리라고 말씀하십니다.

열매를 보고 나무를 알 듯이 행동을 보고 사람을 알아보란 말씀은 예수님이 여러 번 설하신 말씀과도 일치하며, 말만 무성하고 행동이 가려진 이 시대에 더욱 빛나는, 등불 같은 말씀입니다.

경천애인

고대국가의 시조始祖나 영웅호걸의 탄생에는 으레 현대 과학으로는 설명할 수 없는 신비한 탄생 설화와 범상하지 않은 성장 과정이 따라다닙니다. 그에 비하면, 예수님은 성령으로 잉태되셨다는 것을 빼면 너무도 평범한, 당시의 흔한 민초에 불과한 평균치의 서민 가정의 아들이었습니다.

공생활을 시작하기 전의 성장 과정에 대한 기록이 너무 안 남아 있는 걸 아쉬워하는 사람도 있습니다만 그건 지극히 평범한 보통 사람의 생활을 영위했기 때문일 겁니다. 신동이나 장사도 아니었을 뿐 아니라 말썽꾸러기도 아니었다는 사실은 예수님이 고향에 가서 가르치셨을 때 고향 사람들의 반응에 아주 잘 나타나 있습니다.

고향 사람들은 "저 사람은 목수의 아들이 아닌가? 가족들도 다 우리 동네 사람들이 아닌가? 그런데 저런 모든 지혜와 능력이 어디서 생겼을까?" 하면서 예수님을 믿으려 하지 않았다는 걸로 미루어 짐작해도 공생활 이전의 예수님은 가업을 이어 목수 일로 일용할 양식을 번 평범한 청년이었다는 걸 알 수가 있습니다. 하느님께서 당신의 외아들을 보내시면서 어떻게 이렇게 가정환경에 신경을 쓰지 않으신 걸까? '내 자식만은 특별하게 최고로 키우고 싶다. 그럴 능력이 없으면 아예 낳지도 말자.'는 생각이 만연되어 있는 이 시대의 눈으로 볼 때 잘 이해가 안 되는 부분입니다.

그러나 예수님이 지상에 오신 것은 부강하고 찬란한 왕국을 건설하려는 것도, 무력으로 천하를 통일하려는 것도 아니었습니다. 민초들을 그릇된 권력과 인습의 억압에서 해방시켜 자유로운 인간의 기쁨과 존엄성을 돌려주려 오신 것이었습니다. 몸소 민초가 되어 살아보지 않고는 민초를 사랑하여 목숨까지 내놓을 수 없다는 게 하느님의 뜻이 아니었을까요.

그렇더라도 마리아와 요셉을 구세주의 부모로 택하신 것은 결코 아무렇게나 정한 게 아니었습니다. 마리아와 요셉의 가정에서 우리는 하느님 보시기에 어떤 가정이 가장 마음에 드셨을까, 하는 아름다운 가정의 전형을 봅니다.

그 가정의 특징은 경천애인으로 요약될 수 있는 게 아닐까요. 마리아가 하늘을 공경하고 순명할 줄 알았다는 것은 예수님의 잉태를 받아들인 사건에서 이미 충분히 드러난 대로입니다. 요셉 또한 하늘을 두려워할 줄 알았기 때문에 마리아를 아내로 맞을 수 있었겠지만 그 전에 마리아의 잉태를 알고서 요셉이 취한 태도가 특히 인상적입니다.

약혼자가 처녀의 몸으로 잉태한 걸 알았을 때 분노하여 세상에 드러내 창피를 주는 게 강직한 사람이 흔히 할 수 있는 일입니다. 그러나 요셉은 조용히 아무도 모르게 파혼하려고 합니다. 우리는 그 한 가지로써 그가 얼마나 심지가 깊고 남을 배려할 줄 아는 사람인가를 알 수가 있습니다.

이런 어진 마음으로 이웃과 화목하며, 정직한 노동으로 가족을 부양하는 아버지와 자식을 지극히 사랑하되 떠나보낼 때가 오면 떠나보낼 줄도 아는 부드럽고도 강한 어머니가 구존하는 가정을 하느님은 특히 어여삐 여기시어 그 가정에 합당한 축복을 내리셨습니다.

그림 이철원

1972년 서울에서 태어나 단국대학교 서양화과를 졸업했다. 『노란집』, 『우리가 어느 별에서』, 『역사신문』, 『길 위에 시간을 묻다』, 『성경 익스프레스』 등의 단행본에 그림을 그렸고, 단편 애니메이션 〈Cloy〉, 〈왕과 화가〉를 제작했다. 현재 조선일보 미술팀에서 일하고 있다.

빈방

1판 1쇄 발행 2006년 12월 22일
1판 12쇄 발행 2007년 1월 3일
2판 1쇄 발행 2008년 3월 5일
2판 6쇄 발행 2013년 10월 19일
3판 1쇄 발행 2016년 7월 10일
3판 4쇄 발행 2020년 9월 15일

지은이 박완서
펴낸이 정중모
펴낸곳 도서출판 열림원

출판등록 1980년 5월 19일 (제406-2000-000204호)
주소 경기도 파주시 회동길 152
전화 031-955-0700 | 팩스 031-955-0661
홈페이지 www.yolimwon.com | 이메일 editor@yolimwon.com
페이스북 /yolimwon | 인스타그램 @yolimwon

ISBN 978-89-7063-988-8 03810
ⓒ 박완서, 2006, 2008, 2016
표지·본문 그림 ⓒ 이철원

만든 이들_ 편집 서희정 심소영 디자인 이승욱